JANE AUSTEN

A Abadia de Northanger

JANE AUSTEN

A Abadia de Northanger

ROBERTO LEAL FERREIRA
Tradução e notas

MARTIN CLARET

Título original em inglês: *Northanger Abbey*.

Ano da primeira publicação: 1818

Direção Martin Claret

Produção editorial Carolina Marani Lima
Flávia P. Silva

Diagramação Giovana Gatti Leonardo
Gabriele Caldas Fernandes

Direção de arte José Duarte T. de Castro

Capa *Projeto de capa:*
MSDE / Manu Santos Design

Miolo *Projeto gráfico:*
MSDE / Manu Santos Design

Revisão Pedro Baraldi / Sophia Long

Impressão e acabamento Cromosete Gráfica

Dados Internacionais de Catalogação na Publicação (CIP)
(Câmara Brasileira do Livro, SP, Brasil)

Austen, Jane, 1775-1817.
A Abadia de Northanger / Tradução e notas: Roberto Leal Ferreira.
São Paulo: Martin Claret, 2012. — (Coleção Jane Austen, vol. 5)

Título original: Northanger Abbey.
Texto integral
ISBN 978-85-7232-878-4

1. Ficção Inglesa 2. Romance inglês I. Título II. Série.

12-08878 CDD-823

Índices para catálogo sistemático:

1. Romances: Literatura inglesa 823

EDITORA MARTIN CLARET LTDA.
Rua Alegrete, 62 - Bairro Sumaré
01254-010 - São Paulo, SP
Tel.: (11) 3672-8144 - Fax: (11) 3673-7146
www.martinclaret.com.br

3ª reimpressão - 2016

Sumário

Aviso da autora a respeito de *A Abadia de Northanger**

Este impresso foi concluído no ano de 1803, e os planos eram de que fosse publicado imediatamente. Foi vendido a um livreiro, chegou a ser anunciado, e a razão pela qual a publicação não teve seguimento é algo que a autora jamais chegou a saber. Parece extraordinário que um livreiro tenha julgado proveitoso comprar o que não julgava proveitoso publicar. Mas isso não interessa nem à autora, nem ao leitor, a não ser por tornar necessário um esclarecimento sobre as partes da obra que treze anos tornaram comparativamente obsoletas.

Pede-se, pois, ao leitor que não se esqueça de que se passaram treze anos desde que ela foi terminada, muitos mais desde que foi iniciada, e, durante tal período, lugares, maneiras, livros e opiniões sofreram mudanças consideráveis.

---

* Jane Austen prenuncia aos leitores da edição inaugural de *A Abadia de Northanger* diferenças culturais encontradas no livro, em relação ao contexto histórico em que a obra foi publicada. Isso porque, conforme explica ela, desde o período em que foi finalizada até a data de sua primeira publicação passaram-se 13 anos.

Capítulo 1

Ninguém que tivesse visto Catherine Morland quando criança teria imaginado que ela nascera para ser heroína. Sua situação na vida, o caráter do pai e da mãe, sua própria pessoa e disposição, tudo ia contra ela.

Seu pai era um eclesiástico, sem ter sido desdenhado ou pobre, e homem respeitabilíssimo, embora seu nome fosse Richard, e nunca fora bonito. Possuía considerável independência, além de dois bons empregos, e não tinha nenhuma queda por deixar trancadas as filhas. Sua mãe era mulher de muito senso prático, de bom temperamento e, o que é mais notável, de boa constituição. Tivera três filhos antes de Catherine; e, em vez de morrer ao dar à luz esta última, como todos esperavam, sobreviveu e viveu para ter mais seis filhos, vê-los crescerem ao seu redor e gozar ela mesma de excelente saúde. Uma família de dez filhos será sempre considerada uma bela família, na qual há cabeças, braços e pernas suficientes para o número; mas os Morlands tinham poucos outros direitos à qualificação, pois eram em geral muito feios, e Catherine, durante muitos anos de sua vida, tão feia quanto os demais. Tinha uma figura delgada e canhestra, uma pele pálida e descorada, cabelos negros e lisos e feições fortes, isso quanto à aparência; e sua mente parecia não mais propícia ao heroísmo. Adorava todas as brincadeiras de meninos e preferia em muito o críquete não só às bonecas, mas às mais heroicas delícias da infância, como cuidar de ratos silvestres, alimentar canários ou regar roseiras. De fato, ela não tinha gosto pela jardinagem; e se por vezes colhia flores, era principalmente pelo prazer de agir mal: pelo menos era o que se podia conjecturar do fato de sempre preferir as que lhe era proibido colher. Tais eram as suas propensões; suas habilidades eram igualmente extraordinárias. Jamais conseguiu aprender ou compreender nada antes que lhe fosse ensinado; e às vezes nem mesmo depois, distraindo-se com frequência e mostrando-se por vezes obtusa. Sua mãe levou três meses para ensinar-lhe apenas a repetir o *Pedido do mendigo*[1]; e, por fim, sua irmã mais moça, Sally, aprendeu a recitá-lo melhor do que ela. Não que Catherine fosse sempre obtusa; de modo algum; ela aprendeu a fábula da *Lebre e os muitos amigos*[2] tão rápido quanto qualquer outra menina da Inglaterra. Sua mãe quis que ela aprendesse música; e Catherine tinha certeza de que gostaria muito, pois adorava apertar as teclas da velha espineta abandonada; assim, aos oito anos de idade, ela começou a aprender. Estudou um ano, e não suportava aquilo; e a sra. Morland, que não insistia em ver as filhas aprenderem a despeito da incapacidade ou falta de gosto, permitiu que ela desistisse. O dia em que despediu o

[1] *The Beggar's Petition*, poema de Thomas Moss.
[2] *The Hare and Many Friends*, fábula de John Gay (1727).

professor de música foi um dos mais felizes da vida de Catherine. Seu gosto pelo desenho não era maior; embora toda vez que conseguia um envelope de carta da mãe ou qualquer pedaço de papel solto, fizesse o que podia nesse sentido, desenhando casas e árvores, galinhas e frangos, tudo sempre muito parecido um com o outro. A escrever e a contar, ela aprendeu com o pai; francês, com a mãe: sua competência em nenhum dos casos era notável, e cabulava as aulas de ambos sempre que podia. Que personagem estranha, inexplicável! Pois com todos esses sintomas de dissipação aos dez anos de idade, tinha bom coração e bom temperamento, raramente se mostrava teimosa, e poucas vezes até briguenta, e muito gentil com os pequenos, com poucos intervalos de tirania; era, ademais, barulhenta e sapeca, odiava o confinamento e a limpeza, e não havia nada de que gostasse mais do que de rolar o declive gramado nos fundos da casa.

Assim era Catherine Morland aos dez anos. Aos quinze, sua aparência começou a melhorar; começou a cachear os cabelos e querer ir aos bailes; o porte melhorou, as feições se amenizaram ao se tornarem rechonchudas e ganharem cor, os olhos animaram-se, e o aspecto se tornou mais consistente. O amor à sujeira deu lugar à inclinação à elegância, e ela se tornou mais limpa ao mesmo tempo que se tornava mais esperta; tinha agora o prazer de ouvir às vezes o pai e a mãe comentarem seu progresso pessoal. "Catherine está ficando uma mocinha bem-apessoada; hoje está quase bonita", eram palavras que seus ouvidos captavam de quando em quando; e como eram bem-vindos esses sons! Parecer quase bonita era conquista mais prazenteira para uma menina que fora feia durante os quinze primeiros anos da vida do que a que uma beleza de berço poderia jamais fazer.

A sra. Morland era mulher muito bondosa, e queria ver os filhos tornarem-se tudo o que deviam ser; mas seu tempo estava sempre tão ocupado em pôr para dormir e ensinar os menores, que as filhas mais velhas eram inevitavelmente deixadas de lado; e não era de admirar que, aos catorze anos, Catherine, que por natureza nada tinha de heroica, preferisse críquete, beisebol, andar a cavalo e correr pelos campos aos livros – ou pelo menos aos livros de informação –, pois, contanto que nenhum conhecimento útil pudesse ser obtido por meio deles e contanto que fossem só de histórias, sem nenhuma reflexão, ela não tinha nenhuma objeção contra eles. Mas dos quinze aos dezessete anos ela esteve em treinamento para heroína; lia todos aqueles livros que as heroínas devem ler para abastecerem a memória com aquelas citações tão úteis e tão reconfortantes nas vicissitudes de sua agitada vida.

De Pope, ela aprendeu a censurar quem

> "dá voz ao escárnio da dor".

De Gray, aprendeu que

> "Muitas flores nasceram para desabrochar
> sem ser vistas,
> E desperdiçar sua fragrância no ar deserto".

De Thompson, que

> "Deliciosa tarefa é
> Ensinar a jovem ideia a despontar".

E de Shakespeare obteve grande quantidade de informações, entre as quais, que

"Bobagens leves como o ar
São para o ciumento confirmação tão robusta
Quanto provas das Sagradas Escrituras".

Que

"O pobre besouro que pisamos
Em sofrimento corporal sente dor tão grande
Como a do gigante ao morrer".

E que um jovem apaixonado sempre se parece

"com a Paciência que, sobre um monumento,
sorri para a dor".

Até aí o seu progresso era suficiente, e em muitos outros pontos ela se saiu otimamente, pois, embora não conseguisse escrever sonetos, passou a lê-los; e, mesmo não conseguindo levar ao êxtase todos os presentes numa reunião com um prelúdio de sua autoria para pianoforte, conseguia ouvir sem excessivo esforço outras pessoas tocarem. Sua maior deficiência era o lápis – desenhava pessimamente – sequer o suficiente para tentar um esboço do perfil do namorado, para poder observá-lo no desenho. Nisso lhe faltou uma postura realmente heroica. Atualmente, ela não conhecia sua própria pobreza, pois não tinha nenhum namorado para retratar. Chegara aos dezessete anos sem ter visto um rapaz agradável que pudesse despertar seus sentimentos, sem ter inspirado nenhuma paixão real e sem ter sequer provocado uma admiração, ainda que muito moderada e passageira. Isso era mesmo muito estranho! Mas estranhas coisas podem ser explicadas se procuradas com afinco a sua causa. Não havia sequer um fidalgo nas vizinhanças; não, sequer um baronete. Não havia uma família entre as suas relações que tivesse acolhido e criado um menininho deixado acidentalmente à porta: nenhum jovem de origem desconhecida. Seu pai não tinha pupilos, e o homem de mais alta condição na paróquia não tinha filhos.

Mas quando uma jovem tem de ser heroína, nem a perversidade de quarenta famílias ao redor podem impedi-la. Algo deve e vai acontecer que lançará um herói em seu caminho.

Ao sr. Allen, proprietário de boa parte das terras que cercavam Fullerton, o lugarejo em Wiltshire onde viviam os Morlands, foi ordenada uma estada em Bath para tratar-se da gota; e sua esposa, mulher bem-humorada, que gostava da srta. Morland, e provavelmente ciente de que, se a aventura não ocorre à jovem em seu próprio lugarejo, ela deve procurá-la fora, convidou-a a ir com eles. O sr. e a sra. Morland consentiram de bom grado, e Catherine era só felicidade.

Capítulo 2

Além do que já foi dito sobre os dotes físicos e mentais de Catherine Morland, prestes a ser lançada em meio a todas as dificuldades e perigos de uma estada de seis semanas em Bath, deve-se declarar, para mais certa informação do leitor, para que as próximas páginas possam dar uma ideia do que sua personalidade estava destinada a ser, que o coração de Catherine era carinhoso; seu temperamento alegre e franco, sem presunção ou afetação de nenhum tipo – de maneiras que mal haviam perdido a falta de jeito e a timidez de menina; sua aparência era agradável e, nos bons momentos, bonita; e sua mente mais ou menos tão ignorante e desinformada quanto costuma ser a mente feminina aos dezessete anos.

Ao se aproximar a hora da partida, a ansiedade maternal da sra. Morland devia naturalmente agravar-se. Mil alarmantes pressentimentos de perigos à sua querida Catherine com essa terrível separação deviam oprimir de tristeza o seu coração e afogá-la em lágrimas os dois últimos dias que passariam juntas; conselhos de natureza a mais importante e útil deviam, é claro, fluir de seus sábios lábios durante a conversa de despedida em seu closet. Advertências contra a violência de fidalgos e baronetes loucos para arrastarem as mocinhas para alguma fazenda distante deviam, em tais momentos, aliviar o peso de seu coração. Quem não pensaria assim? A sra. Morland, porém, tão pouco sabia sobre fidalgos e baronetes, que não tinha nenhuma ideia da malícia geral deles, e não suspeitava de nenhum perigo por suas maquinações contra sua filha. Seus conselhos limitaram-se aos seguintes pontos: "Peço, Catherine, que deixe sempre o pescoço bem agasalhado, quando voltar à noite dos salões; e gostaria que mantivesse alguma contabilidade do dinheiro que gastar; vou dar-lhe esta caderneta só para isso".

A situação exigia que Sally, ou melhor, Sarah (pois que mocinha de certa nobreza chega à idade de dezesseis anos sem alterar o próprio nome o mais que puder?), fosse nesse momento amiga íntima e confidente da irmã. É notável, porém, que ela nem insistisse em que Catherine escrevesse todos os dias, nem lhe exigisse a promessa de descrever cada novo conhecido, nem o pormenor de cada conversa interessante que acontecesse em Bath. Tudo o que se relacionava com essa importante viagem foi feito por parte dos Morlands com um grau de moderação e compostura que parecia mais coerente com os sentimentos comuns do dia a dia do que com as suscetibilidades refinadas, as ternas emoções que a primeira separação entre uma heroína e a sua família deve sempre provocar. O pai, em vez de dar-lhe créditos ilimitados por seu banqueiro ou mesmo colocar uma nota de cem libras em suas mãos, deu-lhe apenas dez guinéus e lhe prometeu mais quando precisasse.

Sob tão desanimadores auspícios, despediram-se todos e teve início a viagem. Transcorreu com a tranquilidade adequada e em segurança, sem incidentes. Nem bandidos nem tempestades os ajudaram, nem ocorreu nenhum feliz incidente que os apresentassem ao herói. Nada mais alarmante ocorreu do que o medo, por parte da sra. Allen, de ter esquecido os tamancos num albergue, temor esse que por sorte se revelou infundado.

Chegaram a Bath. Catherine era só alegria e animação – seus olhos estavam aqui, ali, em toda parte, ao aproximarem-se de seus belos e impressionantes arredores e, mais tarde, percorreram as ruas que os conduziam ao hotel. Ali viera para ser feliz, e assim já se sentia.

Logo se instalaram confortavelmente em Pulteney Street.

Convém agora descrever a sra. Allen, para que o leitor possa julgar de que maneira os atos dela tenderão daqui por diante a promover o drama aqui narrado e como provavelmente contribuirá para reduzir a pobre Catherine a toda a miséria desesperada de que seja capaz um último volume, quer por imprudência, vulgaridade, ciúmes, quer interceptando suas cartas, arruinando sua reputação, pondo-a porta afora.

A sra. Allen era uma dessas mulheres cuja companhia não pode provocar nenhuma emoção, a não ser a surpresa por haver algum homem no mundo que possa gostar dela a ponto de se casar. Não tinha nem beleza, nem gênio, nem cultura, nem classe. Um ar de dama, uma boa dose de calma, um temperamento bondoso e passivo e um modo de pensar trivial era tudo o que poderia explicar ter ela sido a escolha de um homem sensato e inteligente como o sr. Allen. Sob certo aspecto, ela era ideal para apresentar uma jovem ao público, adorando tanto como qualquer jovem ir a todos os lugares e ver tudo por si mesma. As roupas eram a sua paixão. Sentia o mais inofensivo prazer em estar elegante; o ingresso de nossa heroína na vida não podia ocorrer antes de se passarem três ou quatro dias aprendendo qual era a moda do momento, e de sua dama de companhia ganhar um vestido da última moda. Catherine também fez as suas compras, e, quando todas essas questões foram resolvidas, chegou a importante noite que a apresentaria aos Altos Salões. Seus cabelos foram cortados e penteados pelas melhores mãos, o traje vestido com esmero, e tanto a sra. Allen quanto a sua criada declararam que sua aparência era exatamente a que deveria ter. Com tal incentivo, Catherine esperava pelo menos passar pela multidão sem despertar reprovação. Quanto à admiração, seria muito bem-vinda se viesse, mas não confiava nisso.

A sra. Allen demorou tanto para se vestir, que chegaram atrasadas ao baile. Estavam no auge da temporada, o salão estava lotado, e as duas damas se espremeram para dentro como puderam. Já o sr. Allen logo se refugiou na sala de carteado e as deixou sozinhas, gozando a multidão. Mais preocupada em proteger o vestido novo do que no conforto de sua protegida, a sra. Allen abriu caminho pela aglomeração junto à porta tão rapidamente quanto a necessária precaução permitiria; Catherine, porém, manteve-se colada ao seu lado, e prendeu o braço ao da amiga com muita firmeza, para não ser afastada dela por nenhum esforço conjunto do povaréu que tentava avançar. Mas, para seu grande espanto, descobriu que seguir em frente pelo salão de nada servia para desvencilhar-se da multidão, que parecia até crescer à medida que avançavam, enquanto ela imaginara que, uma vez superada a porta, encontrariam facilmente lugares para se sentar e ver as danças com perfeita conveniência. Mas as coisas estavam longe de se passar assim, e, embora por um esforço infatigável tivessem chegado ao fundo do salão, a situação delas era exatamente a mesma; nada viam dos dançarinos a não ser os altos penachos de algumas das damas. Continuaram a caminhar, algo melhor ainda estava à vista; e pelo exercício continuado da força e da engenhosidade, viram-se finalmente na passagem por trás da última fileira. Lá a multidão era um pouco menor do que embaixo; e dali a srta. Morland teve uma visão abrangente de toda a aglomeração abaixo dela e de todos os perigos de sua recente passagem através dela. Era uma visão esplêndida, e ela começou, pela primeira vez aquela noite, a se sentir num baile: estava entusiasmada para dançar, mas não conhecia ninguém no salão. A sra. Allen fez tudo o que podia num caso assim, dizendo-lhe com muita calma, de quando em quando:

— Gostaria que você pudesse dançar, querida... Gostaria que você conseguisse um par.

Por algum tempo sua jovem amiga se sentiu grata a ela por tais votos; eles, porém, se repetiam com tanta frequência e se mostravam tão completamente ineficazes, que Catherine finalmente se cansou deles e não mais lhos agradeceu.

Já não podiam, porém, gozar do repouso da eminência que tão laboriosamente haviam galgado. Logo todos começaram a se mover para o chá, e elas tiveram de se espremer como os demais. Catherine começou a se sentir um pouco decepcionada: estava cansada de ser continuamente prensada contra as pessoas, todas elas com rosto que nada tinha de interessante; e todas elas lhe eram tão estranhas, que nem podia aliviar o aborrecimento da prisão com a troca de uma palavra com os companheiros de cárcere. Quando por fim chegaram ao salão de chá, sentiram ainda mais o incômodo de não poderem juntar-se a nenhum grupo, de não terem nenhum conhecido por perto, nenhum cavalheiro que as ajudasse. Do sr. Allen, nem sinal; e depois de em vão buscarem ao redor uma situação mais cômoda, foram obrigadas a se sentarem ao extremo de uma mesa, à qual um numeroso grupo já estava sentado, sem nada terem de fazer ali, nem ninguém com quem falar, a não ser uma com a outra.

A sra. Allen felicitou-se, assim que se sentou, por ter preservado do desastre o vestido.

— Teria sido deprimente vê-lo rasgar-se – disse ela –, não é? É uma musselina tão fina. Cá entre nós, não vi nada em todo o salão que me pareça tão bom, eu lhe garanto.

— Como é aborrecido – sussurrou Catherine – não ter nenhum conhecido por aqui!

— É verdade, querida – tornou a sra. Allen, com perfeita calma –, é de fato muito aborrecido.

— Que vamos fazer? Os homens e as mulheres à mesa parecem perguntar-se por que viemos aqui... parecemos estar forçando a entrada no grupo.

— E ai! É o que estamos fazendo. Isto é muito desagradável. Gostaria de ter muitos conhecidos aqui.

— Eu gostaria de ter pelo menos um... Seria alguém a quem recorrer.

— É verdade, querida; e se conhecêssemos alguém iríamos imediatamente procurá-lo. Os Skinners estavam aqui o ano passado... Gostaria que eles ainda estivessem agora.

— Não seria melhor sairmos daqui? Não colocaram nem as xícaras de chá para nós!

— É mesmo, nem mesmo as xícaras. Que provocação! Mas acho que é melhor ficarmos aqui sentadas, pois somos levadas de um lado para o outro pela multidão! Como está minha cabeça, querida? Alguém me deu um empurrão e receio ter-me machucado.

— Não, parece estar muito bem. Mas, querida sra. Allen, tem certeza de que não conhece ninguém em toda essa multidão? Acho que a senhora deve conhecer alguém.

— Juro que não... Gostaria de conhecer! Gostaria de coração conhecer muita gente aqui, e então você teria o seu par. Eu ficaria tão contente em vê-la dançar! Veja só que mulher esquisita! Que vestido estranho! Que fora de moda! Olhe as costas dele!

Depois de certo tempo um dos vizinhos lhes ofereceu chá, que foi agradecidamente aceito, e isso introduziu uma ligeira conversação com o cavalheiro que fez a oferta. Aquela foi a única vez em que alguém falou com elas durante a noite toda, até serem descobertas, quando a dança acabou, pelo sr. Allen, que foi reunir-se a elas.

— Muito bem, srta. Morland – disse ele, de imediato –, espero que o baile tenha sido agradável.

— Muito agradável mesmo – tornou ela, procurando em vão esconder um grande bocejo.

— Eu queria que ela tivesse podido dançar – lamentou a esposa. — Gostaria de conseguir um par para ela. Tenho dito o quanto ficaria feliz se os Skinners estivessem aqui neste inverno, em vez de no passado; ou se os Parrys tivessem vindo, como disseram no começo, ela poderia ter dançado com George Parry. Fiquei tão triste por ela não ter tido um par!

— Espero sairmo-nos melhor na noite que vem – foi o consolo do sr. Allen.

A multidão começou a se dispersar quando a dança acabou – o que foi suficiente para permitir que os demais caminhassem com certo conforto; e agora era a hora de uma heroína que ainda não desempenhara um papel muito destacado nos eventos da noite ser notada e admirada. A cada cinco minutos, com a saída de parte da multidão, abriam-se maior espaço para os seus encantos. Era agora vista por muitos rapazes que não se haviam aproximado até então. Nenhum deles, porém, foi tomado de encantamento ao vê-la, nenhum murmúrio de desejo correu a sala, ninguém a chamou de divindade. Mesmo assim, Catherine tinha excelente aspecto, e, se todos a tivessem visto três anos antes, agora a achariam lindíssima.

Olhavam para ela, porém, com certa admiração; pois ela mesma ouviu dois cavalheiros dizendo que era uma moça bonita. Tais palavras produziram seu efeito; de imediato ela julgou a noite mais agradável do que a princípio – sua humilde vaidade foi satisfeita –, ela se sentiu mais agradecida aos dois rapazes pelo elogio do que uma autêntica heroína se sentiria por quinze sonetos em homenagem a seus encantos, e voltou para onde estava sentada, de bom humor com todos e totalmente satisfeita com sua parte na atenção pública.

Capítulo 3

Cada manhã trazia agora seus corriqueiros deveres: lojas que visitar; uma nova parte da cidade que conhecer; e o balneário que frequentar, onde passeavam para baixo e para cima durante uma hora, olhando a todos e não falando com ninguém.

O desejo de ter muitos conhecidos em Bath ainda era forte na sra. Allen, e ela o repetia a cada nova demonstração, que cada hora passada fornecia, de não conhecer absolutamente ninguém.

Deram o ar de sua graça nos Salões Inferiores; e aqui a fortuna foi mais favorável à nossa heroína. O mestre de cerimônias apresentou a ela como par um jovem de aparência muito fidalga; o nome dele era Tilney. Parecia ter entre vinte e quatro e vinte e cinco anos, era bastante alto, tinha feições agradáveis, um olhar muito inteligente e vivo e, se não era muito bonito, estava muito próximo disso. Seu trato era afável, e Catherine se sentiu uma mulher de muita sorte. Não havia muito tempo para conversarem enquanto dançavam; mas quando se sentaram para o chá, achou-o tão simpático como já antes acreditara que fosse. Ele falava com fluência e sagacidade, e havia uma malícia e um humor em suas maneiras que o tornavam interessante, embora ela mal o compreendesse. Depois de conversarem por algum tempo sobre os assuntos que os objetos ao redor naturalmente sugeriram, ele de repente se dirigiu a ela nos seguintes termos:

— Tenho até agora sido muito relapso, senhora, nas atenções devidas a um par; ainda não perguntei há quanto tempo está em Bath; se já esteve aqui antes; se já esteve nos Salões Superiores, no teatro, no concerto; e o que acha do lugar em geral. Fui negligente; mas está disposta a satisfazer a minha curiosidade quanto a esses pormenores? Se estiver, vou começar imediatamente.

— Não precisa dar-se a esse trabalho, meu senhor.

— Não é nenhum trabalho, eu lhe garanto, senhora. – E então, moldando as feições num sorriso aberto e tornando afetadamente suave a voz, acrescentou, com um arzinho pretensioso: – Está faz tempo em Bath, minha senhora?

— Há cerca de uma semana, senhor – replicou Catherine, tentando não rir.

— É mesmo! – com afetado espanto.

— Por que essa surpresa, senhor?

— É mesmo, por quê? – perguntou ele, em seu tom natural. – Mas sua resposta deve ter provocado alguma emoção, e é mais de se supor que seja surpresa, que não é menos razoável do que qualquer outra. Vamos em frente. Já havia estado aqui antes, minha senhora?

— Nunca, meu senhor.

— É mesmo? Já honrou os Salões Superiores com a sua presença?

— Sim, senhor, estive lá segunda-feira passada.

— Já foi ao teatro?

— Sim, senhor, fui ver a peça na terça-feira.

— Ao concerto?

— Sim, senhor, na quarta-feira.

— E de um modo geral está satisfeita com Bath?

— Estou... Gosto muito daqui.

— Agora devo sorrir e depois voltar a ser razoável de novo.

Catherine virou o rosto, sem saber se podia arriscar-se a rir.

— Entendo o que pensa de mim – disse ele, em tom grave. – Farei uma triste figura em seu diário amanhã.

— Meu diário!

— Sei exatamente o que vai dizer: Sexta-feira, fui aos Salões Inferiores; usei o vestido de musselina estampada com enfeites azuis – sapatos pretos simples – estava muito bem; mas fui estranhamente importunada por um homem esquisito e meio atoleimado, que quis fazer-me dançar com ele e me irritou com suas bobagens.

— Na verdade não vou dizer isso.

— Posso dizer o que deveria dizer?

— Por favor.

— Dancei com um rapaz muito simpático, apresentado pelo sr. King; conversei muito com ele – parece ser extraordinariamente talentoso –, espero vir a saber mais a seu respeito. É isso, minha senhora, que eu gostaria que dissesse.

— Mas talvez eu nem tenha diário.

— Talvez não esteja sentada neste salão e eu não esteja sentado ao seu lado. Essas são dúvidas igualmente possíveis. Não ter diário! Como suas primas ausentes vão entender a sua vida aqui em Bath sem um diário? Como as cortesias e os cumprimentos de cada dia vão ser contados corretamente, a menos que sejam anotados todas as noites num diário? Como os vários vestidos vão ser lembrados, e o estado específico da pele, e o cacheado dos cabelos vão ser descritos em toda a sua diversidade, sem se recorrer constantemente ao diário? Minha querida senhora, não sou tão ignorante a respeito das jovens como a senhora gostaria que eu fosse; é esse delicioso hábito de escrever diários que contribui em boa medida para formar esse estilo fácil de escrever pelo qual as mulheres são elogiadas por todos. Todos concordam que o talento de escrever cartas agradáveis é especificamente feminino. A natureza pode ter a sua parte nisso, mas tenho certeza de que foi essencialmente ajudada pela prática de escrever diários.

— Às vezes penso – disse Catherine, hesitante – se as mulheres escrevem realmente cartas muito melhores do que as dos homens! Quer dizer... acho que a superioridade nem sempre está ao nosso lado.

— Até onde pude observar, julgo que o estilo habitual de escrever cartas das mulheres seja perfeito, salvo em três particulares.

— E quais são elas?

— Carência geral de assunto, total desatenção à pontuação e frequentíssima ignorância da gramática.

— Meu Deus! Eu não tinha o que temer ao rejeitar o cumprimento. Não pensa tão bem de nós assim.

— Não devo mais definir como regra geral que as mulheres escrevam melhor cartas do que os homens, nem que cantem melhor duetos ou desenhem paisagens melhor. Em cada talento em que o bom gosto é o fundamento, a excelência se divide muito bem entre os sexos.

Foram interrompidos pela sra. Allen:

— Minha querida Catherine – disse ela –, tire este alfinete da minha manga; receio que já tenha aberto um buraco; ficarei muito aborrecida se assim for, pois adoro este vestido, embora só custe nove xelins a jarda.

— É exatamente isso o que eu teria pensado, minha senhora – disse o sr. Tilney, examinando a musselina.

— Entende de musselina, meu senhor?

— Muitíssimo bem; sempre compro as minhas próprias gravatas e sou reconhecidamente um excelente juiz; e a minha irmã muitas vezes confia em mim na compra de seus vestidos. Outro dia, comprei um para ela, e foi considerada uma fantástica pechincha por todas as mulheres que o viram. Paguei só cinco xelins a jarda, e era uma autêntica musselina indiana.

A sra. Allen ficou impressionadíssima com a inteligência dele.

— Os homens normalmente dão tão pouca atenção a essas coisas – disse ela –; jamais consigo fazer o sr. Allen distinguir os meus vestidos uns dos outros. O senhor deve ser um grande conforto para sua irmã.

— Espero que sim, senhora.

— Mas, meu senhor, qual a sua opinião sobre o vestido da srta. Morland?

— Lindo, minha senhora – respondeu ele, examinando-o com gravidade –; mas não acho que ele vá suportar bem a lavagem; receio que se desgaste.

— Como é que o senhor pode – disse Catherine, rindo – ser tão...

Ela quase disse "esquisito".

— Concordo plenamente com o senhor – replicou a sra. Allen –, e foi o que disse a ela quando o comprou.

— Mas a senhora sabe que a musselina sempre pode servir para muitas coisas; a srta. Morland vai ter o bastante para um lenço, um boné ou uma capa. Nunca se pode afirmar que a musselina esteja gasta. Ouvi a minha irmã dizer isso umas quarenta vezes, quando tinha a extravagância de comprar mais do que precisava ou não tinha paciência para cortá-la em pedaços.

— Bath é um lugar encantador; há tantas boas lojas aqui. Nossa situação é triste no interior; não que não tenhamos ótimas lojas em Salisbury, mas é tão longe... oito milhas é uma boa distância; o sr. Allen diz que são nove, mediu nove milhas; mas tenho certeza de que não podem ser mais de oito; e é tão cansativo... Volto morta de cansaço. Já aqui se pode dar um pulinho na rua e comprar algo em cinco minutos.

O sr. Tilney foi educado o bastante para parecer interessado no que ela dizia; e ela o manteve falando sobre musselinas até recomeçar a dança. Catherine receou, enquanto os ouvia falar, que ele fosse indulgente demais com o fraco dos outros.

— O que está pensando assim tão séria? – perguntou ele, enquanto voltavam ao salão de baile –; não no seu par, espero, pois, por esse seu balançar da cabeça, suas meditações não são de satisfação.

Catherine enrubesceu e disse:

— Não estava pensando em nada.

— Isso é engenhoso e profundo, com certeza; mas preferia que me dissesse de uma vez que não vai contar-me.

— Pois bem, então, não vou.

— Muito obrigado; pois agora logo vamos nos conhecer melhor, já que estou autorizado a infernizá-la com esse assunto sempre que nos encontrarmos, e nada no mundo favorece mais a intimidade do que isso.

Tornaram a dançar; e, quando o baile acabou, despediram-se, pelo menos da parte feminina, com um forte desejo de continuar o relacionamento. Se ela pensou tanto nele enquanto bebia o vinho quente e a água e se preparava para dormir, a ponto de sonhar com ele quando se deitou, é algo que não se pode afirmar; mas espero que não tenha sido mais do que num leve cochilo ou numa soneca matutina, no máximo; pois, se for verdade, como um prestigioso escritor sustentou, que nenhuma moça pode justificar-se por se apaixonar antes que o rapaz tenha declarado o seu amor, deve ser muito errado que uma jovem sonhe com um rapaz antes que se saiba que o rapaz sonhou com ela primeiro. Quão correto o sr. Tilney pudesse ser como sonhador ou namorado era algo que ainda não adentrara a mente do sr. Allen, mas, depois de se informar, não fez objeções a que ele se relacionasse normalmente com a moça que estava sob sua responsabilidade, pois se dera ao trabalho no começo da noite de se informar sobre quem fosse o seu par, e lhe garantiram que o sr. Tilney era um eclesiástico, de uma respeitabilíssima família de Gloucestershire.

Capítulo 4

Com entusiasmo maior do que o de costume, Catherine correu para o balneário no dia seguinte, com a íntima certeza de lá deparar-se com o sr. Tilney antes do fim da manhã, e estava pronta para encontrá-lo com um sorriso; mas nenhum sorriso foi necessário: o sr. Tilney não apareceu.

Todas as criaturas de Bath, exceto ele, puderam ser vistas nos diversos períodos de maior movimento; multidões entravam e saíam a cada momento, subiam e desciam as escadas; pessoas com quem ninguém se preocupava e que ninguém queria ver; e só ele estava ausente.

— Que lugar fascinante é Bath – disse a sra. Allen ao se sentarem junto ao grande relógio, depois de passearem pelo salão até se cansarem –; e como seria bom se tivéssemos amigos aqui.

Esse sentimento fora proclamado tantas vezes em vão, que a sra. Allen não tinha nenhuma razão especial para esperar que fosse mais feliz agora; dizem, porém, que "não desesperemos de nada que queiramos", porque "a infatigável perseverança trará o que queremos"; e a infatigável perseverança com que a cada dia ela ansiava pela mesma coisa devia, com o tempo, ter sua justa recompensa, pois mal se haviam passado dez minutos desde que se sentara junto a uma dama aproximadamente da sua mesma idade, que a estivera observando atentamente por vários minutos, quando esta se dirigiu a ela muito amavelmente com estas palavras:

— Acho, minha senhora, que não posso estar enganada; faz muito tempo que tive o prazer de vê-la, mas o seu nome não é Allen?

Respondida a pergunta, como prontamente o foi, a estranha disse que o seu era Thorpe; e a sra. Allen logo reconheceu as feições de uma velha colega de escola e amiga íntima, que vira só uma vez depois dos respectivos casamentos, havia muitos anos. Muito se alegraram com aquele encontro, como era de esperar, pois nenhuma notícia tiveram uma da outra nos últimos quinze anos. Elogios pela elegância foram feitos; e depois de observarem como o tempo voara desde que se haviam visto pela última vez, como era inesperado encontrarem-se em Bath e que prazer era ver uma velha amiga, passaram a fazer perguntas e dar informações de sua família, irmãs e primas, ambas falando ao mesmo tempo, muito mais dispostas a dar do que a receber notícias, e cada uma ouvindo muito pouco do que a outra dizia. A sra. Thorpe, contudo, dispunha ao falar de uma grande vantagem sobre a sra. Allen, por ter uma família com filhos; e quando se deteve falando dos talentos dos filhos e da beleza das filhas, de suas diferentes situações e perspectivas – que John estava em Oxford, Edward em Merchant Taylors' e William na marinha – e cada um dos três mais querido e respeitado em seu respectivo lugar do que quaisquer outras três pessoas jamais o foram, a sra. Allen não tinha nenhuma informação parecida a dar, nenhum triunfo parecido a empurrar pelos ouvidos avessos e céticos da amiga. Foi obrigada a permanecer sentada, parecendo ouvir todas aquelas efusões maternais, consolando-se, porém, com a descoberta, que seus olhos sagazes logo fizeram, de que a renda na peliça da sra. Thorpe não podia comparar-se em beleza com a sua própria.

— Lá vêm as minhas queridas filhas – exclamou a sra. Thorpe, apontando três moças de ar inteligente que, de braços dados, se aproximavam dela. – Minha querida sra. Allen, estou louca para apresentá-las a você; elas vão adorar conhecê-la: a mais alta é a Isabella, a minha mais velha; não é uma moça linda? As outras também são muito admiradas, mas acho que a Isabella é a mais bonita.

As srtas. Thorpes foram apresentadas; e a srta. Morland, que por um breve momento passara despercebida, também foi apresentada. O nome pareceu causar forte impressão em todas; e, depois de lhe falarem com muita polidez, a moça mais velha observou em voz alta para as outras:

— Como a srta. Morland se parece com o irmão!

— É mesmo a cara dele! – exclamou a mãe – e a frase "Eu a teria reconhecido em qualquer lugar como irmã dele!" foi repetida por todas elas, duas ou três vezes. Por um momento, Catherine pareceu surpresa; mas a sra. Thorpe e suas filhas mal haviam começado a contar a história de seu relacionamento com o sr. James Morland, e ela já se lembrava de que o irmão mais velho recentemente se tornara amigo íntimo de um jovem de sua faculdade, de nome Thorpe; e passara a última semana das férias de Natal com a família dele, perto de Londres.

Depois de tudo explicado, muitas coisas gentis foram ditas pelas srtas. Thorpes sobre o seu desejo de conhecê-la melhor; de já se considerarem amigas, por meio da amizade dos irmãos etc., o que Catherine ouviu com prazer, e respondeu com todas as belas expressões de que se lembrou; e como primeira prova de amizade, logo foi convidada a dar uma volta pelo salão de braços dados com a mais velha das srtas. Thorpes. Catherine estava felicíssima com essa extensão de seus conhecimentos em Bath, e quase se esqueceu do sr. Tilney enquanto conversava com a srta. Thorpe. A amizade é decerto o melhor bálsamo contra as dores da decepção amorosa.

A conversa girou ao redor daqueles assuntos sobre os quais a livre discussão ajuda muito a aprofundar a rápida intimidade entre duas jovens: roupas, bailes, flertes e zombarias. Sendo a srta. Thorpe, porém, quatro anos mais velha do que a srta. Morland e pelo menos quatro anos mais bem informada, tinha uma vantagem muito pronunciada ao discutir tais temas; podia comparar os bailes de Bath aos de Tunbridge, suas modas às de Londres; podia corrigir as opiniões da nova amiga sobre muitos pontos de elegância ao vestir; descobrir um flerte entre um rapaz e uma moça que apenas sorriam um para o outro; e apontar um tipo esquisito no meio da multidão. Tais habilidades foram devidamente apreciadas pela srta. Morland, para a qual eram completa novidade; e o respeito que naturalmente inspiravam poderia ter-se tornado grande demais para que houvesse certa familiaridade entre as duas moças, se não fosse a franca jovialidade das maneiras da srta. Thorpe e suas frequentes expressões de alegria por tê-la conhecido, que amenizavam qualquer sentimento de temor reverencial e só deixavam subsistir um carinhoso afeto. A crescente amizade entre elas não era algo que pudesse satisfazer-se com meia dúzia de voltas pelo balneário, mas exigia, quando todas deixaram juntas o lugar, que a srta. Thorpe acompanhasse a srta. Morland até a porta da casa do sr. Allen; e que ali se despedissem com um carinhosíssimo e demorado aperto de mãos, depois de saberem, para alívio mútuo, que se veriam à noite no teatro e fariam suas orações na mesma capela na manhã seguinte. Catherine, então, imediatamente subiu as escadas correndo para observar da janela da sala de estar a caminhada da srta. Thorpe pela rua; admirou a graça espiritual do andar, o ar elegante da pessoa e das roupas; e se sentiu muito grata pela oportunidade de conseguir tal amiga.

A sra. Thorpe era viúva e não muito rica; tinha bom humor e boa índole, e era mãe muito indulgente. A filha mais velha tinha muita beleza física, e as mais jovens, tentando ser tão bonitas quanto a irmã, imitando seu jeito e vestindo-se no mesmo estilo, davam-se muito bem.

Essa breve explicação sobre a família destina-se a superar a necessidade de uma longa e minuciosa descrição da sra. Thorpe, de suas aventuras e de seus sofrimentos passados, que, sem isso, deveriam ocupar os próximos três ou quatro capítulos, nos quais a vileza dos lordes e advogados seria retratada e as conversas ocorridas havia vinte anos, repetidas com minúcias.

Capítulo 5

Catherine não estava tão empenhada, no teatro, naquela noite, em retribuir aos sorrisos e inclinações da srta. Thorpe, embora eles exigissem muito de seu tempo, a ponto de se esquecer de procurar com um olhar atento o sr. Tilney em cada camarote que seus olhos pudessem alcançar; mas tudo em vão.

O sr. Tilney não era mais entusiasta do teatro do que do balneário. Esperava ter mais sorte no dia seguinte; e quando seus votos de bom tempo foram satisfeitos ao ver uma esplêndida manhã, não teve dúvidas a esse respeito; pois um belo domingo tira de casa todos os moradores, e nessas ocasiões todos parecem passear pelas ruas e dizer aos amigos: que lindo dia!

Assim que terminou o serviço divino, as Thorpes e os Allens reuniram-se com alegria; e depois de passarem tempo suficiente no balneário para descobrirem que a multidão estava insuportável e que não havia nenhum rosto interessante para verem, o que todos descobrem a cada domingo durante toda a estação, foram correndo ao Crescente[1], para respirarem o ar fresco de melhor companhia. Aqui Catherine e Isabella, de braços dados, voltaram a saborear as doçuras da amizade numa conversa bem franca; falaram muito e com muito prazer; ela, porém, novamente se decepcionou em sua esperança de tornar a ver o seu par. Não o encontrava em lugar nenhum; todas as buscas que fazia eram igualmente infrutíferas, quer nos passeios matutinos, quer nas reuniões noturnas; nem nos salões Superiores, nem nos Inferiores, em bailes de gala ou informais, podia ele ser visto; nem entre os caminhantes, os cavaleiros ou os condutores de carruagem da manhã. Seu nome não estava no livro do balneário, e a curiosidade mais nada podia fazer. Devia ter partido de Bath. Não havia, porém, mencionado que sua estada seria tão breve! Essa espécie de mistério que sempre cai tão bem ao herói deu novo ímpeto à imaginação de Catherine acerca de sua pessoa e seus modos, e aumentou a sua impaciência em encontrá-lo. Das Thorpes não conseguiu ter nenhuma notícia sobre ele, pois estavam apenas havia dois dias em Bath quando encontraram a sra. Allen. Esse era um assunto, porém, sobre o qual muitas vezes falava longamente com sua bela amiga, da qual recebia todo incentivo possível para continuar a pensar nele; e a impressão que ele provocou sobre a sua imaginação não corria o risco de se esvair. Isabella tinha certeza de que se tratava de um jovem encantador, e igual certeza de que ele devia ter adorado a sua querida Catherine e, portanto, logo estaria

---

[1] Royal Crescent, célebre construção em forma de crescente, que reúne cerca de trinta casas de alto luxo em Bath.

de volta. Gostava ainda mais dele por se tratar de um eclesiástico, "pois tem de admitir ter uma queda especial pela profissão"; e suspirou ao dizer isso. Talvez Catherine estivesse errada em não perguntar a causa da delicada comoção, mas não era experiente o bastante nas sutilezas do amor ou nos deveres da amizade, para saber quando era bem-vinda uma gentil brincadeira ou quando devia forçar as confidências.

Agora a sra. Allen estava muito contente, muito satisfeita com Bath. Descobrira gente conhecida e tivera a boa sorte de nela encontrar a família de uma velha e boa amiga; e, para cúmulo da boa sorte, descobrira que essas amigas estavam longe de vestir roupas tão caras quanto as suas. Sua expressão de todos os momentos não era mais "Queria ter conhecidos em Bath!". Passara a ser "Como estou contente por ter encontrado a sra. Thorpe!", e estava tão entusiasmada em promover o relacionamento entre as duas famílias quanto a sua jovem protegida e a própria Isabella podiam estar; nunca satisfeita com o dia a menos que passasse a maior parte dele ao lado da sra. Thorpe, no que chamavam de conversação, mas na qual raramente havia alguma troca de opinião e poucas vezes algo que parecesse um assunto comum, pois a sra. Thorpe quase só falava dos filhos e a sra. Allen, dos seus vestidos.

O progresso da amizade entre Catherine e Isabella foi tão veloz quanto fora caloroso o seu início, e elas passaram tão rápido por todas as gradações de crescente ternura, que logo não havia mais nenhuma prova de amizade recíproca que pudessem dar aos amigos ou a si mesmas. Chamavam-se pelo primeiro nome, estavam sempre de braços dados quando caminhavam, erguiam a cauda do vestido uma da outra para a dança e não queriam ser separadas enquanto dançavam; e se uma manhã chuvosa lhes tirasse toda outra diversão, estavam decididas a se encontrar, apesar da água e da sujeira, e se trancavam no quarto para lerem romances juntas. Isso mesmo, romances; pois não vou adotar esse mesquinho e grosseiro costume, tão comum entre romancistas, de degradar com sua censura desdenhosa os próprios trabalhos cujo número eles mesmos fazem crescer, unindo-se a seus piores inimigos em dar os mais agressivos epítetos a tais obras, sequer permitindo que elas sejam lidas por sua própria heroína, que, se por acidente lhe cair nas mãos um romance, decerto folheará suas insípidas páginas com repulsa. Mas ai! Se a heroína de um romance não for apadrinhada pela heroína de outro, de quem poderá esperar proteção e atenção? Não posso aprovar tal coisa. Deixemos aos críticos insultar à vontade tais efusões de imaginação, e a cada novo romance lançar seus surrados ataques contra o lixo que hoje faz gemerem as prensas. Não abandonemos uns aos outros; somos um corpo ferido. Embora a nossa produção tenha proporcionado mais amplo e autêntico prazer do que as de qualquer outra corporação literária do mundo, nenhuma espécie de composição foi mais vituperada. Por orgulho, ignorância ou moda, nossos inimigos são quase tantos quantos nossos leitores. E enquanto o talento do nongentésimo compilador da História da Inglaterra ou do homem que reúne e publica num livro algumas dúzias de linhas de Milton, Pope e Prior, com um artigo do Spectator, e um capítulo de Sterne, é elogiado por mil plumas, há um desejo quase universal de vilipendiar e desvalorizar o trabalho do romancista, e rebaixar obras que têm apenas o gênio, a inteligência e o bom gosto para recomendá-las. "Não sou um leitor de romances... Raramente folheio romances... Não vá imaginar que leio muitos romances... Para um romance, está muito bom." Esta é a cantilena de sempre. "E o que anda lendo, senhorita...?" "Ah! É só um romance!", responde a mocinha, enquanto larga o livro com afetada indiferença ou momentânea vergonha. "É só Cecilia ou Camilla ou Belinda"; ou, em suma, só alguma obra em que se exibem as maiores faculdades do espírito, em que o mais completo conhecimento da natureza humana, o mais feliz traçado de suas variedades, as mais vivas efusões de inteligência e humor são oferecidos ao mundo na linguagem mais seleta. Ora, estivesse a mesma mocinha entretida com algum número do Spectator em vez de com tal obra, com que orgulho ela teria mostrado o livro e pronunciado o seu título; embora seja mais provável que ela não esteja ocupada com nenhuma parte dessa volumosa publicação, cujo conteúdo e estilo não devem repelir uma jovem de bom gosto: consistindo tantas vezes a substância de seus artigos na descrição de circunstâncias improváveis, personagens pouco naturais e temas de conversação que não mais interessam a nenhuma pessoa viva; e a linguagem é também tão vulgar, que não passa uma ideia muito favorável da época que a tolerou.

Capítulo 6

A seguinte conversa, ocorrida certa manhã entre as duas amigas no balneário, oito ou nove dias depois de se conhecerem, é aqui apresentada como amostra do caloroso afeto que havia entre elas e da delicadeza, da discrição e da originalidade de pensamento e do bom gosto literário que marcavam a razoabilidade daquela afeição.

Encontraram-se na hora marcada; e como Isabella chegara uns cinco minutos antes da amiga, suas primeiras palavras foram, naturalmente:

— Minha tão querida criatura, por que esse atraso todo? Estou esperando-a por pelo menos um século!

— É mesmo? Mil desculpas, mas achei que estava sendo pontual. É uma em ponto. Espero que não esteja aqui há muito tempo!

— Ah! Pelo menos uns dez séculos. Tenho certeza de que estou aqui há meia hora. Mas agora vamos para o outro lado do salão nos divertir. Tenho mil coisas para contar-lhe. Primeiro, estava com muito medo de que chovesse nesta manhã, justo quando queria sair; o dia parecia muito chuvoso, e isso me faria entrar em agonia! Sabe, vi o chapeuzinho mais lindo que você pode imaginar, numa vitrina em Milsom Street agorinha mesmo... muito parecido com o seu, só que com fitas cor de papoula em vez de verdes; eu me apaixonei por ele. Mas, querida Catherine, o que esteve fazendo toda esta manhã? Continuou lendo *Udolpho*[1]?

— Já começo a ler assim que acordo; e já cheguei ao véu negro.

— É mesmo? Que delícia! Ah! Nem morta eu contaria o que há por trás do véu negro! Você não está louca para saber?

— Ah! Muito! Que será? Mas não me conte... não quero que me contem de jeito nenhum. Sei que deve ser um esqueleto, tenho certeza de que é o esqueleto de Laurentina. Ah! Estou adorando o livro! Gostaria de passar a vida inteira lendo. Garanto-lhe, se não fosse para nos encontrarmos, eu não o teria largado por nada neste mundo.

— Minha querida! Como estou grata a você; e quando acabar o *Udolpho*, vamos ler *O Italiano* juntas; e fiz-lhe uma lista de mais dez ou doze do mesmo tipo.

— Fez mesmo? Como estou contente! Quero saber o nome de todos.

— Logo, logo vou ler para você o nome deles; aqui estão eles, na minha cadernetinha. *Castle of Wolfenbach*[2], *Clermont*[3], *Mysterious*

---

[1] *The Mysteries of Udolpho*, romance gótico de Ann Radcliffe (1794).

[2] *O Castelo de Wolfenbach*, romance gótico de Eliza Parsons (1793).

[3] Romance de Regina Maria Roche (1798).

Warnings[4], *Necromancer of the Black Forest*[5], *Midnight Bell*[6], *Orphan of the Rhine*[7] e *Horrid Mysteries*[8]. Isso vai levar algum tempo.

— Muito bem! Mas são todos eles de horror, tem certeza de que são de horror?

— Tenho sim, pois uma amiga minha, a srta. Andrews, um doce de moça, uma das criaturas mais doces do mundo, leu todos eles. Gostaria que conhecesse a srta. Andrews, você iria adorá-la. Está fazendo ela mesma a mais linda capa que você possa imaginar. Acho-a tão linda quanto um anjo, e fico louca com os homens, que não a admiram! Sempre lhes passo uma severa reprimenda por isso.

— Passa-lhes uma reprimenda! Você os repreende porque não a admiram?

— Isso mesmo. Não há nada que eu não faça pelos amigos. Não sei gostar das pessoas pela metade; não é da minha natureza. Meus relacionamentos são sempre muito fortes. Eu disse ao capitão Hunt numa de nossas festas neste inverno que, se ele me importunasse a noite toda, eu não dançaria com ele, a menos que admitisse que a srta. Andrews é linda como um anjo. Os homens julgam-nos incapazes da autêntica amizade, como você sabe, e estou decidida a mostrar a eles a diferença. Agora, se eu ouvir alguém falar mal de você, vou pegar fogo imediatamente: mas isso é muito pouco provável, porque você é o tipo de menina que os homens adoram.

— Ah, querida! – exclamou Catherine, corando. – Como pode dizer uma coisa dessas?

— Conheço-a muito bem; você é tão animada, exatamente o que falta à srta. Andrews, pois devo confessar que há algo de incrivelmente

---

[4] *Avisos misteriosos*, romance gótico de Eliza Parsons (1796).

[5] *O necromante da Floresta Negra*, romance gótico de Carl Friedrich Kahlert (1794).

[6] *Sino da meia-noite*, romance gótico de Francis Lathom.

[7] *Órfão do Reno*, romance gótico de Eleanor Sleath (1798).

[8] *Horrendos mistérios*, romance gótico de Peter Will (1796).

insípido com ela. Ah! Tenho de contar-lhe isto: logo depois que nos despedimos, ontem, vi um rapaz olhando-a com tanto entusiasmo... tenho certeza de que está apaixonado por você.

Catherine enrubesceu e negou outra vez. Isabella riu.

— Dou-lhe a minha palavra de honra de que é verdade, mas eu entendo; você é indiferente à admiração de todos, salvo a de um rapaz, que não deve ter nome. Não, não posso culpá-la – e, falando mais seriamente –, é fácil compreender os seus sentimentos. Quando o coração está mesmo cativo, sei muito bem como é indiferente a atenção de qualquer outra pessoa. Tudo o que não está relacionado com a pessoa amada é tão insípido, tão desinteressante! Entendo perfeitamente os seus sentimentos.

— Mas você não deveria convencer-me de que penso tanto no sr. Tilney, pois talvez eu nunca mais volte a vê-lo.

— Não voltar a vê-lo! Minha querida, não fale isso. Tenho certeza de que se sentiria infeliz se pensasse assim!

— Não, eu não vou mesmo. Não vou fingir que não gostei muito dele; mas enquanto tiver o *Udolpho* para ler, sinto que ninguém pode fazer-me infeliz. Ah! O terrível véu negro! Querida Isabella, tenho certeza de que o esqueleto de Laurentina está por trás dele.

— Para mim é estranho que você nunca tivesse lido *Udolpho* antes; mas acho que a sra. Morland é contra os romances.

— Não, não é. Ela mesma sempre lê *Sir Charles Grandison*[9]; mas os livros novos não chegam até nós.

— *Sir Charles Grandison*! É um livro incrivelmente péssimo, não é? Lembro-me de que a srta. Andrews não conseguiu passar do primeiro volume.

— Não é como *Udolpho*, mesmo; mas acho muito divertido.

---

[9] *The History of Sir Charles Grandison*, romance de Samuel Richardson (1753).

— É mesmo? Isso é uma surpresa para mim; achava que não fosse legível. Mas, querida Catherine, já decidiu o que vai usar na cabeça nesta noite? Estou firmemente decidida a me vestir exatamente como você. Os homens às vezes reparam nisso.

— Mas não é importante que eles notem – disse Catherine, com muita inocência.

— Importante? Deus do céu! Para mim é uma regra nunca me importar com o que eles dizem. Eles muitas vezes são terrivelmente impertinentes, se não os tratarmos com inteligência, mantendo-os a distância.

— São mesmo? Nunca notei isso. Comigo, eles sempre se comportaram muito bem.

— Ah! Eles têm uma pose! São as criaturas mais presunçosas do mundo, e se julgam os tais! Aliás, já pensei nisso mil vezes e sempre me esqueço de perguntar-lhe a cor de cabelos de que você mais gosta nos homens: os morenos ou os loiros?

— Nem sei. Nunca pensei muito nisso. Algo intermediário, acho. Castanho... não loiro, e... não muito escuro.

— Muito bem, Catherine. É exatamente ele. Não me esqueci da descrição que você fez do sr. Tilney: pele morena, olhos negros e cabelos castanhos. Bom, o meu gosto é diferente. Prefiro olhos claros e, quanto à cor da pele, você sabe, prefiro uma tez pálida a todas as outras. Não vá trair-me, se conhecer alguém com essa descrição.

— Trair você! Que quer dizer com isso?

— Nada, vamos deixar para lá. Acho que falei demais. Vamos mudar de assunto.

Catherine, um pouco espantada, concordou, e, depois de permanecer alguns instantes em silêncio, estava a ponto de voltar ao que mais lhe interessava naquele momento do que qualquer outra coisa no mundo, o esqueleto de Laurentina, quando a sua amiga a impediu, dizendo:

— Pelo amor de Deus! Vamos sair deste canto do salão. Sabe, há dois rapazes odiosos que estão olhando para mim há meia hora. Eles conseguem tirar-me do sério. Vamos olhar o livro de chegada. Dificilmente eles nos vão seguir até lá.

E lá foram elas até o livro; e enquanto Isabella examinava os nomes, a tarefa de Catherine consistiu em observar o comportamento daqueles alarmantes rapazes.

— Não estão vindo para cá, estão? Espero que não sejam impertinentes a ponto de nos seguirem. Por favor, avise-me se estiverem vindo. Resolvi que não vou erguer os olhos.

Pouco depois, Catherine, com evidente prazer, garantiu-lhe que não precisava mais ficar nervosa, pois os cavalheiros acabavam de sair do balneário.

— E para que lado foram? – perguntou Isabella, dando rapidamente a meia-volta. – Um deles era um rapaz de bela aparência.

— Foram para os lados da praça da igreja.

— Ótimo, estou felicíssima por ter-me livrado deles! E, agora, que tal ir até Edgar's Buildings comigo para conhecer o meu novo chapéu? Você disse que gostaria de vê-lo.

Catherine prontamente concordou.

— Só que – acrescentou ela – talvez encontremos os dois rapazes.

— Ah! Não se preocupe com isso. Se nos apressarmos, logo os ultrapassaremos, e estou louca para mostrar-lhe o meu chapéu.

— Mas se esperarmos cinco minutos, não haverá mais nenhum perigo de encontrá-los de novo.

— Não vou dar a eles tanta consideração, isso eu lhe garanto. Não pretendo tratar os homens com tanto respeito. Assim eles acabam ficando mimados.

Catherine nada tinha a opor a tal raciocínio; e assim, para mostrar a independência da srta. Thorpe e sua decisão de humilhar o sexo oposto, elas partiram o mais rápido que puderam atrás dos dois rapazes.

Capítulo 7

Em meio minuto, do balneário já estavam no arco em frente a Union Passage; mas aqui elas tiveram de parar. Todos os que conhecem Bath devem lembrar-se da dificuldade de atravessar Cheap Street naquele ponto; é de fato uma rua de natureza tão

impertinente, tão desgraçadamente ligada às grandes estradas de Londres e Oxford, e ao principal hotel da cidade, que nunca se passa um dia sem que grupos de senhoras, por mais importantes que sejam seus afazeres, quer estejam em busca de pastéis, quer de chapéus, quer até (como no caso presente) de rapazes, sejam detidas de um lado ou de outro pelas carruagens, pelos cavalos ou pelas carroças. Este mal já havia sido sentido e lamentado pelo menos três vezes ao dia por Isabella desde que chegara a Bath; e seu destino agora era senti-lo e lamentá-lo uma vez mais, pois no exato momento de passarem para o outro lado de Union Passage, e já à vista dos dois cavalheiros que as precediam em meio à multidão, pelas calçadas daquela interessante aleia, foram impedidas de atravessar pela aproximação de um cabriolé guiado através do mau calçamento por um cocheiro de ares de entendido, com veemência capaz de pôr em perigo a sua própria vida, a do seu companheiro e a do cavalo.

— Ah, esses detestáveis cabriolés! – disse Isabella, erguendo os olhos. – Como os odeio.

Esse ódio, porém, embora mais do que justo, não durou muito, pois a um segundo olhar exclamou:

— Que maravilha! O sr. Morland e o meu irmão!

— Deus do céu! É o James! – foi o que exclamou no mesmo instante Catherine; e, ao chamar a atenção do rapaz, o cavalo foi imediatamente freado com tal violência, que ele quase foi jogado contra o traseiro do animal; o criado, então, subiu à boleia, o rapaz pulou para a calçada, e o cabriolé foi entregue aos cuidados do primeiro.

Catherine, para a qual aquele encontro era completamente inesperado, recebeu o irmão com o maior prazer; e este, como era de temperamento muito carinhoso e tinha um afeto sincero pela irmã, deu por seu lado todas as mostras de igual satisfação, o que ele teria tempo para fazer, se não fossem os olhos brilhantes da srta. Thorpe, que procuravam insistentemente chamar a sua atenção; e ele de imediato lhe prestou as suas homenagens, com um misto de alegria e de embaraço que poderia ter mostrado a Catherine – se esta fosse melhor conhecedora dos sentimentos de outras pessoas e menos absorta nos seus próprios – que o seu irmão achava a sua amiga quase tão linda quanto ela mesma a achava.

John Thorpe, que nesse meio-tempo estivera ocupado dando ordens a respeito dos cavalos, logo se uniu ao grupo, e dele Catherine recebeu o desagravo que lhe era devido; pois enquanto ele dava com indiferença a mão a Isabella, a Catherine dedicava uma reverência completa. Era um rapaz corpulento, de altura mediana, que, com um rosto feioso e formas desgraciosas, parecia temer estar bonito demais a menos que vestisse os trajes de um moço de estrebaria, e cavalheiresco demais a menos que fosse desenvolto quando devia ser formal e impudente quando poderia ser desenvolto. Ele olhou o relógio:

— Há quanto tempo acha que estamos viajando desde Tetbury, srta. Morland?

— Não sei qual seja a distância.

Disse-lhe o irmão que eram vinte e três milhas.

— Vinte e três! – exclamou Thorpe. – São vinte e cinco, se é verdade que isto aqui seja um polegar.

Morland protestou, invocou a autoridade dos guias de viagem, dos donos de albergues e dos marcos estradais; seu amigo, porém, desdenhou de tudo isso; dispunha de mais seguro teste de distância.

— Sei que têm de ser vinte e cinco – disse ele –, pelo tempo que levamos. Agora é uma e meia da tarde; saímos da praça do albergue em Tetbury quando o relógio da cidade dava as onze; e desafio qualquer homem na Inglaterra a fazer o meu cavalo correr a menos de dez milhas por hora quando atrelado; o que dá exatamente vinte e cinco.

— Você contou uma hora a menos – disse Morland –; eram só dez horas quando saímos de Tetbury.

— Dez horas! Eram onze, palavra de honra! Contei cada badalada. Esse seu irmão quer convencer-me de que enlouqueci, srta. Morland; olhe só para o meu cavalo; já viu alguma vez um animal nascido para correr como este? – (O criado acabara de subir na carruagem e estava levando-a embora.) – Um puro-sangue desses! Três horas e meia para andar só vinte e três milhas! Veja o bicho e imagine só se isso é possível.

— Ele parece mesmo muito acalorado.

— Acalorado! Ele se mostrou impassível até chegarmos a Walcot Church; mas veja a testa dele; veja que lombos; veja só como ele se move; este cavalo não pode andar a menos de dez milhas por hora: amarre as patas dele, e ele segue em frente. O que acha do meu cabriolé, srta. Morland? Uma belezinha, não é? Bela carroceria; fabricada na cidade; não faz um mês que o tenho. Foi fabricado para um amigo meu de Christ Church[1], um sujeito muito bom; andou com ele por algumas semanas, até, acho eu, achar conveniente desfazer-se dele. Aconteceu de eu estar justamente atrás de uma coisa leve desse tipo, embora estivesse decidido a optar por uma caleche; mas tive a boa sorte de topar com ele em Magdalen Bridge, quando ele estava indo a Oxford, último semestre: "Ah! Thorpe", disse ele, "será que não gostaria de ter uma coisinha dessas para você? É uma obra-prima da espécie, mas estou cansado dela". "Ah, diacho", disse eu; "é comigo mesmo; quanto está pedindo?" E quanto acha que ele pediu, srta. Morland?

— Não faço ideia.

— A estrutura é de caleche de dois cavalos, pode ver; assento, porta-malas, bainha de sabre, para-lamas, faróis, acabamentos de prata, tudo completo, como pode ver; a estrutura de ferro está como nova, ou até melhor. Pediu cinquenta guinéus; fechei negócio na hora, paguei em dinheiro, e a carruagem passou a ser minha.

— Estou certa – disse Catherine – de que sei tão pouco sobre essas coisas, que não sei julgar se foi caro ou barato.

— Nem uma coisa nem outra; eu poderia ter conseguido por menos, tenho certeza; mas detesto barganhar, e o coitado do Freeman precisava de dinheiro.

---

[1] Tradicional *college* de Oxford.

— Foi muita delicadeza da sua parte – disse Catherine, bem impressionada.

— Ah! Diacho! Quando se pode fazer alguma coisa por um amigo, odeio ser miserável.

Foram feitas, então, perguntas sobre o que as jovens pretendiam fazer e, ao descobrirem aonde iam, ficou decidido que os cavalheiros iriam acompanhá-las até Edgar's Buildings e cumprimentar a sra. Thorpe. James e Isabella foram na frente; e tão satisfeita estava esta última com seu quinhão, tão empenhada em garantir uma caminhada agradável a ele, que tinha a dupla qualidade de ser amigo do seu irmão e irmão da sua amiga, tão puros e pouco afetados eram seus sentimentos, que, embora tivessem alcançado e ultrapassado os dois rapazes insolentes em Milsom Street, ela estava tão distante de querer chamar a atenção deles, que só olhou para trás três vezes.

John Thorpe ficou, é claro, com Catherine e, depois de um silêncio de alguns minutos, reatou a conversa sobre o cabriolé.

— Mas a senhorita vai ver que algumas pessoas acharam barato, pois eu poderia tê-lo vendido por dez guinéus a mais no dia seguinte; Jackson, de Oriel, logo me ofereceu sessenta; Morland estava comigo.

— É verdade – disse Morland, a quem haviam chegado aquelas palavras –; mas se esquece de dizer que estava incluído o seu cavalo.

— O meu cavalo! Ah, diacho! Eu não venderia o meu cavalo nem por cem. Gosta de carruagens abertas, srta. Morland?

— Muito! Raramente tenho a oportunidade de andar em uma; mas tenho predileção especial por elas.

— Fico feliz em saber. Vou levá-la para passear na minha todos os dias.

— Obrigada – disse Catherine, um pouco incomodada pela dúvida de se era correto aceitar tal oferta.

— Vou levá-la a Lansdown Hill amanhã.

— Obrigada. Mas o seu cavalo não vai precisar descansar?

— Descansar! Ele fez só vinte e três milhas hoje; isso é bobagem; nada estraga mais um cavalo do que o descanso; nada os derruba mais rápido. Não, não; vou exercitar o meu por uma média de quatro horas por dia enquanto estiver aqui.

— É mesmo? – disse Catherine, muito séria. – Isso dá quarenta milhas por dia.

— Quarenta! Por mim, seriam cinquenta. Muito bem, vou levá-la até Lansdown amanhã; veja bem, isso é uma promessa.

— Que delícia vai ser! – exclamou Isabella, voltando-se. – Minha querida Catherine, estou morrendo de inveja de você; mas temo que você, mano, não vai ter lugar para uma terceira pessoa.

— Terceira pessoa? Não, não. Não vim a Bath para levar a minha irmã para lá e para cá; isso seria uma piada! Morland vai ter de tomar conta de você.

Isso levou a uma troca de cortesias entre os outros dois; mas Catherine não ouviu nem os detalhes, nem o desfecho dela. O discurso do seu companheiro agora baixou de seu tom animado a nada mais do que uma curta e decisiva sentença de aprovação ou condenação ante cada mulher por que passavam; e Catherine, depois de ouvir e concordar tanto quanto podia, com toda a boa educação e deferência da mente da jovem mulher, temerosa de arriscar uma opinião própria em oposição à de um homem seguro de si, sobretudo quando está em questão a beleza do seu próprio sexo, tentou por fim mudar de assunto com uma pergunta que há tempos vinha ocupando a sua mente:

— Já leu *Udolpho*, sr. Thorpe?

— *Udolpho*! Ah, meu Deus! Não. Nunca leio romances. Tenho mais o que fazer.

Catherine, humilhada e envergonhada, iria desculpar-se pela pergunta, mas ele a impediu, dizendo:

— Os romances são tão cheios de absurdos e coisa parecida; nenhum razoavelmente decente foi publicado desde *Tom Jones*, fora *The Monk*[2]; li este outro dia; mas todos os outros são a coisa mais estúpida que existe na criação.

— Acho que gostaria de *Udolpho*, se o lesse; é tão interessante!

— Eu não, mesmo! Não, se eu ler algum, será o da sra. Radcliffe; os romances dela são bastante divertidos; vale a pena lê-los; há graça e natureza neles.

— *Udolpho* foi escrito pela sra. Radcliffe – disse Catherine, um pouco hesitante, com medo de desgostá-lo.

— Será mesmo? Agora me lembro, era sim; eu estava pensando naquele outro livro estúpido, escrito por aquela mulher por quem andam fazendo tanta confusão, aquela que era casada com o emigrante francês.

— Acho que deve referir-se a *Camilla*[3]?

— Este mesmo; quanta falta de naturalidade! Um velho que brinca no balanço, peguei o primeiro volume uma vez e dei uma olhada, mas logo vi que não daria; logo adivinhei que tipo de coisa devia ser antes de ver: assim que ouvi que ela se casara com um emigrante, tive a certeza de que jamais conseguiria ir até o fim.

— Eu nunca o li.

— Não perdeu nada, garanto-lhe; é o mais horrendo absurdo que possa imaginar; não há nada no mundo nele, a não ser um velho brincando no balanço e aprendendo latim; palavra de honra.

Essa crítica, cuja exatidão infelizmente escapou à pobre Catherine, levou-os à porta da casa da sra. Thorpe, e os sentimentos do sagaz e sem preconceitos leitor de *Camilla* deram lugar aos sentimentos do filho carinhoso e devotado, quando se encontraram com a sra. Thorpe, que os havia visto do corredor do andar de cima.

---

[2] Romance gótico do inglês Matthew Gregory Lewis (1796).

[3] *Camilla, a Picture of Youth*, romance de Frances Burney (1796).

— Ah, mamãe! Como vai? – perguntou ele, dando-lhe um caloroso aperto de mão. – Onde a senhora comprou esse chapéu esquisito? Ele a faz parecer uma velha bruxa. Aqui está o Morland, e vim passar alguns dias com a senhora, então vai ter de procurar um par de boas camas pelas vizinhanças.

E essas palavras pareceram satisfazer todos os mais caros anseios do coração da mãe, pois ela o recebeu com o mais feliz e exultante carinho. Às duas irmãs mais jovens ele então concedeu igual parte da sua ternura fraternal, pois perguntou a ambas como tinham passado e observou que estavam muito feias.

Tais modos não agradaram a Catherine; ele, porém, era amigo de James e irmão de Isabella; e seu julgamento foi mais tarde deixado de lado, quando Isabella lhe garantiu, ao saírem para ver o novo chapéu, que John a achou a mais encantadora jovem do mundo, e quando John a convidou, antes de se despedirem, a dançar com ele à noite. Se ela fosse mais velha ou mais vaidosa, tais avanços talvez de pouco adiantassem; porém, quando a juventude e a timidez se juntam, é preciso muita firmeza de razão para resistir à atração de ser chamada a mais encantadora jovem do mundo e de ser tão prontamente convidada a ser seu par; e a consequência disso foi que, quando os dois Morlands, depois de permanecerem uma hora com os Thorpes, saíram para a casa do sr. Allen, James, quando a porta se fechou atrás deles, disse: "Muito bem, Catherine, o que achou do meu amigo Thorpe?", em vez de responder, como provavelmente teria feito, se não houvesse nem amizade, nem adulação envolvida, "Não gostei nada dele", ela respondeu de imediato, "Gosto muito dele; parece muito simpático".

— Nunca houve ninguém com tão bom caráter quanto ele; um pouco falastrão; mas acho que isso será considerado uma virtude pelas mulheres: e o que achou do resto da família?

— Gostei muito, muito mesmo, principalmente da Isabella.

— Fico muito contente em ouvir isso de você; ela é o tipo de moça que eu gostaria de ver como sua amiga; tem muito bom-senso e é completamente simples e simpática; sempre quis que você a conhecesse; e ela parece gostar muito de você. Ela lhe fez os maiores elogios possíveis; e do louvor de uma moça como a srta. Thorpe, mesmo você, Catherine – tomando-lhe afetuosamente a mão –, pode orgulhar-se.

— E estou mesmo orgulhosa – replicou ela –; gosto demais dela e adorei saber que você também gosta dela. Você mal a mencionou em tudo o que escreveu para mim desde que os visitou.

— Porque achei que logo tornaria a ver você em pessoa. Espero que fiquem sempre juntas enquanto estiverem em Bath. Ela é uma moça adorável, com uma inteligência tão superior! Toda a família a ama; é evidentemente a favorita de todos; e como deve ser admirada num lugar como este... não é?

— Muito mesmo, acho que o sr. Allen a considera a moça mais bonita de Bath.

— Eu acredito; e não conheço nenhum homem que seja melhor juiz de beleza do que o sr. Allen. Nem preciso perguntar se está feliz aqui, querida Catherine; com uma companheira e amiga como Isabella Thorpe, seria impossível que não estivesse. Além disso, os Allens, tenho certeza, têm sido muito gentis com você, não é?

— Sim, muito gentis; nunca fui tão feliz antes. Agora que você chegou, tudo será mais delicioso do que nunca; que bom que veio de tão longe só para me ver!

James aceitou esse tributo de gratidão e também aplacou a consciência por tê-lo aceitado, dizendo com total sinceridade:

— Realmente, Catherine, eu adoro você.

Perguntas e notícias acerca dos irmãos e das irmãs, da situação de alguns deles, do crescimento dos demais e de outros assuntos de família foram trocados entre eles e prosseguiram, com apenas uma breve digressão da parte de James em louvor da srta. Thorpe, até chegarem a Pulteney Street, onde ele foi recebido com muita delicadeza pelo sr. e pela sra. Allen, convidado pelo primeiro a jantar com eles e instado pela última a adivinhar o preço e avaliar os méritos de um novo conjunto de regalo e estola. Um compromisso anterior em Edgar's Buildings impediu-o de aceitar o convite do primeiro e o obrigou a apressar-se em partir assim que satisfez a solicitação da segunda. Combinada com precisão a hora em que os dois grupos se reuniriam no Salão Octogonal, Catherine pôde então entregar-se ao luxo de uma excitada, inquieta e assustada imaginação acerca das páginas de *Udolpho*, longe de todas as preocupações mundanas sobre roupas e refeições, incapaz de acalmar os temores da sra. Allen acerca do atraso de uma costureira que ela aguardava, e dispondo só de um minuto em cada sessenta para dedicar até mesmo à reflexão sobre a sua própria felicidade, por já ter um compromisso para aquela noite.

Capítulo 8

Apesar de Udolpho e da costureira, porém, o grupo de Pulteney Street chegou aos Salões Superiores com pontualidade. Os Thorpes e James Morland haviam chegado apenas dois minutos antes; e tendo Isabella executado a cerimônia de costume de encontrar a amiga com o mais sorridente e afetuoso açodamento, de admirar o corte do vestido e de invejar o encaracolado dos cabelos, elas seguiram seus acompanhantes, de braços dados, até o salão de baile, sussurrando uma com a outra assim que lhes ocorria algum pensamento e suprindo a falta de muitas ideias por numerosos apertos de mão ou sorrisos carinhosos.

O baile começou poucos minutos depois de se sentarem; e James, que, como a irmã, já tinha seus compromissos no baile, insistiu muito com Isabella para que viesse dançar; mas John tinha ido ao salão de carteado para falar com um amigo, e nada, declarou ela, poderia levá-la a se dirigir à pista de dança antes que sua querida Catherine também pudesse ir.

— Garanto a você – disse ela – que não vou dançar sem a sua querida irmã por nada neste mundo; pois, se o fizesse, certamente ficaríamos separadas a noite inteira.

Aceitou Catherine essa delicadeza com gratidão, e permaneceram como estavam por mais três minutos, quando Isabella, que estivera conversando com James de seu outro lado, voltou-se de novo para a irmã dele e sussurrou:

— Minha querida, receio que eu tenha de me separar de você, pois o seu irmão está incrivelmente impaciente para dançar; sei que não vai importar-se se eu for, e tenho certeza de que John vai voltar logo, e então não vai ter dificuldade para me achar.

Catherine, embora um pouco desapontada, tinha uma natureza boa demais para demonstrar alguma oposição, e, ao se erguerem os demais, Isabella só teve tempo de apertar a mão da amiga e dizer "Adeus, meu amor", antes de saírem correndo. Como as srtas. Thorpes mais jovens também estavam dançando, Catherine foi deixada à mercê da sra. Thorpe e da sra. Allen, entre as quais permaneceu. Não podia deixar de estar aborrecida com a ausência do sr. Thorpe, pois não só estava louca para dançar como também tinha ciência de que, como a real dignidade de sua situação não podia ser conhecida, compartilhava com as inúmeras outras mocinhas ainda sentadas todo o descrédito de não ter um par. Cair em desgraça aos olhos do mundo, assumir a aparência da infâmia quando o seu coração era todo pureza, suas ações inocentes e o mau comportamento de outrem a verdadeira origem de sua degradação, é uma dessas situações que pertencem curiosamente à vida da heroína, e a firmeza diante dela é o que lhe dignifica particularmente o caráter. Catherine também tinha firmeza; estava sofrendo, mas nenhum murmúrio saiu de seus lábios.

Ela saiu desse estado de humilhação, ao fim de dez minutos, para um sentimento mais agradável ao ver, não o sr. Thorpe, mas o sr. Tilney, a três jardas do lugar em que estavam sentadas; parecia estar indo na sua direção, mas não a vira, e portanto o sorriso e o rubor que seu súbito aparecimento provocaram em Catherine se esvaíram sem macular a sua heroica condição. Ele estava tão bonito e tão vivo como nunca, e conversava animadamente com uma elegante e atraente moça, que se apoiava em seu braço, e que Catherine logo adivinhou ser sua irmã, perdendo irrefletidamente uma boa oportunidade de considerá-lo perdido para sempre, por já ser casado. Mas guiada apenas pelo que era simples e provável, nunca lhe passara pela cabeça que o sr. Tilney pudesse ser casado; ele não se comportara, não falara como os homens casados com quem estava acostumada; nunca mencionara uma esposa, mas reconhecera ter uma irmã. Dessas circunstâncias surgiram a rápida conclusão de que sua irmã estava agora ao lado dele; e, portanto, em vez de ganhar uma palidez mortal e cair desmaiada no colo da sra. Allen, Catherine empertigou-se na cadeira, no uso perfeito da razão, só com as faces um pouco mais vermelhas do que de costume.

O sr. Tilney e a sua companheira, que continuavam a aproximar-se, embora devagar, eram precedidos imediatamente por uma senhora, uma conhecida da sra. Thorpe; e quando esta senhora parou para falar com ela, os dois primeiros, como estavam juntos, também pararam, e Catherine, captando o olhar do sr. Tilney, logo recebeu dele o tributo sorridente de ser reconhecida. Ela o retribuiu com prazer, e então, aproximando-se ainda mais, o sr. Tilney falou com ela e com a sra. Allen, por quem foi polidamente reconhecido. "Estou muito feliz em tornar a vê-lo, meu senhor; temia que tivesse partido de Bath." Ele agradeceu-lhe os receios e disse que partira havia uma semana, justo na manhã seguinte à noite em que tivera o prazer de conhecê-la.

— Muito bem, meu senhor, e tenho certeza de que não lamenta estar de volta, pois este é o lugar certo para gente jovem... e sem dúvida para todos os outros também. Sempre digo ao sr. Allen, quando diz estar cansado daqui, que tenho certeza de que ele não deve queixar-se, pois este é um lugar tão agradável, e é tão melhor estar aqui do que em casa nesta enfadonha época do ano. Digo a ele que teve muita sorte de ser mandado para cá para cuidar da saúde.

— E espero que o sr. Allen venha a gostar daqui, por descobrir que lhe faz bem.

— Muito obrigada. Não tenho dúvida disso. Um nosso vizinho, o dr. Skinner, esteve aqui por motivos de saúde no inverno passado e voltou em ótima forma.

— Isso deve ter-lhe servido de incentivo.

— Verdade... e o dr. Skinner e a família permaneceram aqui por três meses; por isso digo ao sr. Allen que não deve apressar-se em ir embora.

Neste momento foram interrompidos por um pedido da sra. Thorpe à sra. Allen, para dar lugar a que a sra. Hughes e a srta. Tilney se sentassem, quando concordaram em juntar-se a elas, o que foi prontamente feito, continuando o sr. Tilney a permanecer de pé diante delas; e, depois de alguns minutos de reflexão, pediu a Catherine que dançasse com ele. Esse cumprimento, por mais simpático que fosse, mortificou profundamente a jovem; e, ao apresentar sua recusa, exprimiu tão bem sua dor na ocasião, que se Thorpe, que se juntou a eles logo em seguida, tivesse chegado meio minuto antes, teria achado que a dor dela era um pouco aguda demais. As maneiras desenvoltas com que ele se desculpou por tê-la deixado esperando de modo algum a reconciliaram com a própria sorte; tampouco os pormenores por ele fornecidos enquanto estava em pé a respeito dos cavalos e dos cães do amigo de que se separara havia pouco, e da proposta de uma troca de cães *terriers* entre eles, a interessaram tanto a ponto de impedir que ela olhasse com muita frequência para a parte da sala em que deixara o sr. Tilney. Da sua querida Isabella, a quem estava especialmente louca para mostrar aquele rapaz, nem sinal. Estavam em pistas diferentes. Ela estava separada de todo o seu grupo e longe de todos os conhecidos; um aborrecimento atrás do outro, e do total ela deduziu esta útil lição, de que ir previamente comprometida a um baile não aumenta necessariamente a dignidade nem o prazer de uma jovem. De tal esforço moralizador, foi subitamente tirada por um toque no ombro e, voltando-se, deparou-se com a sra. Hughes bem atrás de si, acompanhada da srta. Tilney e de um cavalheiro.

— Minhas desculpas, srta. Morland – disse ela –, mas não consigo achar a srta. Thorpe, e ela afirmou ter certeza de que você não se importaria em fazer companhia a esta jovem senhorita.

Não poderia a sra. Hughes encontrar ninguém no salão mais feliz em satisfazer o seu pedido do que Catherine. As jovens foram apresentadas uma à outra, a srta. Tilney exprimiu um justo reconhecimento pela bondade que lhe era feita, e a srta. Morland, com a real delicadeza de um espírito generoso, minimizou o favor que fizera; e a sra. Hughes, feliz por ter deixado sua protegida em tão respeitável companhia, voltou às suas amigas.

A srta. Tilney tinha bom porte, um rosto bonito e feições muito agradáveis; e seus modos, embora não tivesse toda a firme segurança, a classe resoluta da srta. Thorpe, era mais elegante. Suas maneiras mostravam bom-senso e boa educação; não eram nem tímidos, nem afetadamente desenvoltos; e parecia capaz de ser jovem e atraente num baile sem querer chamar a atenção de todos os homens ao seu redor e sem sentimentos exagerados de prazer extático ou de inconcebível irritação a cada acontecimento trivial. Catherine, que se interessou ao mesmo tempo pela aparência dela e pelo seu parentesco com o sr. Tilney, desejou travar amizade com ela, e, portanto, falava com ela assim que pensava em algo que dizer e tinha coragem e oportunidade de dizê-lo. Mas o obstáculo colocado no caminho de uma intimidade muito rápida pela frequente falta de um ou mais desses requisitos impediu que fossem além dos primeiros rudimentos da amizade, ao informarem uma à outra como gostavam de Bath, como admiravam seus edifícios e o campo ao redor, se desenhavam, tocavam instrumentos ou cantavam e se gostavam de andar a cavalo.

Mal tinham acabado as duas danças e já Catherine viu seu braço ser tomado por sua fiel Isabella, que animadíssima exclamou:

— Até que enfim a encontro. Minha queridíssima, estou procurando você há uma hora. O que a fez vir a esta pista, se sabia que eu estava na outra? Fiquei muito triste sem você.

— Querida Isabella, como poderia chegar até você? Não consegui nem ver onde você estava.

— Foi o que disse o tempo todo ao seu irmão... mas ele não quis acreditar em mim. Vá e veja por si mesmo, sr. Morland, disse eu... mas em vão... ele não quis mexer-se nem um palmo. Não é verdade, sr. Morland? Mas vocês, homens, são todos uns grandíssimos preguiçosos! Eu o tenho repreendido tanto, minha querida Catherine, que você ficaria admirada. Você sabe que não faço cerimônia com esse tipo de gente.

— Está vendo aquela jovem de pérolas brancas ao redor da cabeça – sussurrou Catherine, afastando de James a amiga. – É a irmã do sr. Tilney.

— Deus do céu! Não me diga! Deixe-me ver. Que jovem maravilhosa! Nunca vi ninguém com a metade da beleza dela! Mas onde está o irmão conquistador? Está no salão? Mostre-me o sr. Tilney agora, se ele estiver aqui. Morro de vontade de vê-lo. sr. Morland, não tem nada que ouvir aqui. Não estamos falando do senhor.

— Mas por que tantos sussurros? O que está acontecendo?

— Aí está, eu sabia! Vocês, homens, têm uma curiosidade infatigável! E ainda falam da curiosidade da mulher! Não é nada. Mas fique tranquilo, o senhor não vai saber nada sobre este assunto.

— E acha que isso vai me deixar tranquilo?

— Muito bem, juro que nunca vi uma coisa como o senhor. Que importância pode ter para o senhor saber o que estamos falando? Quem sabe estejamos falando do senhor; eu lhe aconselho, portanto, não ouvir, pois talvez escute algo não muito agradável.

Nessa conversa insossa, que durou algum tempo, o assunto original pareceu completamente esquecido. Embora Catherine tenha ficado muito contente por tê-lo deixado de lado por algum tempo, não podia deixar de desconfiar um pouco do brusco fim de todo o impaciente desejo de Isabella de ver o sr. Tilney. Quando a orquestra tocou os primeiros compassos de uma nova dança, James quis levar seu belo par consigo; ela, porém, resistiu.

— Vou dizer-lhe uma coisa, sr. Morland – exclamou ela –, eu não faria tal coisa por nada neste mundo. Como pode ser tão impertinente! Veja só, querida Catherine, o que o seu irmão quer que eu faça. Quer que eu dance de novo com ele, embora lhe tenha dito que é algo muito inadequado, completamente contrário às normas. Seremos alvo de todos os comentários, se não trocarmos de par.

— Garanto – disse James – que nesses bailes públicos é tão comum trocar de par quanto não trocar.

— Absurdo. Como pode dizer uma coisa dessas? Mas quando vocês, homens, querem alguma coisa, não recuam diante de nada. Minha doce Catherine, ajude-me; convença o seu irmão de que isso é impossível. Diga-lhe que ficaria chocada se me visse fazendo tal coisa. Não é verdade?

— Não, nem um pouco; mas se acha errado, é melhor trocar de par.

— Aí está – exclamou Isabella –, o senhor ouviu o que a sua irmã disse, e mesmo assim não lhe dá ouvidos. Muito bem, lembre-se de que a culpa não é minha, se causarmos alvoroço entre todas as velhas senhoras de Bath. Venha comigo, minha querida Catherine, pelo amor de Deus, e fique ao meu lado.

E lá se foram elas de volta ao lugar de onde tinham partido. John Thorpe, enquanto isso, já fora embora; e Catherine, sempre disposta a dar ao sr. Tilney uma oportunidade de repetir o agradável pedido que já a lisonjeara uma vez, caminhou na direção da sra. Allen e da sra. Thorpe o mais rápido que pôde, na esperança de ainda encontrá-lo com elas, esperança que, ao se mostrar vã, ela percebeu ter sido completamente insensata.

— Minha querida – disse a sra. Thorpe, impaciente para receber elogios ao filho –, espero que tenha tido um par agradável.

— Agradabilíssimo, minha senhora.

— Fico feliz em saber. John é mesmo encantador, não é?

— Você encontrou o sr. Tilney, querida? – perguntou a sra. Allen.

— Não, onde está ele?

— Esteve aqui conosco quase até agora, e disse que estava tão cansado de não fazer nada, que resolveu ir dançar; achei que talvez fosse pedir a você para dançarem, se a encontrasse.

— Onde será que ele está? – perguntou Catherine, olhando ao redor; mas não demorou muito para que o visse levando uma jovem para dançar.

— Ah! Ele já arrumou um par; gostaria que tivesse tirado você para a dança – disse a sra. Allen; e após um breve silêncio, acrescentou – Ele é um rapaz muito simpático.

— É mesmo, sra. Allen – disse a sra. Thorpe, rindo com complacência –; tenho de admitir, embora seja mãe dele, que não há rapaz mais simpático no mundo inteiro.

Resposta tão estapafúrdia poderia ultrapassar a compreensão de muitos; mas não confundiu a sra. Allen, pois após breve reflexão, disse num sussurro a Catherine:

— Tenho certeza de que ela pensou que eu estava falando do filho dela.

Catherine estava decepcionada e irritada. Parecia ter perdido por muito pouco o verdadeiro objetivo que tinha em vista; e essa convicção não a predispunha a uma resposta muito graciosa, quando John Thorpe apareceu à sua frente logo em seguida, dizendo:

— Muito bem, srta. Morland, imagino que a senhorita e eu vamos dançar mais uma vez.

— Ah, não; sou-lhe muito grata, mas nossas duas danças já acabaram; além disso, estou cansada e não pretendo tornar a dançar.

— Não mesmo? Então vamos dar uma volta e nos divertir com os tipos esquisitos. Venha comigo e lhe mostrarei o que há de mais estapafúrdio no salão; minhas duas irmãs mais moças e seus pares. Estou rindo deles há meia hora.

Mais uma vez Catherine recusou; e por fim ele se afastou para rir das irmãs sozinho. O resto do baile ela achou muito enfadonho; o sr. Tilney separou-se do grupo na hora do chá, para acompanhar o do seu par; a srta. Tilney, embora fizesse parte dele, não se sentou perto dela, e James e Isabella estavam tão entretidos conversando, que a última não teve tempo de conceder à amiga mais do que um sorriso, um aperto de mão e um "minha querida Catherine".

Capítulo 9

Foi a seguinte a evolução da infelicidade de Catherine a partir dos acontecimentos da noite. Ela se manifestou primeiro por um descontentamento generalizado com todos ao seu redor, enquanto permaneceu nos salões, que logo provocou profundo aborrecimento e um violento desejo de voltar para casa. Isso, ao chegar a Pulteney Street, se transformou numa fome atroz, que, ao ser apaziguada, se tornou um forte desejo de ir para a cama; esse foi o ponto extremo da sua angústia; pois, ao chegar ao quarto, caiu de imediato num sono profundo, que durou nove horas, e do qual despertou perfeitamente restaurada, de excelente humor, com novas esperanças e novos planos. O primeiro desejo do seu coração foi o de aprofundar a amizade com a srta. Tilney; e, sua primeira decisão, procurá-la com esse objetivo no balneário, ao meio-dia. O balneário era o lugar onde se devia encontrar alguém chegado a Bath há tão pouco tempo, e ela já havia achado aquele edifício tão propício ao descobrimento da excelência feminina e ao aprofundamento da intimidade feminina, tão admiravelmente adequado à troca de segredos e à confiança ilimitada, que ela estava muito razoavelmente esperançosa de conseguir fazer mais uma amiga entre aquelas paredes. Assim, traçados os planos para a manhã, ela se sentou tranquilamente para ler o seu livro depois do desjejum, decidindo ficar no mesmo lugar e com a mesma ocupação até o relógio dar uma hora; e por hábito tão pouco incomodada com as observações e os berros da sra. Allen, cuja falta de inteligência e incapacidade de pensar eram tais, que, embora nunca falasse muito, também não conseguia ficar completamente calada; e, portanto, enquanto sentada fazendo o seu trabalho, se perdesse uma agulha ou rompesse a linha, se ouvisse uma carruagem na rua ou visse uma manchinha em seu vestido, tinha de observá-lo em voz alta, havendo ou não alguém que pudesse responder-lhe. Por volta de meio-dia e meia, uma pancada muito forte levou-a a correr até a janela, e mal teve tempo de informar a Catherine que havia duas carruagens abertas à porta, a primeira só com um criado e a segunda com a srta. Thorpe e o irmão de Catherine dirigindo, quando já John Thorpe apareceu correndo escada acima, chamando:

— Cheguei, srta. Morland. Está esperando há muito tempo? Não pudemos chegar mais cedo; o diabo de um carroceiro passou uma eternidade tentando achar algo em que se pudesse andar, e agora aposto dez mil por um que ele virá antes de sairmos desta rua. Como vai, sra. Allen? Belo baile ontem à noite, não? Vamos, srta. Morland, vamos logo, os outros estão morrendo de pressa de partir. Querem dar logo a capotada deles.

— O que quer dizer com isso? – perguntou Catherine. – Para onde todos estão indo?

— Indo? Ah, não vá dizer que se esqueceu do compromisso que tem! Não combinamos dar uma volta nesta manhã? Que cabeça, a sua! Estamos indo para Claverton Down.

— Falou-se alguma coisa sobre isso, eu me lembro – disse Catherine, voltando-se para a sra. Allen para obter sua opinião –, mas realmente eu não esperava o senhor.

— Não me esperava! Essa é boa! E que estardalhaço a senhorita faria, se eu não tivesse vindo.

O silencioso apelo de Catherine à amiga, no entanto, foi completamente inútil, pois a sra. Allen, não estando de modo algum acostumada a transmitir qualquer expressão pelo olhar, não tinha consciência de que outros pudessem fazer isso; e Catherine, cujo desejo de tornar a ver a srta. Tilney podia, naquele momento, sofrer um breve adiamento em razão daquele passeio, e que julgou não haver nada de inadequado em sair com o sr. Thorpe, já que Isabella também acompanharia James, foi, portanto, obrigada a ser mais clara.

— O que me diz disso, minha senhora? Pode dispensar-me por uma ou duas horas? Posso ir?

— Faça o que for do seu agrado, querida – respondeu a sra. Allen, com a mais plácida indiferença. Catherine aceitou o conselho e saiu para se arrumar. Pouco depois ela estava de volta, mal dando aos outros tempo para trocarem algumas frases de elogio a ela, depois que Thorpe obtivera a admiração da sra. Allen pelo seu cabriolé; e então, após se despedirem da amiga, ambos desceram correndo as escadas.

— Minha queridíssima Catherine – exclamou Isabella, para junto à qual o dever de amizade imediatamente a chamou, antes que pudesse entrar na carruagem –, você passou pelo menos três horas se arrumando. Tive medo de que estivesse doente. Que baile delicioso tivemos ontem à noite. Tenho mil coisas para lhe contar; mas vamos, entre, estou ansiosa para partir.

Catherine seguiu suas ordens e se afastou, mas não cedo demais para ouvir a amiga exclamar em voz alta para James:

— Que menina doce ela é! Eu a adoro.

— Não vá assustar-se, srta. Morland – disse Thorpe, ao dar-lhe a mão para que subisse –, se o meu cavalo dançar um pouquinho antes de partir. É provável que ele dê um ou dois trancos e talvez descanse por um minuto; mas logo vai obedecer ao dono. É muito animado, muito brincalhão, mas não tem defeitos.

Catherine não achou que o retrato fosse muito convidativo, mas era tarde demais para voltar atrás e ela era jovem demais para se permitir mostrar-se apavorada; assim, resignando-se ao destino e confiando no proclamado conhecimento que o animal teria de seu dono, ela se sentou calmamente e viu Thorpe sentar-se ao seu lado. Depois de tudo acertado, o criado que permanecia à frente do cavalo recebeu em voz alta a ordem de deixá-lo partir, e lá foram eles na mais tranquila maneira que se pode imaginar, sem nenhum tranco ou sobressalto ou coisa parecida. Catherine, feliz com uma partida tão auspiciosa, manifestou seu prazer em voz alta, com grata surpresa; e seu companheiro logo explicou o caso, garantindo a ela que tudo se devia à particularmente judiciosa maneira como ele segurara as rédeas e ao singular discernimento e destreza com que se valera do chicote. Catherine, embora não pudesse deixar de imaginar que, com um comando tão perfeito do cavalo, Thorpe julgaria necessário assustá-la com uma lista de seus truques, congratulou-se sinceramente por estar sob os cuidados de tão excelente cocheiro; e, ao perceber que o animal continuava no mesmo passo tranquilo, sem demonstrar a menor propensão a qualquer desagradável vivacidade, e (considerando que sua velocidade de sempre era de dez milhas por hora) longe de ser assustadoramente veloz, entregou-se a todo o gozo do ar livre e do exercício físico do tipo mais estimulante, num lindo e ameno dia de fevereiro, com a consciência da segurança. Um silêncio de vários minutos seguiu-se ao primeiro breve diálogo; foi quebrado por Thorpe, que disse muito abruptamente:

— O velho Allen é rico como um judeu, não é?

Catherine não o compreendeu, e ele repetiu a pergunta, acrescentando como explicação:

— O velho Allen, o homem que está com vocês.

— Ah! Quer dizer o sr. Allen. Acho, sim, que ele é muito rico.

— E sem nenhum filho?

— Não, nenhum.

— Isso é ótimo para os herdeiros. Ele é seu padrinho, não é?

— Meu padrinho! Não.

— Mas a senhorita está sempre com eles.

— É, sempre mesmo.

— É isso que eu quis dizer. Ele parece ser um velho boa-praça e tenho certeza de que teve uma boa vida nos velhos tempos; não é à toa que sofre de gota. Continua bebendo sua garrafinha diária?

— Garrafinha diária! Não. Por que o senhor foi pensar uma coisa dessas? Ele é um homem muito sóbrio, e o senhor não vai pensar que ele estava bêbado ontem à noite!

— Deus nos livre! Vocês, mulheres, estão sempre achando que os homens estão bêbados. Acha que basta uma garrafa para derrubar um homem? Tenho certeza de que, se todos bebessem sua garrafinha diária, não haveria no mundo metade das desordens que hoje há. Seria ótimo para todos nós.

— Não creio.

— Ah, meu Deus! Seria a salvação para milhares de pessoas. Neste reino não se consome um por cento do vinho que se devia consumir. Nosso clima enevoado precisa de ajuda.

— Mas ouvi dizer que se bebe muito vinho em Oxford.

— Oxford! Não se bebe em Oxford atualmente, eu lhe garanto. Ninguém lá bebe. É difícil encontrar um sujeito que vá além de seus dois litros, no máximo. Por exemplo, foi considerado notável, na última festa que dei em meus salões, que na média tivéssemos esvaziado dois litros e meio por cabeça. Foi considerado algo fora do comum. O meu vinho é fantástico, é verdade. Não é fácil encontrar coisa igual em Oxford, esta é a minha explicação para o caso. Mas isso já lhe pode dar uma ideia de quanto em geral se bebe por lá.

— É, dá uma ideia – disse Catherine com ênfase –, ou seja, de que vocês bebem muito mais vinho do que eu pensava. Mas tenho certeza de que James não bebe tanto.

Essas palavras provocaram uma resposta enfática e excessiva, de que nenhuma das partes era muito distinta, salvo as frequentes exclamações, equivalentes próximos de imprecações, que a adornavam, e Catherine ficou, quando ela acabou, com a crença um tanto reforçada de que se bebia muito vinho em Oxford e com a mesma feliz convicção da relativa sobriedade do irmão.

As preocupações de Thorpe então se voltaram todas para os méritos de sua própria carruagem, e ela foi convidada a admirar a vitalidade e a liberdade com que seu cavalo se movia e o conforto que seu ritmo dava ao movimento da carruagem, bem como a excelência das molas. Ela o acompanhou em toda a sua admiração, até onde podia. Ficar aquém ou ir além dele era impossível. O conhecimento dele e a ignorância dela sobre o assunto, a rapidez de expressão dele, e a insegurança que tinha de si mesma punham isso fora do seu alcance; não conseguia fazer nenhum elogio novo, mas prontamente ecoava tudo o que ele afirmasse, e por fim ficou acertado entre eles, sem nenhuma dificuldade, que aquela carruagem era a mais completa do seu tipo em toda a Inglaterra e também a mais elegante, seu cavalo o que andava melhor, e, ele mesmo, o melhor boleeiro.

— Acredita mesmo, sr. Thorpe – perguntou Catherine, arriscando-se depois de algum tempo a considerar o caso definitivamente resolvido e introduzir uma leve variação no assunto –, que o cabriolé de James vá quebrar?

— Quebrar! Meu Deus! A senhorita já viu outra coisinha saltitante daquelas na vida? Não há uma peça de ferro intacta dentro dela. As rodas foram bem desgastadas nesses dez anos, pelo menos, e quanto à carcaça! Meu Deus, a senhorita poderia reduzi-la em pedaços só de tocar. É a coisinha mais raquítica que já vi! Graças a Deus, temos uma melhor. Não andaria com aquilo por duas milhas nem por cinquenta mil libras.

— Deus do céu! – exclamou Catherine, muito assustada. – Então vamos voltar, por favor; eles vão certamente se acidentar se formos em frente. Vamos voltar, sr. Thorpe; pare e fale com meu irmão e diga-lhe como aquilo é inseguro.

— Inseguro! Meu Deus! E o que pode acontecer? Vão só dar umas piruetas se ele quebrar; e há muita terra por ali, vai ser uma excelente queda. Ah, diacho! A carruagem é bem segura, quando sabem dirigi-la; uma coisa daquelas em boas mãos ainda dura mais de vinte anos depois de se desgastar razoavelmente. Deus abençoe! Eu toparia por cinco libras dirigi-la até York, ida e volta, sem um arranhãozinho.

Catherine ouviu pasmada aquilo; não sabia como reconciliar duas descrições tão diferentes da mesma coisa, pois ainda não aprendera a entender o comportamento de um falastrão, nem sabia da quantidade de frases ocas e de vergonhosas falsidades a que o excesso de vaidade pode levar. Sua família era composta por gente simples, pé no chão, que raramente se preocupava em se mostrar espirituosa; seu pai contentava-se, no máximo, com um trocadilho e sua mãe, com um provérbio; não estavam, portanto, acostumados a contar mentiras para ganhar importância ou a afirmar agora uma coisa e logo em seguida outra oposta. Refletiu sobre aquilo durante certo tempo, com grande perplexidade, e mais de uma vez esteve a ponto de pedir ao sr. Thorpe uma explicação mais clara sobre a sua verdadeira opinião sobre o assunto; mas se conteve, porque ficou claro que este não primava pelas explicações, por tornar claro o que antes tornara ambíguo; e, além disso, à ideia de que ele realmente não deixaria a irmã e o irmão expostos a um perigo de que poderia facilmente protegê-los, ela concluiu que ele deveria saber, na verdade, que a carruagem era totalmente segura e, portanto, não mais se preocuparia com aquilo. Thorpe parecia ter-se esquecido completamente do assunto; e todo o resto de sua conversação, ou melhor, do seu discurso, começou e acabou nele mesmo e em suas preocupações pessoais. Contou-lhe dos cavalos que comprara por uma bagatela e vendeu por somas altíssimas; de corridas de cavalo, de que seu discernimento o fazia infalivelmente prever o vencedor; de excursões de caça, em que matara mais aves (mesmo sem dar um único grande tiro) do que todos os companheiros juntos; e lhe descreveu alguns formidáveis dias de caçada à raposa, com os cães, em que sua própria capacidade de previsão e habilidade em orientar os cães corrigira os erros dos mais experientes caçadores e nas quais a intrepidez de sua cavalgada, embora jamais em tempo algum tenha posto em perigo a sua própria vida, com frequência punha os outros em apuros, do que ele concluía tranquilamente já ter quebrado o pescoço de muita gente.

Por menos acostumada que Catherine estivesse a julgar por si mesma, e por mais incertas que fossem as suas ideias gerais sobre como os homens deviam ser, não pôde reprimir uma dúvida, enquanto escutava as efusões da infinita vaidade de Thorpe, sobre se ele seria realmente um rapaz assim tão agradável. Era uma conjetura ousada, pois era irmão de Isabella; e James lhe garantira que os modos dele eram apreciados por todas as mulheres; mesmo assim, porém, o extremo aborrecimento provocado pela companhia dele, que tomou conta de Catherine nem bem passada uma hora desde que estavam juntos e que continuou a crescer sem parar até tornarem a estacionar em Pulteney Street, levou-a a resistir um pouco a tão alta autoridade e a duvidar dos seus poderes de agradar a todas.

Ao chegarem à porta da casa da sra. Allen, Isabella mal podia exprimir o seu espanto ao descobrir que era muito tarde para poderem acompanhar a amiga dentro de casa: "Mais de três horas!" Aquilo era inconcebível, incrível, impossível! E não queria acreditar nem em seu próprio relógio, nem no do irmão, nem no do criado; não queria acreditar em nenhuma garantia baseada na razão ou na realidade, até Morland mostrar o seu relógio e garantir o fato; duvidar por mais um momento seria igualmente inconcebível, incrível e impossível; e só lhe restou repetir várias vezes que nunca antes na vida duas horas e meia passaram tão rápido, como convidou Catherine a confirmar. Catherine, no entanto, era incapaz de dizer uma falsidade, mesmo para agradar a Isabella; mas esta última foi poupada do desprazer de ouvir a opinião discordante da amiga, por não aguardar a sua resposta. Absorviam-na os seus próprios sentimentos; sua infelicidade atingia o cúmulo ao se ver obrigada a voltar imediatamente para casa. Havia séculos que não tinha um tempinho para conversar com sua querida Catherine; e, embora tivesse milhares de coisas para lhe contar, parecia até que elas nunca estariam juntas de novo; assim, com sorrisos da mais fina desolação e os olhos risonhos do mais profundo pesar, disse adeus à amiga e se foi.

Catherine descobriu que a sra. Allen acabava de voltar de toda a ociosidade da manhã e logo foi saudada por um:

— Muito bem, querida, aí está você – uma verdade que não tinha nem vontade, nem poder de discutir –; e espero que tenha tido um passeio agradável.

— Tive, sim, senhora, obrigada; o dia não podia ter sido melhor.

— Foi o que a sra. Thorpe disse; ela gostou muito de que vocês todos saíssem juntos.

— Então a senhora viu a sra. Thorpe?

— Vi, sim. Fui ao balneário assim que vocês partiram, e lá a encontrei, e conversamos bastante. Ela disse que está muito difícil achar vitela no mercado, que está muitíssimo rara.

— Viu mais algum dos seus conhecidos?

— Vi, sim. Resolvemos dar uma volta no Crescente, e lá topamos com a sra. Hughes e com o sr. e a srta. Tilney, que caminhavam com ela.

— É mesmo? E a senhora conversou com eles?

— Sim, passeamos juntos pelo Crescente por meia hora. Eles parecem muito simpáticos. A srta. Tilney vestia uma linda musselina estampada, e imagino, pelo que pude saber, que ela sempre se veste muito bem. A sra. Hughes conversou muito comigo sobre essa família.

— E o que ela disse deles?

— Ah! Muita coisa! Quase só falou disso.

— Ela disse de que parte de Gloucestershire eles são?

— Disse, sim; mas não consigo lembrar-me agora. Mas são gente muito boa e muito rica. A sra. Tilney era uma srta. Drummond, e ela e a sra. Hughes foram colegas de escola; e a srta. Drummond era imensamente rica; e, ao se casar, o pai lhe deu vinte mil libras, e mais quinhentas para comprar o enxoval. A sra. Hughes viu todo o enxoval depois que chegou da loja.

— E estão o sr. e a sra. Tilney em Bath?

— Imagino que sim, mas não tenho certeza. Que eu me lembre, porém, tenho uma ideia de que estão ambos mortos; a mãe, pelo menos, está; sim, tenho certeza de que a sra. Tilney faleceu, pois a sra. Hughes me disse que havia um lindíssimo jogo de pérolas que o sr. Drummond deu à filha no dia do casamento e que pertence agora à srta. Tilney, pois passaram para ela quando a mãe morreu.

— E o sr. Tilney, meu par, é o único filho?

— Não posso garantir isso, querida; lembro-me vagamente de que é, sim; no entanto, ele é um excelente rapaz, diz a sra. Hughes, e provavelmente terá um futuro brilhante.

Catherine não fez mais perguntas; já ouvira o bastante para perceber que a sra. Allen não tinha nenhuma informação real a dar e que tivera muito azar em perder tal encontro com os irmãos. Se tivesse previsto tal situação, nada a teria persuadido a sair com os outros; e, assim sendo, só podia lamentar a falta de sorte e refletir sobre o que perdera, até ficar claro para ela que o passeio não fora de modo algum agradável e que o mesmo John Thorpe era bastante antipático.

Capítulo 10

Os Allens, Thorpes e Morlands encontraram-se todos à noite no teatro; e, como Catherine e Isabella sentaram-se uma ao lado da outra, houve então uma oportunidade para que a última contasse algumas dos muitos milhares de coisas que reservara para comunicar no imenso espaço de tempo que as separara.

— Deus do céu! Minha amada Catherine, será que vou ter você só para mim, finalmente? – foram suas primeiras palavras a Catherine, quando esta entrou no camarote e se sentou ao seu lado. – Agora, sr. Morland – pois ele estava junto dela, do outro lado –, não vou falar mais nenhuma palavra com o senhor pelo resto da noite; peço, então, que não espere por isso. Minha doce Catherine, como tem passado esse tempo todo? Mas nem preciso perguntar, pois está maravilhosa. Seu penteado tem um estilo mais celestial do que nunca; maligna criatura, quer conquistar todos? Garanto-lhe que meu irmão já está muito apaixonado por você; e quanto ao sr. Tilney – mas isso já é coisa resolvida – nem mesmo a sua modéstia, querida, pode duvidar do amor dele agora; a volta dele a Bath torna isso óbvio. Ah! O que eu não daria para vê-lo! Estou morrendo mesmo de impaciência. Minha mãe disse que ele é o rapaz mais simpático do mundo; ela o viu essa manhã, como sabe; você precisa apresentar-me a ele. Está aqui agora? Dê uma olhada, pelo amor de Deus! Garanto-lhe que mal consigo viver até que o veja.

— Não – disse Catherine –, ele não está aqui; não o vejo em nenhum lugar.

— Ah, que horror! Será que nunca vou conhecê-lo? O que acha do meu vestido? Acho que não está mal; as mangas foram ideia minha. Sabe, estou ficando cansada de Bath; seu irmão e eu concordamos, essa manhã, em que, embora seja muito bom estar aqui por algumas semanas, não viveríamos aqui nem por um milhão. Logo descobrimos que nossos gostos são exatamente idênticos, pois preferimos o campo a qualquer outro lugar; realmente, as nossas opiniões eram tão exatamente as mesmas, que era até ridículo! Não havia coisa nenhuma sobre a qual discordássemos; não queria por nada neste mundo que você estivesse por perto; é tão irônica, tenho certeza de que faria alguma observação engraçada sobre o caso.

— Não, não faria, não.

— Ah, faria, sim; conheço-a mais do que você mesma se conhece. Teria dito que parecíamos nascidos um para o outro, ou alguma bobagem desse tipo, que me aborreceria de um jeito que você não faz ideia; meu rosto ficaria tão vermelho quanto as suas rosas; não queria que você estivesse por perto por nada neste mundo.

— Você é muito injusta comigo; não teria de jeito nenhum dito uma coisa impertinente como essa; e, além disso, tenho certeza de que isso nunca me passaria pela cabeça.

Isabella sorriu, incrédula, e conversou o resto da noite com James.

A decisão de Catherine de tentar encontrar a srta. Tilney outra vez continuava em pleno vigor na manhã seguinte; e até a hora habitual de ir ao balneário, sentiu algum receio de um segundo empecilho. Nada de semelhante ocorreu, porém, nenhum visitante apareceu para atrasá-los, e os três partiram de boa hora para o balneário, onde tiveram lugar os acontecimentos e as conversações de costume; o sr. Allen, depois de beber seu copo d'água, reuniu-se com alguns senhores para falar da política do dia e comparar as notícias dos jornais; e as senhoras passearam juntas, reparando em cada novo rosto e quase todos os novos chapéus no salão. A parte feminina da família Thorpe, acompanhada por James Morland, surgiu no meio da multidão em menos de quinze minutos, e Catherine logo ocupou seu lugar de costume ao lado da amiga. James, que era agora uma presença constante, conservou uma posição semelhante e, separando-se do resto do grupo, caminharam dessa maneira por algum tempo, até que Catherine começou a duvidar da felicidade de uma situação que, confinando-a inteiramente à amiga e ao irmão, lhe propiciava muito pouca atenção da parte de ambos. Estavam sempre envolvidos em discussões sentimentais ou em animadas discussões, mas suas opiniões eram ditas em murmúrios, e sua vivacidade era acompanhada de tantas risadas, que, embora sempre um ou outro pedisse a opinião de Catherine, ela jamais era capaz de exprimi-la, por não ter escutado nenhuma palavra do assunto. Com o tempo, no entanto, conseguiu separar-se da amiga, pela necessidade confessada de falar com a srta. Tilney, que ela com muita alegria viu entrando no salão com a sra. Hughes e com quem logo se reuniu, com uma determinação mais firme de travar amizade, do que teria tido coragem de mostrar, se não fosse premida pela decepção da véspera. A srta. Tilney recebeu-a com muita educação, retribuiu os seus gestos de simpatia com igual boa vontade, e continuaram conversando enquanto os dois grupos permaneceram no salão; e embora muito provavelmente nenhuma das duas tenha feito uma observação ou usado uma expressão que já não tivesse sido feita e usada milhares de vezes antes, sob aquele teto, em cada temporada de Bath, o mérito de terem sido ditas com simplicidade e verdade, sem presunção pessoal, era talvez algo raro.

— Como o seu irmão dança bem! – exclamou com sinceridade Catherine ao fim da conversa, o que ao mesmo tempo surpreendeu e divertiu a companheira.

— Henry! – replicou ela com um sorriso. – É mesmo. Ele dança muito bem.

— Ele deve ter achado muito esquisito, na outra noite, ouvir-me dizer que estava comprometida, ao me ver sentada. Mas eu realmente já me havia comprometido com o sr. Thorpe desde a manhã – a srta. Tilney aquiesceu, inclinando a cabeça. – Não pode imaginar – acrescentou Catherine depois de um instante de silêncio – como fiquei surpresa ao tornar a vê-lo. Tinha tanta certeza de que ele fora embora para valer.

— Quando Henry teve o prazer de vê-la antes, estava em Bath só por alguns dias. Veio só para alugar uma casa para nós.

— Isso nunca me passou pela cabeça; e, é claro, ao não encontrá-lo em lugar nenhum, achei que tivesse ido embora. A jovem com quem ele dançou na segunda não era a srta. Smith?

— Isso mesmo, uma conhecida da sra. Hughes.

— Tenho certeza de que ela estava muito feliz em dançar. Acha-a bonita?

— Não muito.

— Ele nunca vem ao balneário, não é?

— Vem, sim, às vezes; mas saiu essa manhã com meu pai.

A sra. Hughes, então, foi ter com elas e perguntou à srta. Tilney se ela já estava pronta para partir.

— Espero ter o prazer de vê-la de novo em breve – disse Catherine. – Vai ao baile do cotilhão, amanhã?

— Talvez nós... Sim, acho que certamente iremos.

— Fico feliz com isso, pois poderemos estar todos juntos.

Essa delicadeza foi devidamente retribuída; e se despediram, da parte da srta. Tilney com certo conhecimento dos sentimentos de sua nova amiga, e da parte de Catherine, sem a menor consciência de tê-los revelado.

Ela voltou para casa muito contente. A manhã satisfizera a todas as suas esperanças, e a noite do dia seguinte era agora o objeto de expectativa, o bem futuro. Que vestido e que penteado usar passaram a ser as suas principais preocupações. Ela não tinha justificativa para aquilo. A elegância no vestir é sempre uma distinção frívola, e o excesso de atenção a ela muitas vezes destrói seu objetivo mesmo. Catherine sabia disso muito bem; sua tia-avó dera-lhe uma aula sobre o assunto no Natal passado; e mesmo assim ela ficou sem dormir por dez minutos quarta-feira à noite em meio à dúvida entre a musselina estampada e a bordada, e só mesmo a falta de tempo a impediu de comprar uma nova para a noite. Isso seria um erro de julgamento, grande, mas não incomum, sobre o qual alguém do sexo oposto e não do seu próprio, um irmão e não uma tia-avó, poderia tê-la avisado, pois só os homens têm consciência da insensibilidade dos homens ante um vestido novo. Seria deprimente para os sentimentos de muitas mulheres saber quão pouco o coração dos homens é afetado pelo que é suntuoso ou novo no traje delas; quão pouco eles se importam com a textura da musselina e quão pouco são suscetíveis de uma ternura especial pelos tecidos estampados, pelas fazendas com bordados em forma de ramos, pelas musselinas mais macias ou mais pesadas. Enfeitam-se as mulheres só para sua própria satisfação. Nenhum homem vai admirá-las mais, nenhuma mulher vai apreciá-las mais por isso. Aos primeiros bastam que se vistam apropriadamente e na moda, e algo de esfarrapado ou indecente atrairá mais a simpatia das segundas. Mas nenhuma dessas graves reflexões perturbava a tranquilidade de Catherine.

Ela adentrou os salões na quinta-feira à noite com sentimentos muito diferentes dos que tinha até a segunda passada. Estivera então exultante com o convite de Thorpe, e agora estava mais preocupada em evitar encontrá-lo, para que não a convidasse novamente; pois, embora não pudesse, não ousasse esperar que o sr. Tilney a convidasse pela terceira vez para dançar, todos os seus desejos, suas esperanças e seus planos giravam em torno disso. Toda jovem pode compreender os sentimentos de minha heroína naquele momento crítico, pois toda jovem sentiu, em um ou outro momento, a mesma agitação. Todas estiveram, ou pelo menos todas se julgaram, em perigo por causa da corte que lhes fazia alguém que preferiam evitar; e todas desejaram ansiosamente as atenções de alguém que queriam agradar. Assim que os Thorpes se reuniram a eles, começou a agonia de Catherine; olhava ao redor para ver se John Thorpe se aproximava, procurou o máximo possível escapar de sua vista e, quando ele lhe falou, fingiu não escutar. Terminados os cotilhões, começou a quadrilha e nada dos Tilneys.

— Não se assuste, minha querida Catherine – murmurou Isabella –, mas vou mesmo dançar com o seu irmão de novo. Reconheço abertamente que é chocante. Disse-lhe que devia envergonhar-se de si mesmo, mas você e John devem continuar a nos apoiar. Apresse-se, querida, e venha conosco. John acaba de sair por um instante, mas logo estará de volta.

Catherine não teve nem tempo, nem vontade de responder. Os outros se foram, John Thorpe ainda estava à vista e ela se julgou perdida. Para não parecer, porém, que o estava observando ou esperando, manteve os olhos propositadamente fitos no leque; e ela já se acusava de insensatez, por supor que no meio de tamanha multidão poderiam encontrar os Tilneys em tempo hábil, quando se viu subitamente abordada e convidada para dançar pelo mesmo sr. Tilney. Não é difícil imaginar com que brilho nos olhos e rapidez ela aceitou o pedido, e com que deliciosa palpitação do coração se dirigiu com ele até a pista de dança. Escapar de John Thorpe por um triz, como julgava, e ser pedida tão imediatamente ao ser encontrada pelo sr. Tilney, como se ele a procurasse de propósito só para isso! Não achava que a vida lhe pudesse proporcionar maior felicidade.

Mal haviam calmamente ocupado seus lugares, porém, quando a atenção dela foi chamada por John Thorpe, que estava de pé atrás dela.

— Ei, srta. Morland! – disse ele. – Que significa isso? Achei que fosse dançar comigo.

— Estou surpresa por ter pensado isso, pois não me convidou.

— Essa é boa, por Jove! Eu a convidei assim que entrei no salão, e estava indo convidá-la de novo e, quando me voltei, a senhorita já não estava mais lá! Isso é uma desgraça e uma vergonha! Só vim para dançar com a senhorita, e creio firmemente que tem um compromisso comigo desde segunda-feira. É, eu me lembro, convidei a senhorita quando estava no saguão esperando a capa. E eu, que estive falando a todos os meus amigos que ia dançar com a moça mais linda do salão! Quando eles virem a senhorita com outra pessoa, vão caçoar demais de mim.

— Ah, não; eles nunca vão pensar em mim, com uma descrição como essa.

— Meu Deus, se eles não pensarem na senhorita, eu expulso os cabeças-duras do salão a pontapés. Quem é esse sujeito com a senhorita? – Catherine satisfez sua curiosidade. – Tilney – repetiu ele. – Hmm... não o conheço. É um boa-pinta. Será que ele quer um cavalo? Está aqui um amigo meu, Sam Fletcher, com um para vender que satisfaria a qualquer pessoa. Um belo e esperto animal para a estrada... só cinquenta guinéus. Até pensei em comprá-lo, pois uma das minhas máximas é sempre comprar um bom cavalo quando topo com um; mas ele não serviria para o meu objetivo, não seria bom para a caça. Daria qualquer dinheiro por um autêntico caçador. Tenho três agora, os melhores jamais montados. Não aceitaria oitocentos guinéus por eles. Fletcher e eu planejamos comprar uma casa em Leicestershire, para a próxima temporada. É um diabo de desconforto viver em hotel.

Essa foi a última frase com a qual ele conseguiu aborrecer Catherine, pois naquele momento ele foi arrastado para longe pela força irresistível de uma longa fila de mulheres que passavam. Seu par então se aproximou e disse:

— Teria perdido a paciência com aquele cavalheiro, se ele tivesse permanecido mais meio minuto com a senhorita. Não tem nenhum direito de querer afastar de mim o meu par. Nós entramos num acordo de mútua amabilidade pelo prazo de uma noite, e toda a nossa amabilidade pertence só a cada um de nós durante esse prazo. Ninguém pode impor-se à atenção de um, sem prejudicar os direitos do outro. Considero a quadrilha como um símbolo do casamento. A fidelidade e a complacência são os principais deveres do par; e os homens que preferiram não casar ou dançar, não têm direito ao par ou à esposa dos vizinhos.

— Mas são coisas tão diferentes!

— ...que a senhorita acha que não podem ser comparadas.

— Claro que não. Quem casa não pode nunca separar-se, mas têm de morar juntos. Quem dança só fica de pé um em frente do outro num salão por meia hora.

— Então é essa a sua definição de matrimônio e de dança. Sob essa luz é verdade que a semelhança entre eles não é impressionante; mas acho que posso mostrá-los sob outra luz. A senhora há de concordar que nas duas coisas o homem tem a vantagem da escolha e a mulher, só o poder de recusar; que nas duas coisas, é um compromisso entre o homem e a mulher, estabelecido para proveito de cada um deles; e que, uma vez fechado o acordo, eles se pertencem exclusivamente um ao outro até o momento da sua dissolução; que é dever de cada um tratar de não dar ao outro motivos para arrepender-se por não estar em outro lugar, e que o melhor interesse de ambos consiste em impedir que as suas fantasias se ocupem com as perfeições de seus vizinhos, ou imaginem que estariam melhor com outra pessoa. Concorda com tudo isso?

— Sim, claro, do jeito como fala, tudo soa muito bem; mas mesmo assim são duas coisas muito diferentes. Não posso considerá-las sob a mesma luz, nem pensar que impliquem os mesmos deveres.

— Sob certo aspecto, certamente há uma diferença. No casamento, o homem deve prover o sustento da mulher, que deve tornar agradável o lar para o homem; ele deve aprovisionar, ela deve sorrir. Mas, na dança, os deveres são exatamente opostos; espera-se dele a amabilidade, a obediência, enquanto ela fornece o leque e a água de colônia. É essa, imagino, a diferença de deveres que a impressionou a ponto de julgar impossível comparar as condições.

— Não, na verdade nunca pensei nisso.

— Então não sei o que dizer. Tenho de dizer uma coisa, porém. Essa sua disposição é um tanto preocupante. A senhorita nega qualquer semelhança entre as obrigações; e será que não posso deduzir daí que as suas ideias sobre os deveres da dança são menos estritas do que seu par poderia desejar? Não tenho razão de temer que, se voltar o cavalheiro que acabou de falar-lhe, ou se qualquer outro cavalheiro dirigir-se à senhorita, não haverá nada que a impeça de conversar com ele tanto quanto quiser?

— O sr. Thorpe é tão bom amigo do meu irmão, que se ele falar comigo, devo responder a ele; mas, além dele, não há no salão nem três rapazes que eu conheça.

— E vai ser só essa a minha garantia? Pobre de mim!

— Tenho certeza de que não poderia ter outra melhor; pois, se não conheço ninguém, é impossível falar com eles; e, além disso, não quero falar com ninguém.

— Agora a senhorita me deu uma garantia que vale a pena receber; e agora vou em frente com coragem. Continua achando Bath tão deliciosa como quando tive a honra de lhe fazer a pergunta antes?

— Continuo... até mais, na verdade.

— Até mais! Cuidado, ou vai esquecer-se de se cansar dela quando chegar a hora. A senhorita deve estar farta de Bath ao fim de seis semanas.

— Não acho que vá cansar-me de Bath se passar seis meses aqui.

— Comparada a Londres, Bath tem pouca variedade, e a cada ano as pessoas fazem essa descoberta. "Por seis semanas, concordo que Bath seja muito agradável; mas se passar disso, é a mais enfadonha cidade do mundo." É o que lhe diria gente de todo tipo que vem para cá regularmente a cada inverno, prolonga as seis semanas para dez ou doze e acaba indo embora porque não suporta mais estar aqui.

— Bom, cada um deve ter sua própria opinião, e quem vai a Londres pode achar que Bath não é nada. Mas eu, que vivo num lugarejo perdido no interior, nunca vou achar mais mesmice num lugar como este do que em minha própria casa; pois aqui há muita variedade de diversões, muita variedade de coisas para ver e para fazer o dia inteiro, algo que não conheço por lá.

— A senhorita não gosta do campo.

— Gosto sim. Sempre vivi lá e sempre fui muito feliz. Mas com certeza há muito mais mesmice na vida no campo do que na vida em Bath. Um dia no campo é exatamente igual aos outros.

— Mas então a senhorita passa o tempo de um modo muito mais racional no campo.

— Passo?

— Não passa?

— Não acho que haja muita diferença.

— Aqui a senhorita vive atrás de diversão o dia inteiro.

— E o mesmo acontece quando estou em casa... só que não encontro muita. Eu passeio por aqui, e faço o mesmo lá; mas aqui vejo todo tipo de gente nas ruas, e lá só posso ir visitar a sra. Allen.

O sr. Tilney divertia-se à farta.

— Só posso ir visitar a sra. Allen! – repetiu ele. – Que quadro de pobreza intelectual! No entanto, quando afundar de novo naquele abismo, vai ter mais de que falar. Poderá falar de Bath e de tudo o que fez aqui.

— Ah, claro. Nunca mais vou ter falta do que falar com a sra. Allen ou qualquer outra pessoa. Acho mesmo que vou sempre falar de Bath, quando voltar para casa. Gosto tanto, tanto daqui! Se eu tivesse papai e mamãe e os outros aqui comigo, acho que seria feliz demais! A chegada de James (meu irmão mais velho) foi ótima... e sobretudo porque a família de que nos tornamos tão íntimos já era amiga íntima dele. Ah! Quem é que pode cansar-se de Bath?

— Não aqueles que trazem a ela sentimentos novos de todo tipo, como a senhorita. Mas, para a maior parte dos frequentadores de

Bath, o tempo dos papais e das mamães e dos irmãos e dos amigos íntimos já se foi há muito... e com eles o honesto prazer dos bailes e das peças e dos passeios diários.

Aqui a conversa entre eles chegou ao fim, pois as exigências da dança se tornaram grandes demais para uma atenção dividida.

Logo depois de chegarem à parte mais baixa da pista, Catherine percebeu que estava sendo observada com impaciência por um cavalheiro presente entre os espectadores, logo atrás do seu par. Era homem muito bonito, de aspecto imponente, já passado da flor da idade, mas não do vigor da vida; e com o olhar ainda apontado para ela, Catherine o viu dirigir-se agora ao sr. Tilney com um sussurro familiar. Confusa e corando de medo de aquilo ter sido provocado por algo errado em sua própria aparência, ela girou a cabeça para o outro lado. Mas ao fazer isso, o cavalheiro recuou, e o seu par, aproximando-se, lhe disse:

— Vejo que adivinhou o que acabam de me perguntar. Aquele cavalheiro sabe o seu nome, e a senhorita tem o direito de conhecer o dele. É o general Tilney, meu pai.

A resposta de Catherine limitou-se a um "Ah!", mas um "Ah!" que exprimia todo o necessário: atenção às palavras dele e total confiança na verdade delas. Com real interesse e profunda admiração, seu olhar agora acompanhou o general, enquanto este se movia pela multidão, e "Que linda família eles formam!" foi a sua secreta observação.

Ao conversar com a srta. Tilney antes do fim do baile, surgiu para ela uma outra fonte de felicidade. Ela não dera nenhuma volta pelos campos desde que chegara a Bath. A srta. Tilney, para a qual todos os arredores mais frequentados eram familiares, falou sobre eles em termos que a tornaram impaciente para também os conhecer; e ao confessar seu temor de não achar ninguém que a acompanhasse, o irmão e a irmã propuseram-lhe fazer juntos uma caminhada, uma manhã dessas.

— Vou gostar – exclamou ela – mais do que de qualquer outra coisa no mundo; e não vamos adiar... vamos amanhã.

O que logo ficou combinado, com uma só condição da parte da srta. Tilney, de que não chovesse, o que Catherine tinha certeza de que não aconteceria. Ao meio-dia, eles iriam buscá-la em Pulteney Street; e "Lembrem-se: ao meio-dia", foram suas palavras de despedida à nova amiga. De sua outra amiga, mais antiga, mais estável, Isabella, cuja fidelidade e cujo valor ela experimentara por duas semanas, mal teve notícias durante o baile. Mesmo assim, embora ansiosa para lhe falar de sua felicidade, submeteu-se alegremente ao desejo do sr. Allen, que as fez deixarem o baile bastante cedo, e sua alma dançava dentro dela, como dançava ela em seu assento durante todo o percurso até sua casa.

Capítulo 11

Foi de aspecto sóbrio a manhã do dia seguinte, com o sol fazendo pouco esforço para aparecer, e Catherine considerou aquilo muito auspicioso para os seus planos. As manhãs brilhantes, nesta época do ano, concordou ela, geralmente viram chuva, mas as nubladas fazem prever melhoras com o avançar do dia. Consultou o sr. Allen para confirmação de suas esperanças, mas o sr. Allen, não tendo consigo seus mapas meteorológicos e seu barômetro, declinou dar alguma promessa absoluta de tempo bom. Consultou a sra. Allen, e a opinião desta foi mais positiva. Não tinha a menor dúvida de que o dia seria lindo, se as nuvens passassem e o sol aparecesse.

Mais ou menos às onze horas, porém, alguns pingos de garoa na janela chamaram a atenção de Catherine, e não pôde evitar exclamar "Ah! Meu Deus, acho que vem água por aí", em tom desolado.

— Sabia que ia ser assim – disse a sra. Allen.

— Nada de passeio hoje – suspirou Catherine –; mas talvez não seja nada ou passe antes do meio-dia.

— Pode ser, querida, mas então vai haver muita lama.

— Ah! Isso não é problema. Não me importo com a lama.

— Não – respondeu sua amiga, com muita calma –, sei que não se importa com a lama.

Depois de uma breve pausa, disse Catherine, enquanto permanecia diante da janela observando: "Está ficando cada vez mais forte!"

— É verdade. Se continuar a chover, as ruas vão ficar todas encharcadas.

— Já vejo quatro guarda-chuvas abertos. Como odeio ver guarda-chuvas!

— São coisas desagradáveis de se carregar. Acho sempre muito melhor pegar uma carruagem.

— Era uma manhã tão linda! Tinha tanta certeza de que não choveria!

— É o que todos diriam mesmo. Haverá muito pouca gente no balneário, se chover toda a manhã. Espero que o sr. Allen ponha o sobretudo pesado ao sair, mas tenho certeza de que não vai pôr, pois ele prefere qualquer coisa no mundo a sair de sobretudo pesado; engraçado que ele não goste, deve ser tão confortável.

Continuou a chover forte, mas não era um temporal. Catherine ia a cada cinco minutos até o relógio, avisando a cada retorno que se continuasse a chover por mais cinco minutos, iria considerar o caso perdido. O relógio deu meio-dia, e ainda chovia. "Você não vai poder ir, querida."

— Ainda não perdi as esperanças. Não vou desistir até meio-dia e quinze. É esta a hora do dia em que ele clareia, e acho até que já está um pouco mais claro. Ah, já é meio-dia e vinte e agora vou desistir mesmo. Ah! Se tivéssemos aqui o mesmo tempo que fazia em *Udolpho*, ou pelo menos na Toscana e no sul da França! Na noite em que o pobre St. Aubin morreu! Um tempo tão maravilhoso!

Ao meio-dia e meia, quando acabou a ansiosa atenção de Catherine ao tempo, e ela não podia mais reivindicar nenhum mérito pela melhora, o céu começou voluntariamente a clarear. Um raio de sol pegou-a de surpresa; ela olhou ao redor; as nuvens estavam indo embora, e imediatamente voltou à janela para observar e encorajar o feliz aparecimento. Mais dez minutos, e já estava claro que a tarde seria esplendorosa, o que justificou a opinião da sra. Allen, que "sempre achou que o céu ia clarear". Mas, se Catherine ainda podia aguardar os amigos ou se não teria chovido demais para a srta. Tilney arriscar-se a sair, era ainda uma questão em aberto.

Havia lama demais para que a sra. Allen acompanhasse o marido até o balneário; e assim ele partiu sozinho, e Catherine mal começara a observá-lo a descer pela rua, quando sua atenção foi chamada pela aproximação das mesmas duas carruagens abertas, com as mesmas três pessoas, que tanto a surpreenderam havia algumas manhãs.

— Veja só, Isabella, meu irmão e o sr. Thorpe! Estão vindo me pegar, talvez... mas não vou... não posso ir, pois a srta. Tilney ainda pode vir.

A sra. Allen concordou. John Thorpe logo estava ao lado delas, e sua voz chegara ainda antes, pois já na escada ele chamava a srta. Morland para que se apressasse.

— Rápido! Rápido! – dizia, enquanto escancarava a porta. – Ponha já o chapéu, não há tempo a perder, vamos a Bristol. Como vai, sra. Allen?

— A Bristol! Não é muito longe? De qualquer modo, não posso acompanhá-los hoje, pois tenho um compromisso; uns amigos devem chegar a qualquer momento.

O sr. Thorpe declarou, é claro, com veemência que aquilo não era desculpa; a sra. Allen foi convidada a apoiá-lo, e os dois outros entraram, para dar força.

— Minha doce Catherine, não é delicioso? Vamos dar um passeio celestial. Tem de agradecer ao seu irmão e a mim pela ideia; ela nos ocorreu durante o café, creio mesmo que no mesmo instante a ele e a mim; e já deveríamos ter partido há duas horas se não fosse essa detestável chuva. Mas pouco importa, as noites são enluaradas e tudo vai ser delicioso. Ah! Estou em êxtase ao pensar no ar e na calma do campo! Muito melhor do que ir aos Salões Inferiores. Vamos direto a Clifton para jantar; e assim que acabarmos de jantar, se houver tempo, iremos a Kingsweston.

— Duvido que consigamos fazer tudo isso – disse Morland.

— Ô sujeito agourento! – exclamou Thorpe. – Vamos poder fazer dez vezes mais do que isto. Kingsweston! Ei, e Blaize Castle também e tudo o mais de que pudermos ouvir falar; mas a sua irmã aqui diz que não vai.

— Blaize Castle! – exclamou Catherine. – Que é isso?

— O melhor lugar da Inglaterra. Sempre vale a pena viajar cinquenta milhas para vê-lo.

— Como assim, é mesmo um castelo, um velho castelo?

— O mais velho em todo o reino.

— Mas é como aqueles dos livros?

— Exatamente. O mesmíssimo.

— Mas então... com torres e longas galerias?

— Às dúzias.

— Então eu gostaria de conhecer; mas não posso... não posso ir.

— Não vai! Minha querida, o que quer dizer com isso?

— Não posso ir, porque – baixando os olhos ao falar, com medo do sorriso de Isabella – estou esperando a srta. Tilney e o irmão virem buscar-me para darmos uma volta pelo campo. Eles prometeram vir ao meio-dia, só que choveu; mas agora, como está um dia lindo, tenho certeza de que logo vão chegar.

— Não mesmo – exclamou Thorpe –; pois ao virarmos em Broad Street, eu os vi... Eles não estão de faetonte com belos cavalos castanhos?

— Não sei.

— Sei que estão; eu o vi. Está falando do homem com quem dançou a noite passada, não é?

— Sim.

— Eu o vi naquele momento entrando na Lansdown Road, com uma moça de ar esperto.

— Viu mesmo?

— Palavra de honra; reconheci-o na hora, e me pareceu também que ele tem belos animais.

— Que estranho! Imagino que acharam que havia lama demais para uma caminhada.

— E estavam certos, pois nunca vi tanta lama na vida. Caminhada! Seria tão impossível caminhar quanto voar! No inverno inteiro, não houve tanta lama; está pelos calcanhares em toda parte.

Isabella corroborou suas palavras:

— Minha querida Catherine, não faz ideia da quantidade de lama; venha, você tem de ir; agora não pode recusar o convite.

— Gostaria de ver o castelo; mas será que podemos visitar tudo? Subir todas as escadas e entrar em todas as fileiras de salas?

— Sim, em cada buraco e em cada canto.

— Mas e se eles só saíram por uma hora até tudo secar e logo passarem para me pegar?

— Fique tranquila, não há perigo, pois ouvi o Tilney gritar para um homem a cavalo, que estava indo até Wick Rocks.

— Então eu vou. Posso ir, sra. Allen?

— Como quiser, querida.

— Sra. Allen, tem de convencê-la a ir – foi o que todos pediram. A sra. Allen não foi insensível a isso.

— Muito bem, minha querida – disse ela –, suponha que você vá.

E em dois minutos tinham já partido.

Era muito incerto o estado dos sentimentos de Catherine ao entrar na carruagem; divididos entre a lástima pela perda de um grande prazer e a esperança de logo vir a gozar de outro, de grau quase igual, embora de tipo diferente. Não podia achar que os Tilneys tivessem agido bem com ela, ao abrirem tão facilmente mão do compromisso, sem mandar-lhe nenhuma mensagem de desculpas. Passara-se então apenas uma hora desde a hora marcada para o começo da caminhada; e, apesar do que ouvira do prodigioso acúmulo de lama durante aquela hora, pelo que via, não podia deixar de pensar que poderiam ter ido com muito pouca inconveniência. Ver-se desdenhada por eles foi muito doloroso. Por outro lado, o prazer de explorar um edifício como *Udolpho*, como sua imaginação representava Blaize Castle, era uma tal compensação que poderia consolá-la de quase tudo.

Desceram rapidamente Pulteney Street e atravessaram Laura Place, sem trocarem muitas palavras. Thorpe falava com o cavalo, e ela meditava, alternadamente, em promessas quebradas e em arcos quebrados, em faetontes e falsas saliências, Tilneys e alçapões. Ao entrarem em Argyle Buildings, porém, foi despertada por estas palavras do seu companheiro:

— Quem é aquela moça que tanto olhava para a senhorita enquanto passávamos?

— Quem? Onde?

— Na calçada da direita... já não deve quase dar para vê-la agora.

Catherine virou a cabeça e viu a srta. Tilney apoiada ao braço do irmão, caminhando lentamente rua abaixo. Viu que ambos olhavam para ela.

— Pare, pare, sr. Thorpe – exclamou ela com impaciência – é a srta. Tilney; tenho certeza! Como o senhor pôde dizer que eles tinham partido? Pare, pare, vou descer agora e ir até eles.

Mas com que objetivo disse ela aquilo? Thorpe apenas acelerou o trote do cavalo; os Tilneys, que haviam deixado de olhar para ela, logo foram perdidos de vista depois da esquina de Laura Place, e num momento ela mesma se perdia na praça do mercado. Mesmo assim, porém, durante toda a extensão de outra rua, ela lhe suplicou que parasse.

— Por favor, por favor, pare, sr. Thorpe. Não posso continuar. Não vou continuar. Tenho de voltar para a srta. Tilney.

O sr. Thorpe, porém, apenas riu, estalou o chicote, atiçou o cavalo, fez barulhos estranhos e continuou dirigindo; e Catherine, zangada e irritada, sem poder sair dali, foi obrigada a desistir e a resignar-se. Não poupou as censuras, porém.

— Como pôde enganar-me assim, sr. Thorpe? Como pôde dizer que os viu subindo a Lansdown Road? Por nada neste mundo queria que acontecesse uma coisa dessas. Eles devem ter achado tão estranho, tão grosseiro da minha parte! Passar por eles, também, sem dizer palavra! Não imagina como estou irritada; não vou ter nenhum prazer em Clifton nem em lugar nenhum. Preferia sair daqui agora e voltar para junto deles. Como pôde dizer que os viu andando de faetonte?

Thorpe defendeu-se energicamente, declarou nunca na vida ter visto dois homens tão parecidos e não quis abrir mão da ideia de que vira o próprio Tilney.

O passeio de carruagem, mesmo quando esse assunto morreu, provavelmente não devia ser muito agradável. A complacência de Catherine já não era a mesma da primeira excursão. Ouvia de má vontade e suas respostas eram curtas. Blaize Castle continuou sendo seu único consolo; para ele, de quando em quando, ainda olhava com prazer; ainda que, para não perder o passeio prometido e sobretudo para que os Tilneys não pensassem mal dela, de bom grado teria aberto mão de toda a felicidade que os seus muros podiam proporcionar; a felicidade de avançar por uma longa sequência de salas com altíssimo pé-direito, que exibiam os restos de mobiliários magníficos, embora já abandonadas havia muitos anos; a felicidade de ser detida na caminhada por estreitos e tortuosos subterrâneos, por uma porta baixa e com grades; ou mesmo de ver sua lanterna, sua única lanterna, apagar-se por uma súbita lufada de vento, deixando-a na mais completa escuridão. No entanto, seguiram viagem sem nenhum incidente, e a cidade de Keynsham já estava à vista, quando um grito de Morland, que estava atrás deles, fez o amigo parar, para saber qual era o problema. Os outros, então, aproximaram-se o suficiente para conversarem, e Morland disse:

— É melhor voltarmos, Thorpe; é muito tarde para seguirmos em frente hoje; essa é a minha opinião, e também a da sua irmã. Partimos há exatamente uma hora de Pulteney Street e percorremos pouco mais de sete milhas; e me parece que temos pelo menos oito milhas pela frente, no mínimo. Isso nunca vai dar certo. Partimos com muito atraso. Seria melhor adiar tudo para outro dia e voltar.

— Por mim, está tudo bem – respondeu Thorpe um tanto zangado; e, dando imediatamente meia-volta com seu cavalo, tomaram o caminho de volta a Bath.

— Se o seu irmão não tivesse esse maldito animal para dirigir – disse ele logo depois –, poderíamos conseguir sem problemas. Meu cavalo teria trotado até Clifton em menos de uma hora, se fosse deixado à vontade, e quase quebrei o braço puxando-o nesse maldito passo de pangaré ofegante. Morland é um idiota por não ter seu próprio cavalo e seu próprio cabriolé.

— Não é, não – disse Catherine com ênfase –, pois tenho certeza de que ele não teria como comprá-los.

— E por que não?

— Porque não tem dinheiro suficiente.

— E de quem é a culpa por isso?

— De ninguém, que eu saiba.

Thorpe disse, então, alguma coisa, no seu estilo de sempre, sonoro e incoerente, acerca da desgraça de ser miserável; e se as pessoas que nadavam em dinheiro não podiam comprar, não sabia quem podia, o que Catherine nem sequer tentou entender. Decepcionada com o que devia ser o consolo pela primeira decepção, ela estava cada vez menos disposta tanto a ser simpática como a achar que seu companheiro o fosse; e voltaram a Pulteney Street sem que ela tivesse pronunciado vinte palavras.

Ao entrar em casa, disse-lhe o criado que um cavalheiro e uma dama haviam estado ali e perguntado por ela poucos minutos depois que ela partira; que, quando lhes disse que ela saíra com o sr. Thorpe, a dama perguntara-lhe se havia deixado alguma mensagem para ela; e quando ele disse que não, procurou um cartão de visita para deixar, mas disse que não tinha nenhum consigo e foi embora. Meditando sobre essas notícias de partir o coração, Catherine subiu lentamente as escadas. Ao chegar ao topo, deu com o sr. Allen, que, ao ouvir o motivo daquele súbito retorno, disse:

— Estou feliz em saber que seu irmão teve tanto juízo; estou contente em vê-la de volta. Era um programa esquisito, estapafúrdio.

Reuniram-se todos para um sarau na casa dos Thorpes. Catherine estava aflita e abatida; Isabella, porém, parecia considerar uma partida de *commerce*[1] de que participava, em parceria com Morland, um ótimo equivalente da calma e do ar do campo de um hotel de Clifton. Também declarou mais de uma vez a sua satisfação por não estar nos Salões Inferiores.

— Como tenho pena dos pobres coitados que foram para lá! Como estou feliz por não ser uma deles! Fico pensando se será ou não um baile completo! Ainda não começaram a dançar. Não iria para lá por nada neste mundo. É tão gostoso ter de vez em quando uma noite só para nós mesmos. Tenho certeza de que o baile não será bom. Sei que os Mitchells não vão. Tenho pena de todos os que estão lá. Mas tenho certeza, sr. Morland, de que está louco para ir ao baile, não está? Tenho certeza de que sim. Por favor, não quero que ninguém aqui sirva de obstáculo ao senhor. Tenho certeza de que podemos passar muito bem sem o senhor; mas vocês, homens, se acham tão importantes!

Catherine podia, talvez, acusar Isabella de falta de carinho para com ela e suas dores, tão pouco parecia preocupar-se com elas e tão inadequado era o consolo que oferecia.

— Não seja tão boba, minha querida – sussurrou ela. – Assim você parte o meu coração. Foi tudo terrivelmente revoltante, sem dúvida; mas a culpa foi toda dos Tilneys. Por que não foram mais pontuais? Havia lama, é verdade, mas o que importa? Tenho certeza de que John e eu não teríamos ligado para isso. Nunca me importa passar por qualquer coisa por um amigo; eu sou assim, e o John é

---

[1] Jogo de baralho francês, precursor do pôquer.

igualzinho; tem sentimentos incrivelmente profundos. Meu Deus! Que fantástica mão você teve! São reis, mesmo! Nunca estive tão feliz em minha vida! Prefiro que você a tenha tido, e não eu.

E agora posso entregar a minha heroína a uma noite insone, que é o quinhão da verdadeira heroína; a um travesseiro coberto de espinhos e molhado de lágrimas. E ela pode dar-se por feliz, se tiver mais uma boa noite de repouso nos próximos três meses.

Capítulo 12

— Sra. Allen — disse Catherine na manhã seguinte —, haverá algum problema se eu for visitar a srta. Tilney hoje? Não vou sentir-me bem até explicar tudo. — Claro, vá, minha querida; ponha um vestido branco; a srta. Tilney sempre veste branco.

Catherine concordou com alegria e, já adequadamente trajada, estava mais impaciente do que nunca para chegar ao balneário, para poder informar-se sobre a residência do General Tilney, pois, embora acreditasse que estavam em Milsom Street, não tinha certeza da casa, e as vacilantes convicções da sra. Allen só a tornavam mais incerta. Dirigiram-na para Milsom Street e, tendo-se informado perfeitamente sobre o número, para lá rumou com passos impacientes e coração palpitante, para fazer a sua visita, explicar a sua conduta e ser perdoada; passando rapidamente pela praça da igreja e afastando com decisão os olhos, para não ser obrigada a ver sua amada Isabella e sua querida família, que, acreditava ela, estavam numa loja das imediações. Chegou a casa sem problemas, conferiu o número, bateu à porta e perguntou pela srta. Tilney. O homem achava que a srta. Tilney estava em casa, mas não tinha certeza. Faria ela o favor de lhe dizer o seu nome para que a anunciasse? Ela lhe deu seu cartão. Em alguns minutos, o criado voltou e com um jeito que não parecia confirmar muito as suas palavras, disse que se enganara, pois aquela srta. Tilney saíra. Catherine, corada de irritação, deixou a casa. Tinha quase certeza de que a srta. Tilney estava em casa, ofendida demais para recebê-la; e enquanto se afastava rua abaixo, não pôde evitar dirigir o olhar para as janelas da sala de estar, na expectativa de vê-la ali, mas ninguém apareceu. No fim da rua, porém, ela olhou de novo para trás e então, não numa janela, mas saindo à porta, viu a própria srta. Tilney. Era seguida por um cavalheiro, que Catherine julgou ser seu pai, e se dirigiram para os lados de Edgar's Buildings. Catherine, profundamente vexada, seguiu seu caminho. Podia até zangar-se ela mesma de tal zangada descortesia; mas sufocou o próprio ressentimento; lembrou-se de sua própria ignorância. Não sabia como classificar segundo as leis da polidez mundana a ofensa por ela mesma cometida, até que ponto seria considerada imperdoável nem que grau de rudeza podia com justiça receber em resposta.

Rejeitada e humilhada, chegou até a pensar em não ir ao teatro à noite com os demais; mas cumpre confessar que tais pensamentos não duraram muito, pois logo se deu conta, em primeiro lugar, de que não tinha nenhuma desculpa para ficar em casa; e, em segundo lugar, era uma peça que queria muito ver. Assim, foram todos ao teatro; nenhum dos Tilneys apareceu para causar-lhe dor ou prazer; ela temia que, entre as muitas perfeições da família, o gosto pelo teatro não ocupasse um lugar de destaque; mas talvez fosse porque estivessem habituados às mais finas representações do teatro londrino, que sabia, segundo a autoridade de Isabella, tornar todos os outros "muito horríveis". Não foi desapontada em suas expectativas de prazer; a comédia interrompeu tão bem as suas angústias que ninguém que a observasse durante os quatro primeiros atos teria imaginado que tivesse passado por tantas desgraças. No começo do quinto ato, porém, a súbita visão do sr. Henry Tilney com o pai, presentes entre os convidados de um camarote em frente, trouxe de volta a ansiedade e o sofrimento. O palco já não lhe podia provocar verdadeiro entretenimento, já não podia atrair toda a sua atenção. Um em cada dois olhares, em média, era dirigido ao camarote em frente; e durante duas cenas inteiras ela observou assim Henry Tilney, sem ser sequer por uma vez capaz de chamar a sua atenção. Já não era possível acusá-lo de indiferença pelo teatro; sua atenção concentrou-se no palco durante as duas cenas inteiras. Por fim, porém, ele olhou para ela e fez uma reverência... mas que reverência! Nenhum sorriso, nenhum olhar mais prolongado o acompanhou; seu olhar retomou de imediato à direção de antes. Catherine estava agitada e infeliz; quase saiu correndo para o camarote em que ele estava, para forçá-lo a ouvir sua explicação. Tomaram conta dela sentimentos mais naturais do que heroicos; em vez de considerar ferida a sua própria dignidade pela rápida condenação de que fora objeto, em vez de orgulhosamente decidir, consciente da própria inocência, demonstrar sua indignação contra ele, que teve dúvidas sobre ela, deixando-lhe o trabalho de procurar uma explicação e informando-o sobre o ocorrido apenas pelo fato de evitar vê-lo ou de flertar com algum outro rapaz, ela assumiu toda a vergonha da má conduta ou pelo menos da aparência desta e estava loucamente impaciente por uma oportunidade de explicar sua causa.

A peça chegou ao fim, a cortina baixou, Henry Tilney já não podia ser visto no lugar em que estivera sentado até então, mas seu pai permanecia ali e talvez estivesse vindo para o camarote dela. Estava certa; em poucos minutos ele apareceu e, abrindo caminho pelas fileiras já meio vazias, falou com calma e cortesia com a sra. Allen e sua amiga. A resposta que recebeu desta última não foi tão calma:

— Ah! sr. Tilney, estava louca para falar-lhe e apresentar-lhe as minhas desculpas. Deve ter-me achado tão grosseira; mas na verdade a culpa não foi minha, não é, sra. Allen? Não é que eles me disseram que o sr. Tilney e sua irmã tinham saído juntos num faetonte? E o que podia eu fazer? Mas preferiria estar com vocês; não é verdade, sra. Allen?

— Minha querida, você está amassando o meu vestido – foi a resposta da sra. Allen.

Suas alegações, porém, mesmo permanecendo sem confirmação, não foram desdenhadas; deram um ar mais cordial, trouxeram um sorriso mais natural à expressão dele, que respondeu num tom que reteve só um pouco de afetada reserva:

— Ficamos muito gratos, de qualquer forma por nos desejar uma agradável caminhada depois de passar por nós em Argyle Street: teve a gentileza de olhar para trás deliberadamente.

— Mas não lhes desejei uma caminhada agradável; nunca me passou pela cabeça semelhante coisa; pedi com tanta insistência ao sr. Thorpe que parasse; gritei com ele assim que vi vocês; não é, sra. Allen... Ah! A senhora não estava lá; mas foi o que fiz; e se o sr. Thorpe tivesse parado, eu teria pulado e corrido atrás de vocês.

Haverá no mundo algum Henry que possa permanecer insensível a tal declaração? Não Henry Tilney, pelo menos. Com um sorriso ainda mais doce, ele disse tudo o que precisava ser dito sobre como sua irmã ficara preocupada com aquilo e o lamentara, além da confiança dela na honra de Catherine.

— Ah! Não me diga que a srta. Tilney não ficou zangada – exclamou Catherine –, pois sei que ficou; ela não quis receber-me hoje de manhã quando fui visitá-la; eu a vi saindo de casa poucos minutos depois que a deixei; fiquei magoada, mas não me ofendi. Talvez o senhor não saiba que estive lá.

— Eu não estava em casa aquela hora; mas Eleanor me contou e desde então ela deseja ver a senhorita, para explicar a razão de tal descortesia; mas talvez eu também possa fazer isso. Foi apenas isso, que meu pai... estava preparando-se para sair e com muita pressa e, não querendo adiar o compromisso, fez questão de que ela dissesse não estar. Foi só isso, garanto-lhe. Ela ficou muito aborrecida, e pretendia pedir desculpas assim que possível.

Catherine sentiu-se muito aliviada com essa informação, embora alguma preocupação ainda persistisse, que provocou a seguinte pergunta, em si mesma completamente ingênua, ainda que um tanto incômoda para o cavalheiro:

— Mas, sr. Tilney, por que o senhor foi menos generoso do que sua irmã? Se ela sentiu tanta confiança nas minhas boas intenções e imaginou que fosse tudo só um mal-entendido, por que o senhor se ofendeu tão prontamente?

— Eu, ofender-me?

— Tenho certeza, pelo seu jeito, quando chegou ao camarote de que estava zangado.

— Eu, zangado? Não tinha o direito de estar.

— Ninguém que visse a sua expressão pensaria que não tinha esse direito.

Ele respondeu que abrisse espaço para ele e falasse sobre a peça.

O sr. Tilney permaneceu com eles por algum tempo, e foi simpático o bastante para Catherine sentir-se outra quando ele partiu. Antes de partir, porém, combinaram que a caminhada planejada iria se realizar o quanto antes; e, a não ser pela infelicidade de vê-lo sair do camarote, ela se sentia, no geral, a criatura mais feliz do mundo.

Ao falarem um com o outro, ela observou com certa surpresa que John Thorpe, que nunca permanecia no mesmo lugar do teatro por dez minutos seguidos, conversava com o general Tilney; e sentiu algo mais do que surpresa quando julgou ser o objeto da atenção e das palavras deles. Que poderiam ter a dizer sobre ela? Ela temia que o general Tilney não apreciasse a sua presença: achou que isso estava implícito em seu gesto de preferir impedir que a filha a recebesse, a adiar sua caminhada por alguns minutos. "Como pode o sr. Thorpe conhecer o seu pai?", perguntou nervosa, enquanto os apontava para o seu companheiro. Ele nada sabia a respeito; mas seu pai, como todos os militares, tinha um grande círculo de amizades.

Quando o espetáculo acabou, Thorpe veio para ajudá-los a se retirarem. Catherine foi o objeto imediato de sua galanteria; e, enquanto aguardavam uma carruagem no saguão, ele impediu a pergunta que viajou do coração dela quase até a ponta da língua, ao lhe perguntar primeiro, com ares de importância, se o havia visto falando com o general Tilney:

— É um ótimo sujeito, palavra de honra! Corajoso, ativo... parece tão jovem quanto o filho. Tenho muito apreço por ele: um verdadeiro cavalheiro, não há sujeito melhor do que ele.

— Mas como o conheceu?

— Como o conheço! Há muito pouca gente nesta cidade que eu não conheça. Conheço-o há uma eternidade no Bedford; e o reconheci hoje assim que entrou na sala de bilhar. Um dos melhores jogadores que temos, aliás; e fizemos uma partidinha um contra o outro, embora no começo estivesse com um pouco de medo: as apostas eram cinco a quatro contra mim; e se eu não tivesse dado uma das melhores tacadas de todos os tempos – toquei a bola com extrema precisão, mas não consigo explicar sem a mesa; de qualquer modo, eu ganhei. Um ótimo sujeito; rico como um judeu. Gostaria de jantar com ele; tenho certeza de que ele dá ótimos jantares. Mas do que acha que estávamos falando? Da senhorita. É mesmo! E o general acha que a senhorita é a mais bela moça de Bath.

— Ah! Absurdo! Como ele pode dizer isso?

— E o que acha que eu disse? – abaixando a voz. – Muito bem, general! – disse eu. – Concordo com o senhor.

Naquele momento, Catherine, muito menos satisfeita com a admiração dele do que com a do general Tilney, não lamentou ser chamada pelo sr. Allen. Thorpe, porém, acompanhou-a até a carruagem e, até que ela entrasse, persistiu no mesmo tipo de delicada lisonja, embora ela o convidasse a parar com aquilo.

Que o general Tilney, em vez de não gostar dela, a admirasse, era algo maravilhoso; e ela pensou com alegria que já não havia ninguém na família que ela devesse temer encontrar. Aquela noite fizera mais, muito mais por ela do que poderia ter esperado.

Capítulo 13

Segunda, terça, quarta, quinta, sexta e sábado foram passados em revista pelo leitor; os acontecimentos de cada dia, suas esperanças e seus medos, suas mortificações e seus prazeres, foram descritos um por um, e agora só falta descrever as angústias do domingo para fechar a semana.

Os planos de ida a Clifton haviam sido adiados, não cancelados, e, à tarde, quando passeavam pelo Crescente, foram trazidos à baila de novo. Numa consulta particular entre Isabella, que desejava particularmente aquele passeio, e James, que desejava não menos ardentemente agradar a ela, ficou combinado que, contanto que fizesse bom tempo, a excursão deveria ser feita no dia seguinte; e deveriam partir bem cedinho, para poderem voltar para casa em boa hora.

Tudo assim combinado, e concedida a aprovação de Thorpe, só faltava falar com Catherine. Ela os deixara por alguns minutos para falar com a srta. Tilney. Nesse ínterim, o plano foi concluído, e assim que ela chegou, pediram a sua aprovação; mas em vez do alegre "sim" esperado por Isabella, Catherine fez uma cara séria, e disse sentir muito, mas não poderia ir. O compromisso que deveria tê-la impedido de participar da primeira tentativa agora a impossibilitava de acompanhá-los. Acabava de combinar com a srta. Tilney que dariam a caminhada adiada na manhã do dia seguinte; já estava tudo certo, e ela de jeito nenhum voltaria atrás. De imediato, porém, ambos os Thorpes exclamaram enfaticamente que ela podia e devia voltar atrás; tinham de ir a Clifton no dia seguinte, e não iriam sem ela, não seria nada adiar uma simples caminhada por mais um dia, e não aceitariam nenhuma recusa. Catherine estava angustiada, mas não convencida.

— Não me pressione, Isabella. Tenho um compromisso com a srta. Tilney. Não posso ir.

Isso de nada adiantou. Lançaram-lhe de novo os mesmos argumentos; ela podia ir, tinha de ir e não aceitavam uma negativa.

— Seria tão fácil dizer à srta. Tilney que se esquecera de um compromisso anterior e pedir que adiasse a caminhada para terça-feira.

— Não, não seria fácil. Não posso fazer isso. Não houve nenhum compromisso anterior.

Mas Isabella tornava-se cada vez mais insistente, convidando-a da maneira mais carinhosa, chamando-a dos nomes mais afetuosos. Tinha certeza de que sua queridíssima, dulcíssima Catherine não negaria seriamente um pedido tão trivial a uma amiga que tanto a amava. Sabia que sua amada Catherine tinha um coração tão afetuoso, um temperamento tão doce, que se deixava facilmente persuadir pelos que amava. Mas tudo foi em vão; Catherine sentia-se em seu direito, e embora abalada por súplicas tão amáveis e lisonjeiras, não deixou que elas a influenciassem. Isabella, então, tentou outro método. Queixou-se de que ela gostava mais da srta. Tilney, embora a conhecesse há tão pouco tempo, do que seus melhores e mais velhos amigos, de que estava cada vez mais fria e indiferente, em suma, para com ela.

— Não posso deixar de sentir ciúmes, Catherine, quando me vejo desdenhada em favor de estranhos, logo eu, que a adoro! Quando gosto de alguém, ninguém pode mudar isso. Mas acho que os meus sentimentos são mais fortes do que os de qualquer outra pessoa; acho até que são fortes demais para a minha tranquilidade; e ver-me suplantada em nossa amizade por estranhos me magoa profundamente, confesso. Esses Tilneys parecem engolir tudo ao seu redor.

Catherine achou tais palavras ao mesmo tempo estranhas e grosseiras. Era coisa de amiga expor assim seus sentimentos à atenção dos outros? Isabella pareceu-lhe mesquinha e egoísta, interessada apenas em sua própria satisfação. Essas ideias dolorosas passaram por sua cabeça, mas não disse nada. Isabella, enquanto isso, passava um lenço sobre os olhos; e Morland, angustiado ao ver aquilo, não pôde deixar de dizer:

— Catherine, acho que agora não pode mais teimar. Não é um grande sacrifício; e para agradar a uma amiga tão boa... vou achar muito grosseiro de sua parte se você continuar recusando.

Essa era a primeira vez que seu irmão se mostrava abertamente contra ela, e, louca para evitar causar-lhe desgosto, ela propôs um compromisso. Se eles adiassem os planos para terça-feira, o que poderiam fazer com facilidade, pois só dependia deles mesmos, iria com eles, e todos ficariam contentes. Mas a resposta imediata foi:

— Não, não, não! Não pode ser, pois Thorpe não sabia se iria à cidade na terça-feira.

Catherine sentia muito, mas não podia fazer mais nada; seguiu-se um breve silêncio, que foi rompido por Isabella, que com uma voz de fria indignação, disse:

— Muito bem, então este é o fim da excursão. Se a Catherine não for, não posso ir. Não posso ser a única mulher. Por coisa nenhuma no mundo eu faria algo tão inadequado.

— Catherine, você tem de ir – disse James.

— Mas por que o sr. Thorpe não pode levar uma de suas outras irmãs? Tenho certeza de que qualquer uma delas gostaria de ir.

— Muito obrigado – exclamou Thorpe –, mas não vim a Bath para levar minhas irmãs para cima e para baixo, como um idiota. Não. Se a senhorita não for, aos diabos se eu for. Eu só vou para sair com a senhorita.

— Este é um cumprimento que não me dá nenhum prazer.

Suas palavras, porém, não chegaram até Thorpe, que abruptamente se virou e saiu.

Os outros três ainda continuaram caminhando juntos, com a pobre Catherine sentindo-se muito mal; ora nenhuma palavra era dita, ora era novamente atacada com súplicas ou censuras, e ainda estava de braços dados com Isabella, embora os corações delas estivessem em guerra um com o outro. Num momento, comovida, noutro irritada; sempre aflita, mas sempre firme.

— Não sabia que você fosse tão teimosa, Catherine – disse James –; você não costumava ser tão dura de se convencer; antigamente era a mais gentil, a mais equilibrada das minhas irmãs.

— Espero não ter deixado de ser assim agora – replicou ela, muito sentida –; mas não posso ir mesmo. Se estou errada, estou fazendo o que julgo ser certo.

— Desconfio – disse Isabella em voz baixa – que não seja um grande dilema.

Catherine sentiu uma pontada no coração; desenlaçou o braço do de Isabella, que não mostrou resistência. Assim se passaram longos dez minutos, até serem de novo alcançados por Thorpe, que, aproximando-se com uma aparência mais alegre, disse:

— Muito bem, já resolvi o problema, e agora podemos todos ir amanhã de consciência tranquila. Estive com a srta. Tilney e apresentei-lhe as nossas desculpas.

— O senhor não fez isso! – exclamou Catherine.

— Fiz, sim, palavra de honra. Acabo de deixá-la. Disse a ela que a senhorita me havia enviado para dizer que, tendo acabado de se lembrar de que tinha um compromisso anterior de ir a Clifton conosco amanhã, não poderia ter o prazer de passear com eles até terça-feira. Ela disse que estava tudo bem, terça-feira era igualmente conveniente para ela; então, este é o fim de todos os nossos problemas. Boa ideia a minha, não?

A expressão de Isabella era mais uma vez toda sorrisos e bom humor, e James também parecia feliz novamente.

— Uma ideia celestial! Agora, minha doce Catherine, todas as suas angústias chegaram ao fim; você foi honrosamente liberada e vamos fazer uma excursão deliciosa.

— Isso não vai acontecer – disse Catherine –, não posso sujeitar-me a isso. Tenho de correr até a srta. Tilney imediatamente e lhe contar a verdade.

Isabella, porém, segurou-a pela mão, Thorpe pegou a outra e choveram protestos de todos os três. Até mesmo James ficou muito zangado. Quando tudo estava resolvido, quando a própria srta. Tilney disse que ir terça-feira para ela era igualmente bom, era completamente ridículo e absurdo levantar qualquer outra objeção.

— Pouco me importa. O sr. Thorpe não tinha nada que inventar uma mensagem dessas. Se eu tivesse querido adiar o passeio, teria eu mesma falado com a srta. Tilney. Só que, tal como foi feito, virou uma grosseria. E como vou saber se o sr. Thorpe... Ele talvez esteja enganado de novo; ele me fez cometer um gesto de grosseria com seu engano na sexta-feira. Deixe-me ir, sr. Thorpe; Isabella, não me segure.

Disse-lhe Thorpe que seria inútil ir atrás dos Tilneys; eles estavam dobrando a esquina de Brock Street quando os alcançou, e já deviam estar em casa a esta hora.

— Então vou atrás deles – disse Catherine –, vou atrás deles onde quer que estejam. É inútil falar sobre isso. Se não conseguiram convencer-me a fazer o que eu julgava errado, nunca serei levada a fazê-lo por enganos.

E com essas palavras ela se soltou e saiu correndo. Thorpe queria correr atrás dela, mas Morland o reteve.

— Deixe-a ir, deixe-a ir, se ela quer.

— É mais teimosa do que...

Thorpe nunca concluiu a comparação, pois era difícil encontrar uma que fosse adequada.

E lá foi Catherine, agitadíssima, correndo tão veloz quanto a multidão permitia, receosa de ser perseguida, mas decidida a ir até o fim. Enquanto corria, refletia sobre o que se passara. Era-lhe doloroso decepcionar e desagradar a eles, sobretudo desagradar ao irmão; mas não se arrependeu de sua negativa. Deixando de lado a própria inclinação, faltar uma segunda vez ao compromisso com a srta. Tilney, voltar atrás numa promessa feita espontaneamente nem cinco minutos antes e sob uma falsa alegação ainda por cima, teria sido errado. Não se opusera a eles só por motivos egoístas, não consultara apenas sua própria satisfação; esta, em certa medida, seria proporcionada pela mesma excursão, pela visita a Blaize Castle; não, tinha-se atido ao que era devido aos outros e ao seu próprio caráter, e à opinião que eles fariam sobre seu próprio caráter. Sua convicção de estar certa, porém, não era suficiente para recuperar a tranquilidade; até falar com a srta. Tilney, não teria sossego; e apertando o passo depois de passar pelo Crescente, passou quase correndo pelo espaço que a separava do topo de Milsom Street. Correra tão rápido, que, apesar da dianteira assumida pelos Tilneys, estavam apenas entrando em casa quando ela os avistou; e como o criado permanecia junto à porta aberta, ela teve apenas a cerimônia de dizer que precisava falar com a srta. Tilney imediatamente, e passou por ele correndo escada acima. Então, abrindo a primeira porta à sua frente, que calhou de ser a certa, viu-se logo na sala de estar com o general Tilney, seu filho e sua filha. Sua explicação, cujo único defeito era não ser – pelo nervosismo e falta de fôlego – explicação nenhuma, foi dada de imediato.

— Vim aqui correndo... foi tudo um engano... nunca prometi ir... logo disse a eles que não podia ir... vim correndo para explicar isso... não me importa o que vocês pensem de mim... não esperei nem o criado.

O caso, porém, embora não perfeitamente esclarecido com essas palavras, logo deixou de ser um mistério. Catherine descobriu que John Thorpe havia passado a mensagem; e a srta. Tilney não hesitou em admitir que ficou muito surpresa com ela. Mas, se a indignação do irmão fora ainda mais forte, Catherine, embora instintivamente se dirigisse tanto a um quanto a outro em sua defesa, é algo que ela não podia saber. Fosse qual fosse o sentimento antes de sua chegada, suas enfáticas declarações logo tornaram todos os olhares e todas as palavras tão gentis quanto ela podia desejar.

Tendo o caso chegado a um final feliz, ela foi apresentada pela srta. Tilney ao pai, e recebida por ele com uma polidez tão pronta, tão solícita, que a fez lembrar o que Thorpe lhe havia dito e a fez pensar com prazer que às vezes se podia confiar nele. A ansiosa solicitude da gentileza do general foi levada a tal ponto, que, sem saber da extrema rapidez com que ela adentrara a casa, ficou muito aborrecido com o criado, cuja negligência a obrigara a abrir ela própria a porta do aposento.

— Que passou pela cabeça do William? Ele próprio faria questão de investigar o caso.

E se Catherine não tivesse defendido com ênfase a inocência dele, é bem provável que William perdesse para sempre o favor do patrão, se não o emprego, pela rapidez dela.

Depois de permanecer com eles durante quinze minutos, ela se levantou para se despedir e foi então muito agradavelmente surpreendida pelo convite do general Tilney, de dar à sua filha a honra de almoçar e passar o resto do dia com ela. A srta. Tilney reforçou o convite. Catherine ficou muito agradecida; mas aquilo não estava em seu alcance. O sr. e a sra. Allen estavam aguardando a sua volta. Declarou o general que mais nada podia dizer; os pedidos do sr. e da sra. Allen eram soberanos; mas esperava que algum outro dia, quando o convite fosse feito com maior antecedência, eles não recusassem abrir mão dela em favor da amiga. "Ah, não!" Catherine tinha certeza de que não fariam a menor objeção, e garantiu que teria muito prazer em vir. O general acompanhou-a até a porta da rua, dizendo palavras galantes enquanto desciam as escadas, admirando a elasticidade de seu caminhar, que correspondia exatamente ao espírito de sua dança, e fazendo-lhe uma das mais graciosas reverências que ela jamais vira, ao se despedirem.

Catherine, maravilhada com tudo o que se passara, dirigiu-se alegremente para Pulteney Street, caminhando, como concluiu, com grande elasticidade, embora nunca tivesse pensado nisso antes. Chegou a casa sem ver mais nada do grupo ofendido; e agora que fora vencedora em todas as frentes, conseguira o seu objetivo e tinha assegurada a sua caminhada, ela começou (enquanto se desacelerava a palpitação do seu coração) a ter dúvidas sobre a completa correção do que fizera. É sempre nobre o sacrifício; e, se tivesse cedido aos pedidos, ter-se-ia poupado da aflitiva ideia de ver uma amiga contrariada, um irmão zangado e arruinado um projeto que proporcionaria a ambos grande alegria, talvez por sua causa. Para descargo de consciência e para julgar pela opinião de uma pessoa neutra o real valor de seus atos, ela aproveitou para mencionar ante o sr. Allen os planos já meio acertados de seu irmão e dos Thorpes para o dia seguinte. Perguntou-lhe o sr. Allen de imediato:

— Muito bem – disse ele –, e você pensa em ir também?

— Não. Eu já havia combinado antes uma caminhada com a srta. Tilney; e, assim, eu não poderia ir com eles, não é verdade?

— Não, certamente não; e fico feliz em saber que não pretende ir. Esses planos não são convenientes. Rapazes e moças viajando pelo campo em carruagens abertas! De vez em quando, muito bem; mas ir a hotéis e lugares públicos juntos! Não está certo; e me admira que a sra. Thorpe o permita. Estou feliz por você não querer ir; tenho certeza de que a sra. Morland não ficaria feliz. sra. Allen, concorda comigo? Não considera repreensível esse tipo de programa?

— Claro, muito repreensível. Carruagens abertas são coisas detestáveis. Nelas, um vestido limpo se suja em cinco minutos. Enlameamo-nos ao entrar e ao sair; e o vento puxa os cabelos e os chapéus em todas as direções. Odeio carruagens abertas.

— Sei disso; mas não é esse o ponto. Não acha que parece estranho que muitas vezes rapazes levem mocinhas para passear nessas carruagens, não sendo sequer parentes delas?

— Claro, querido, muito estranho. Não suporto ver isso.

— Minha querida senhora – exclamou Catherine –, então, por que não me disse isso antes? É claro que, se eu soubesse que não era conveniente, não teria de modo algum saído com o sr. Thorpe; mas sempre esperei que a senhora me avisasse, se estivesse agindo errado.

— E assim é, querida, pode ter certeza; pois como eu disse à sra. Morland ao nos despedirmos, farei sempre o que for melhor para você, se estiver em meu poder. Mas não devemos ser excessivamente rigorosos. Jovens são jovens, como diz a sua boa mãe. Você sabe que eu não queria que comprasse essa musselina bordada, mas você comprou. Os jovens não gostam de ser sempre contrariados.

— Mas isso era algo realmente importante; e não acho que seria difícil convencer-me.

— Pelo menos até agora, isso não causou grandes problemas – disse o sr. Allen –; só gostaria de aconselhá-la, minha querida, a não sair mais com o sr. Thorpe.

— Era isso mesmo que eu ia dizer – acrescentou a sua esposa.

Catherine, aliviada no que se refere a si mesma, sentiu-se preocupada com Isabella, e, depois de breve reflexão, perguntou ao sr. Allen se não seria ao mesmo tempo conveniente e gentil de sua parte escrever à srta. Thorpe e explicar como tal excursão seria indecorosa, questão sobre a qual ela devia ter tão pouca consciência quanto a mesma Catherine; pois julgava que, se não o fizesse, Isabella poderia talvez ir a Clifton no dia seguinte, apesar do que ocorrera. O sr. Allen, porém, desencorajou-a.

— É melhor deixá-la em paz, minha querida; ela já tem idade suficiente para saber o que está fazendo, e, se não souber, tem uma mãe para aconselhá-la. A sra. Thorpe é, sem dúvida, indulgente demais; mas é melhor não interferir. Ela e seu irmão querem ir, e você só vai conseguir contrariá-los.

Catherine conformou-se e, embora lhe custasse pensar que Isabella estivesse agindo errado, sentiu-se muito aliviada por sua conduta ter sido aprovada pelo sr. Allen e realmente se alegrou por ser preservada pelo conselho dele sobre o perigo de cometer ela mesma aquele erro. Ter escapado de fazer parte do grupo que iria a Clifton revelava-se agora como ter escapado de algo mau; pois o que teriam pensado dela os Tilneys, se tivesse quebrado a promessa feita a eles só para fazer novamente algo mau em si mesmo, se tivesse sido culpada de comportamento inconveniente para com eles, só para vir a cometer a mesma falta novamente?

Capítulo 14

Na manhã seguinte, fez um dia lindo, e Catherine se preparou para novas investidas do grupo reunido. Os Tilneys vieram buscá-la na hora combinada; e como não surgiu nenhum novo obstáculo, nenhuma recordação súbita, nenhum chamamento inesperado,

nenhuma intrusão impertinente para perturbar seus planos, minha heroína, por incrível que pareça, pôde cumprir seu compromisso, embora com o próprio herói. Decidiram passear por Beechen Cliff, a nobre colina cuja bela vegetação de arbustos suspensos fazia dela um objeto tão impressionante quando vista de Bath.

— Nunca olhei para lá – disse Catherine, ao caminharem às margens do rio – sem pensar no sul da França.

— Já viajou para o exterior, então? – disse Henry, um pouco surpreso.

— Ah, não! Só me refiro ao que li a respeito de lá. Sempre me faz lembrar do país pelo qual Emily e seu pai viajaram, em *Os mistérios de Udolpho*. Mas o senhor nunca lê romances, não é?

— Por que não?

— Por que eles não são inteligentes o bastante para o senhor... Os homens leem livros melhores.

— Aquele que, homem ou mulher, não sente prazer na leitura de um bom romance deve ser insuportavelmente estúpido. Li todas as obras da sra. Radcliffe, e a maioria delas com grande prazer. Quando comecei a ler *Os mistérios de Udolpho*, não conseguia largá-lo; lembro-me de que o li em dois dias... de cabelos arrepiados o tempo inteiro.

— É verdade – acrescentou a srta. Tilney –, e me lembro de que você começou a lê-lo em voz alta para mim, e quando tive de sair só por cinco minutos para responder a um bilhete, em vez de me esperar, pegou o livro e levou para Hermitage Walk, e fui obrigada a esperar até que o tivesse acabado.

— Obrigado, Eleanor, pelo honroso testemunho. Como vê, srta. Morland, suas suspeitas eram injustas. Cá estou eu, em minha impaciência de ir em frente na leitura, recusando-me a aguardar por cinco minutos a minha irmã, quebrando a promessa feita de lê-lo em voz alta e mantendo-a em suspense num ponto dos mais interessantes da história, por fugir com o livro, o qual, como a senhorita há de observar, era dela, só dela. Sinto orgulho ao refletir a este respeito, e creio que isto fortalecerá a boa opinião que a senhorita tem de mim.

— Estou muito feliz em saber disso, e de agora em diante nunca mais vou sentir vergonha de gostar do *Udolpho*. Mas sempre pensei que os rapazes desprezassem espantosamente os romances.

— Espantosamente é a palavra, mesmo; pois causa espanto tal desprezo, se houver, pois os leem quase tanto quanto as mulheres. Eu mesmo li centenas e centenas deles. Não pense que pode comigo em matéria de conhecimento de Julias e Louisas. Se passarmos aos detalhes e começarmos na sem fim investigação dos "Já leu este?" e "Já leu aquele?" Vou deixá-la tão para trás quanto... que direi?... Falta-me uma comparação adequada... Tão para trás quanto a sua amiga Emily deixou o pobre Valancourt quando foi para a Itália com a tia. Pense só quantos anos de vantagem eu tenho sobre a senhorita. Comecei meus estudos em Oxford quando a senhorita era uma boa menininha e copiava em casa as amostras de bordado!

— Receio que nem tão boa assim. Mas, falando sério, não acha que *Udolpho* seja o mais lindo livro do mundo?

— "O mais lindo"... e por mais lindo deve querer dizer o mais elegante. Acho que isso depende da encadernação.

— Henry – disse a srta. Tilney –, você é muito impertinente. Srta. Morland, ele a está tratando exatamente como trata a irmã. Está sempre achando defeito em mim, por algum erro de gramática, e agora resolveu tomar a mesma liberdade com a senhorita. A expressão "mais lindo", tal como a senhorita a usou, não lhe agrada; e é melhor substituí-la o quanto antes, ou seremos massacradas por Johnson[1] e Blair[2] o resto do passeio.

— Posso garantir – exclamou Catherine – que não tive nenhuma intenção de dizer algo errado; mas é um lindo livro, e por que não posso chamá-lo assim?

— É verdade – disse Henry –, e este é um dia lindo, e estamos dando um lindíssimo passeio, e vocês duas são duas lindíssimas moças. Ah! É uma linda palavra, com certeza! Serve para tudo. Originalmente, talvez, tenha servido apenas para exprimir elegância, propriedade, delicadeza ou refinamento... as pessoas eram lindas em seu modo de

---

[1] Dr. Samuel Johnson (1709-1784), escritor, poeta, historiador e crítico inglês, grande autoridade em questões literárias e de estilo.

[2] Hugh Blair (1718-1800), pregador e crítico escocês.

vestir, em seus sentimentos ou outras opções que fizessem. Mas hoje essa palavra abrange todas as boas qualidades em qualquer assunto.

— Muito embora, na verdade – exclamou sua irmã –, só devesse ser aplicada a você, sem nenhum elogio. Você é mais lindo do que sensato. Vamos, srta. Morland, vamos deixá-lo a meditar sobre os nossos erros quanto à mais castiça propriedade de linguagem, enquanto apreciamos *Udolpho* com as palavras que quisermos. É um livro interessantíssimo. Gosta desse tipo de leitura?

— Para falar a verdade, não gosto muito de nenhuma outra.

— É mesmo?

— É, sim. Consigo ler poesia e peças de teatro, e coisas do tipo, e não detesto relatos de viagem. Mas não consigo interessar-me pela história, a história mesmo, solene. A senhorita consegue?

— Consigo. Adoro história.

— Eu gostaria de adorar também. Leio um pouco por dever, mas não me diz nada que não me irrite ou me canse. As brigas entre papas e reis, com guerras e pestes, em cada página; os homens não valem nada e as mulheres quase não aparecem... é muito enfadonho: e, mesmo assim, sempre acho estranho que seja tão estúpido, pois boa parte deve ser invenção. As palavras postas na boca dos heróis, seus pensamentos e planos... a maior parte deve ser invenção, e invenção é o que me agrada nos outros livros.

— Acha que os historiadores – disse a srta. Tilney – não são felizes em seus voos de imaginação. Exibem fantasia sem despertar interesse. Adoro história... e não reclamo por tomar o falso com a verdade. Quanto aos fatos principais, eles têm como fonte de informação velhas histórias e arquivos, em que se pode confiar tanto, penso eu, quanto em tudo o que não se mostra diretamente à nossa observação; e quanto aos pequenos enfeites a que a senhorita se refere, são enfeites, e gosto deles como tais. Se um discurso for bem delineado, leio-o com prazer, seja quem for que o tenha escrito... e provavelmente com prazer muito maior, se for obra do sr. Hume[3] ou do sr. Robertson[4], do que se forem as autênticas palavras de Caractacus, Agrícola ou Alfredo, o Grande.

— A senhorita adora história! E o sr. Allen e meu pai também; e tenho dois irmãos que não a detestam. Impressionante haver tantos casos só em meu pequeno círculo de amizades! Se assim for, não vou mais ter pena dos escritores de história. Se as pessoas gostam de ler seus livros, tudo muito bem, mas trabalhar tanto para escrever grandes volumes, que, como eu pensava antes, ninguém iria ler com prazer, dar duro só para atormentar meninos e meninas, sempre me pareceu um destino ingrato; e embora eu saiba que tudo aquilo é muito certo e necessário, muitas vezes me admirei com a coragem daqueles que se dispunham a fazer isso.

— Que os meninos e as meninas devam ser atormentados – disse Henry – é o que ninguém que conheça a natureza humana em estado civilizado pode negar; mas em defesa de nossos mais eminentes historiadores, devo observar que podem muito bem se ofender por supostamente não terem objetivos mais altos e que, pelo método e pelo estilo, estão perfeitamente qualificados para atormentar os leitores da mais avançada e madura fase da vida. Emprego o verbo "atormentar", como observei ser o seu método, em vez de "instruir", supondo que sejam atualmente tidos como sinônimos.

— Acha que sou boba de chamar instrução de tormento, mas se o senhor estivesse tão acostumado como eu a ouvir as pobres criancinhas, primeiro aprendendo as letras e depois a ortografia, se tivesse visto como parecem estúpidas quando passam juntas a manhã inteira e como mamãe fica exausta ao final, como estou habituada

---

3 David Hume (1711-1776), grande filósofo e historiador escocês.

4 William Robertson (1721-1793), historiador escocês.

a ver quase todos os dias da minha vida em casa, concordaria que "atormentar" e "instruir" podem às vezes ser usados como sinônimos.

— Muito provavelmente. Mas os historiadores não têm culpa pela dificuldade de se aprender a ler; e mesmo a senhorita, que não parece especialmente propensa à aplicação severa e intensa, talvez possa ser levada a reconhecer que vale a pena ser atormentado por dois ou três anos, para ser capaz de ler o resto da vida. Pense bem... se não se ensinasse a ler, a sra. Radcliffe teria escrito em vão... ou talvez nem sequer tivesse chegado a escrever.

Catherine concordou e, depois de fazer um caloroso panegírico dos méritos daquela senhora, o assunto foi encerrado. Os Tilneys logo abordaram outro, sobre o qual ela nada tinha a dizer. Estavam observando o campo com os olhos de quem está acostumado a desenhar, e discutiam sobre a sua capacidade de se transformar em quadro com todo o entusiasmo do autêntico bom gosto. Nesse assunto, Catherine se sentia perdida. Nada sabia sobre desenho, nada sobre bom gosto, e os ouvia com uma atenção que lhe foi de pouca utilidade, pois usavam expressões que poucas ideias lhe transmitiam. O pouco que ela conseguiu entender, porém, parecia contradizer as escassas noções que antes se formara sobre o assunto. Parecia que uma boa vista já não devia ser tomada do alto de um alto monte e que um límpido céu azul já não era prova de um belo dia. Ela estava profundamente envergonhada de sua ignorância. Quando as pessoas querem ser simpáticas, devem sempre parecer ignorantes. Vir com a mente bem informada é vir com uma incapacidade de lidar com a vaidade dos outros, o que uma pessoa sensata sempre prefere evitar. Sobretudo a mulher, quando tem a desgraça de conhecer alguma coisa, deve escondê-lo o máximo possível.

As vantagens da estupidez natural para uma moça bonita já foram descritas pela pluma competente de uma colega escritora;

e ao seu tratamento do tema só acrescentarei, para ser justa com os homens, que embora para a maior e mais frívola parte do sexo masculino a imbecilidade aumente em muito os encantos pessoais femininos, há uma parte deles, razoável e bem informada, que deseja algo mais na mulher do que a ignorância. Catherine, porém, não conhecia seus próprios trunfos, não sabia que uma linda moça, com um coração amoroso e uma mente muito ignorante, não pode deixar de atrair um jovem inteligente, a menos que as circunstâncias sejam particularmente adversas. No presente caso, ela confessou e lamentou sua falta de conhecimento e declarou que daria tudo no mundo para saber desenhar; seguiu-se imediatamente uma aula sobre o pinturesco, em que as instruções dele foram tão claras, que Catherine logo começou a ver beleza em tudo o que ele admirava, e sua atenção foi tamanha, que ele ficou totalmente satisfeito por ter ela tanto bom gosto natural. Falou de primeiros planos, distâncias e segundas distâncias, visões laterais e perspectivas, luzes e sombras; e Catherine se mostrou uma aluna tão promissora, que quando chegaram ao topo de Beechen Cliff, ela voluntariamente rejeitou toda a cidade de Bath, por indigna de fazer parte de uma paisagem. Maravilhado com seus progressos e temeroso de cansá-la com conhecimentos demais de uma só vez, Henry deixou o assunto morrer e, com uma simples transição de um rochedo e do carvalho seco que estava perto do seu cume para os carvalhos em geral, as florestas e a área ocupada por elas, as terras incultas, terras da coroa e governos, ele logo se viu chegado à política; e, da política, era só um pulo até o silêncio. A pausa geral que se seguiu a uma breve dissertação sobre o estado do país foi interrompida por Catherine, que, num tom de voz um tanto solene, pronunciou as seguintes palavras:

— Ouvi que algo muito escandaloso vai acontecer em breve em Londres.

A srta. Tilney, principal destinatário daquelas palavras, admirou-se e logo replicou:

— É mesmo? E que tipo de coisa será?

— Isso eu não sei, nem quem vai ser o autor. Só ouvi que será mais horrível do que tudo que já vimos.

— Meu Deus! Onde ouviu uma coisa dessas?

— Uma grande amiga minha recebeu a notícia ontem, numa carta de Londres. Será extraordinariamente terrível. Acho que haverá assassinatos e coisas do tipo.

— Fala isso com uma calma incrível! Mas espero que a descrição de sua amiga tenha sido exagerada; e se souber de antemão de tais planos, sem dúvida o governo tomará as medidas adequadas para impedir que sejam executados.

— O governo – disse Henry, tentando não sorrir – não deseja nem ousa interferir em tais problemas. Deve haver assassinatos; e, para o governo, não importa quantos.

As moças ficaram pasmadas. Ele riu e acrescentou:

— Vamos, devo fazer com que compreendam ou deixar que adivinhem uma explicação como puderem? Não, eu serei nobre. Vou provar que sou um homem, não menos pela generosidade da alma do que pela lucidez da mente. Irritam-me os homens que desdenham abaixar-se até o nível de compreensão de vocês, mulheres. Talvez as capacidades femininas não sejam nem robustas, nem agudas, nem vigorosas, nem penetrantes. Talvez elas careçam de observação, discernimento, juízo, entusiasmo, gênio e espírito.

— Srta. Morland, não dê importância ao que ele diz; mas tenha a bondade de me esclarecer sobre essa terrível rebelião.

— Rebelião? Que rebelião?

— Minha querida Eleanor, a rebelião está apenas em sua cabeça. É escandalosa a confusão que nela reina. A srta. Morland esteve falando de algo não mais terrível do que a nova publicação, em breve, de três volumes in 12, de duzentas e setenta e seis páginas cada um, com um frontispício no primeiro, mostrando duas lápides e uma lanterna, entendeu? Srta. Morland, minha estúpida irmã interpretou mal todas as suas claríssimas palavras. Você falou de horrores que estavam sendo esperados em Londres, e em vez de imediatamente compreender, como qualquer criatura racional, que tais palavras só podiam estar relacionadas com uma biblioteca circulante, ela imediatamente imaginou milhares de homens reunidos em St. George's Fields, com ataques ao Banco, ameaças à Torre, as ruas de Londres banhadas em sangue, um destacamento dos Twelfth Light Dragoons (a esperança do reino) convocado de Northampton para sufocar os rebeldes e o galante capitão Frederick Tilney, no momento de atacar no comando de sua tropa, derrubado do cavalo por um tijolo lançado de uma janela. Perdoe-lhe a estupidez, por favor. Os temores da irmã somaram-se à fraqueza da mulher; ela, porém, em geral, nada tem de simplória.

Catherine ficou séria.

— E agora, Henry – disse a srta. Tilney –, que nos fez entender uma à outra, pode também fazer com que a srta. Morland entenda você... a menos que queira que ela pense que você é insuportavelmente grosseiro com a sua irmã e um grande bruto em suas opiniões sobre as mulheres em geral. A srta. Morland não está acostumada com as suas maneiras esquisitas.

— Será um prazer fazer com que ela as conheça melhor.

— Sem dúvida; mas isso não é explicação.

— Que devo fazer?

— Você sabe o que deve fazer. Explique claramente a ela quais são os seus princípios. Diga a ela que tem a inteligência das mulheres na mais alta conta.

— Srta. Morland, tenho na mais alta conta a inteligência de todas as mulheres do mundo, sobretudo daquelas, sejam elas quem forem, em cuja companhia eu esteja.

— Isso não basta. Fale mais sério.

— Srta. Morland, ninguém tem a inteligência das mulheres em mais alta conta do que eu. Na minha opinião, a natureza deu tanta inteligência a elas, que jamais acham necessário usar mais da metade do que receberam.

— Não vamos conseguir dele nada mais sério do que isso, srta. Morland. Ele não está em seu juízo perfeito. Mas garanto-lhe que ele estará sendo completamente mal interpretado, se parecer dizer algo injusto sobre qualquer mulher ou algo grosseiro a meu respeito.

Não era difícil para Catherine acreditar que Henry Tilney jamais pudesse enganar-se. Seus modos podiam às vezes surpreender, mas suas intenções eram sempre justas; e, o que ela não entendia, estava quase tão propensa a admirar quanto aquilo que entendia. Todo o passeio foi delicioso, e, embora terminasse cedo demais, sua conclusão também foi agradável; seus amigos acompanharam-na até sua casa e a srta. Tilney, antes de se despedirem, dirigindo-se de forma respeitosa tanto à sra. Allen quanto a Catherine, solicitou o prazer de sua companhia para jantar dois dias depois. A sra. Allen não fez objeções, e, quanto a Catherine, sua única dificuldade foi esconder o excesso de alegria.

Passou-se a manhã de maneira tão gostosa, que baniu de sua mente toda amizade e afeto natural, pois não lhe ocorreu nenhum pensamento sobre Isabella ou James durante a caminhada. Quando os Tilneys se foram, ela tornou a pensar afetuosamente sobre eles, mas durante algum tempo sem grande utilidade; a sra. Allen não tinha nenhuma informação a dar que pudesse aliviar sua angústia;

não ouvira nada sobre eles. Ao fim da manhã, porém, Catherine, precisando urgentemente comprar fita, foi até a cidade e em Bond Street deu com a segunda srta. Thorpe, que caminhava despreocupada na direção de Edgar's Buildings, entre duas das mais doces meninas do mundo, que haviam sido suas queridas amigas durante toda a manhã. Logo soube dela que a excursão a Clifton havia sido feita.

— Eles partiram às oito da manhã – disse a srta. Anne –, e posso garantir que não os invejo por esse passeio. Você e eu tivemos muita sorte de escapar desse embaraço. Deve ser a coisa mais estúpida do mundo, pois não há alma viva em Clifton nesta época do ano. Belle foi com o seu irmão, e John levou Maria.

Catherine falou do prazer que realmente sentia em ouvir essa parte do combinado.

— Ah, sim! – tornou a outra. – A Maria foi. Estava completamente alvoroçada para ir. Ela achou que seria muito bom. Não posso dizer que admire seu gosto; eu, por meu lado, estava decidida desde o começo a não ir, se eles insistissem.

Catherine, com certas dúvidas a esse respeito, não pôde deixar de responder:

— Gostaria que você também tivesse ido. É uma pena que nem todas vocês tenham podido ir.

— Muito obrigada; mas para mim isso é completamente indiferente. Na verdade, eu não teria ido de jeito nenhum. Estava dizendo isso a Emily e Sophia quando você chegou.

Catherine ainda não estava convencida, mas contente porque Anne teria a companhia de Emily e Sophia para consolá-la. Despediu-se delas sem muito constrangimento e voltou para casa, feliz porque a sua recusa em participar não havia impedido que a excursão se realizasse, e desejando ardentemente que ela tivesse sido agradável o bastante para que nem James nem Isabella guardassem mágoa dela.

Capítulo 15

Na manhã seguinte, bem cedo, um bilhete de Isabella, radiando paz e ternura a cada linha e solicitando a imediata presença da amiga para uma questão de suma importância, fez com que Catherine, no mais feliz estado de confiança e curiosidade, fosse correndo a Edgar's Buildings.

As duas srtas. Thorpes mais jovens estavam sozinhas na sala de visitas; e, quando Anne saiu para chamar a irmã, Catherine aproveitou a oportunidade para perguntar sobre alguns detalhes da excursão da véspera. Não havia nada que Maria desejasse mais do que falar sobre isso; e Catherine logo soube que fora o mais delicioso passeio do mundo, que ninguém podia imaginar como tinha sido encantador e que tinha sido mais gostoso do que se podia conceber. Esta foi a informação que recebeu nos primeiros cinco minutos; em seguida, foram revelados os pormenores: haviam ido diretamente ao York Hotel, tomado uma sopa e encomendado um jantar, já que queriam comer cedo, descido até o balneário, experimentado a água e gastado alguns shillings em *souvenirs*; em seguida, juntaram-se para tomar sorvete numa confeitaria e, correndo de volta para o hotel, devoraram apressadamente o jantar, para evitar ter de viajar no escuro. Então tiveram uma esplêndida viagem de volta; só a lua não saiu e choveu um pouco, e o cavalo do sr. Morland estava tão cansado que quase não conseguia andar.

Catherine ouvia com profunda satisfação. Ao que parecia, não tinham nem pensado em Blaize Castle; e, quanto a tudo o mais, não havia nada a lamentar nem por um instante. O relatório de Maria concluiu-se com uma terna demonstração de piedade pela irmã Anne, que imaginava estar insuportavelmente triste por ter sido excluída da excursão.

— Ela nunca me perdoará, tenho certeza; mas como podia evitar? John queria que eu fosse, pois ele prometera que não a levaria, por ter quadris tão largos. Tenho certeza de que este mês ela não vai recuperar o bom humor; mas estou resolvida a não me aborrecer com isso; não é um probleminha desses que me faz perder a calma.

Isabella, então, entrou na sala com um passo tão impaciente e um ar tão feliz e imponente que chamou a atenção da amiga. Maria foi sem cerimônia mandada embora, e Isabella, abraçando Catherine, assim falou:

— Sim, minha querida Catherine, aconteceu mesmo; sua perspicácia não iludiu você. Ah! Esse seu olho! Ele vê através das coisas.

Catherine respondeu apenas com um olhar de espantada ignorância.

— É, minha doce e querida amiga – prosseguiu a outra –, acalme-se. Estou incrivelmente agitada, como pode ver. Vamos nos sentar e falar confortavelmente. Então, adivinhou tudo assim que recebeu o meu bilhete? Menina esperta! Ah! Minha cara Catherine, só você, que conhece o meu coração, pode avaliar a felicidade que estou sentindo. O seu irmão é o homem mais encantador. Só queria ser mais digna dele. Mas o que vão dizer os seus excelentes pais? Ah! Meu Deus! Quando penso neles, fico tão nervosa!

Catherine começou a compreender; um vislumbre da verdade de repente penetrou sua mente; e, com o rubor natural de uma emoção tão inesperada, exclamou:

— Deus do céu! Minha querida Isabella, o que está dizendo? Será que você... será que você está mesmo apaixonada por James?

Catherine logo foi informada de que tal ousada conjetura, porém, era só metade da verdade. O ansioso afeto, que ela era acusada de ter continuamente observado em todos os olhares e atos de Isabella, havia, durante a excursão da véspera, recebido a deliciosa confissão de um igual amor. Seu coração e sua palavra agora a ligavam igualmente a James. Catherine jamais ouvira nada tão interessante, tão maravilhoso, tão jubiloso. Seu irmão e sua amiga, noivos! Tendo acabado de tomar conhecimento da situação, a importância do fato se mostrou indizivelmente grande, e ela viu aquilo como um desses grandes eventos que no curso ordinário da vida raramente se repetem. Não conseguia exprimir os próprios sentimentos; a natureza deles, porém, contentaram a amiga. A felicidade de ter tal cunhada foi sua primeira maravilha, e as lindas moças se uniram em abraços e lágrimas de alegria.

Por mais exultante, porém, que Catherine sinceramente se mostrasse com a perspectiva do parentesco, deve-se reconhecer que Isabella a ultrapassava em muito nas previsões emocionadas.

— Você vai ser tão infinitamente mais querida para mim, minha Catherine, do que a Anne ou a Maria; sinto que terei um apego muito maior à minha querida família Morland do que à minha própria.

Tal cúmulo de amizade ultrapassava Catherine.

— Você é tão parecida com seu irmão – prosseguiu Isabella –, que logo a adorei desde a primeira vez que a vi. Mas é sempre assim comigo; o primeiro momento já define tudo. Logo no primeiro dia da visita que Morland nos fez no Natal... desde o primeiro momento em que o vi... meu coração já estava irrecuperavelmente conquistado. Lembro-me de que estava usando meu vestido amarelo, com um penteado de tranças; quando entrei na sala de visitas, e John o apresentou, achei que nunca tinha visto ninguém tão lindo antes.

Neste momento, Catherine secretamente reconheceu o poder do amor; embora adorasse o irmão e apreciasse todos os seus dotes naturais, nunca na vida o considerara bonito.

— Também me lembro de que a srta. Andrews tomava chá conosco aquela tarde e vestia seu vestido de tafetá castanho arroxeado; parecia tão celestial que achei que decerto seu irmão se apaixonaria por ela. Não consegui pregar olho a noite inteira por isso. Ah, Catherine! Quantas noites em claro passei por causa do seu irmão! Não gostaria que você sofresse metade do que sofri! Estou ficando horrivelmente magra, bem sei... mas não vou aborrecê-la descrevendo a minha ansiedade; você já viu o bastante. Sinto que traí a mim mesma continuamente... ao falar tão abertamente da minha queda por eclesiásticos! Mas tinha certeza de que o meu segredo estaria seguro com você.

Catherine sentiu que nada podia ter estado mais seguro; envergonhada, porém, de sua pouco esperada ignorância, não ousou contestar nem negou ter tido tanta sagacidade maliciosa e amorosa empatia como Isabella preferia julgar que tivesse tido. Descobriu que o irmão estava preparando-se para partir a toda a velocidade para Fullerton, para comunicar seu estado e pedir consentimento; e este era um motivo de muita agitação para a mente de Isabella. Catherine tentou convencê-la, como ela mesma estava convencida, de que seus pais jamais se oporiam aos desejos do filho.

— É impossível – disse ela – haver pais mais carinhosos ou mais desejosos da felicidade dos filhos; não tenho dúvidas de que consentirão imediatamente.

— Morland diz exatamente a mesma coisa – replicou Isabella –; e mesmo assim não ouso esperar por isso: meu dote é muito pobre, eles nunca vão aceitar. Logo o seu irmão, que poderia casar-se com quem quisesse!

Aqui Catherine discerniu mais uma vez a força do amor.

— Isabella, você é humilde demais. A diferença de condição financeira não tem nenhuma importância.

— Ah, minha doce Catherine, em seu generoso coração eu sei que não tem nenhuma importância; mas não devemos esperar tanto desapego em muita gente. Eu, por meu lado, queria que as situações fossem invertidas. Se tivesse milhões ao meu dispor, se fosse dona do mundo inteiro, seu irmão seria minha única escolha.

Este sentimento encantador, tanto pela novidade quanto pela sensatez, fez Catherine lembrar-se com imenso prazer de todas as heroínas que conhecia; e disse consigo mesma que sua amiga nunca se mostrava mais adorável do que ao exprimir uma grande ideia.

— Tenho certeza de que vão dar seu consentimento – repetia ela –; tenho certeza de que vão adorá-la.

— Por mim – disse Isabella –, meus desejos são tão modestos, que uma renda mínima já seria o bastante para mim. Quando as pessoas se amam, a mesma pobreza é riqueza; detesto a grandiosidade: não moraria em Londres por nada neste mundo. Um chalé em algum lugarejo distante seria maravilhoso. Há algumas pequenas *villas* encantadoras perto de Richmond.

— Richmond! – exclamou Catherine. – Você tem de morar perto de Fullerton. Tem de ficar perto de nós.

— Tenho certeza de que serei infeliz se não morarmos. Só posso estar contente se estiver perto de você. Mas estas são palavras vazias! Não vou permitir-me falar dessas coisas, até termos a resposta de seu pai. Morland diz que se for enviada hoje a Salisbury, poderemos recebê-la amanhã. Amanhã? Sei muito bem que nunca terei coragem de abrir a carta. Sei que seria a morte para mim.

Seguiu-se a esta declaração um devaneio, e quando Isabella tornou a falar foi para tratar do vestido de noiva.

A conversa foi encerrada pelo próprio jovem noivo, que veio para dar seu suspiro de despedida antes de partir para Wiltshire. Quis Catherine dar-lhe os parabéns, mas não sabia o que dizer, e sua eloquência ficou toda nos olhos. A partir deles, porém, as oito partes do discurso resplandeceram com toda a expressividade, e James pôde recompô-las com facilidade. Impaciente para fazer tudo o que esperava em casa, suas despedidas não se estenderam muito; e teriam sido ainda mais breves, se ele não tivesse sido muitas vezes retido pelos instantes pedidos da namorada para que partisse. Duas vezes ele foi chamado quase da porta pela impaciência dela em vê-lo partir.

— Morland, você tem de partir. Pense só no quanto vai ter de viajar. Não consigo ver você demorar-se tanto. Pelo amor de Deus, não perca mais tempo. Vá, vá...

As duas amigas, agora com o coração mais unido do que nunca, permaneceram inseparáveis o dia inteiro; e, em projetos de felicidade entre cunhadas, as horas se passaram. A sra. Thorpe e o filho, que sabiam de tudo e pareciam só aguardar o consentimento do sr. Morland para considerarem o noivado de Isabella o mais feliz acontecimento imaginável para a família, tiveram autorização de unir-se às conversas e adicionar sua cota de olhares significativos e expressões misteriosas à medida de curiosidade a ser provocada nas menos privilegiadas irmãs mais jovens. Para os sentimentos simples de Catherine, esta estranha reserva não pareceu nem gentil, nem sustentada de modo coerente; e não teria deixado de exprimir o seu parecer sobre tal indelicadeza, se a sua incoerência não pesasse em seu favor. Anne e Maria, porém, logo aliviaram o coração pela sagacidade de seu "eu já sei"; e a tarde se passou numa espécie de guerra mental, numa exibição de inteligência familiar, por um lado no mistério de um aparente segredo e, por outro, numa descoberta indefinida, ambos igualmente brilhantes.

Catherine passou com a amiga também o dia seguinte, tratando de animá-la e ajudando-a a passar as muitas horas aborrecidas antes da chegada das cartas – gesto necessário, pois ao se aproximar a hora da provável entrega, Isabella mostrava-se cada vez mais abatida, e antes da chegada da carta, entrara num estado de autêntica depressão. Mas quando ela chegou, para onde teria ido todo aquele abatimento?

"Não tive nenhuma dificuldade em obter o consentimento de meus queridos pais, e recebi deles a promessa de que tudo farão pela minha felicidade" foram as três primeiras linhas, e logo tudo se transformara em jubilosa certeza. Imediatamente as feições de Isabella ganharam um brilho intenso, toda preocupação e angústia pareceram ter chegado ao fim, sua animação cresceu tanto que quase saiu de controle e ela se declarou sem hesitar a mais feliz das mortais.

A sra. Thorpe, com lágrimas de alegria, abraçou a filha, o filho, a visitante e poderia abraçar com prazer metade da população de Bath. Seu coração transbordava de ternura. Era "querido John" para lá e "querida Catherine" para cá; "querida Anne e querida Maria" logo passaram a compartilhar daquela felicidade; e dois "queridas" de uma vez antes do nome de Isabella só marcaram o que aquela filha amada tão bem conquistara. O mesmo John não ficou para trás em sua alegria. Não só fez ao sr. Morland o alto elogio de ser um dos melhores sujeitos do mundo, como também muitas outras exclamações em seu louvor.

A carta que causara tanta felicidade era curta e continha pouco mais do que essa afirmação de bom êxito; e todos os pormenores foram postergados para quando James pudesse voltar a escrever. Mas os pormenores Isabella podia esperar. O necessário estava contido na promessa do sr. Morland: havia empenhado sua honra, o que facilitava tudo; e como se formaria a renda do casal, se pela venda de propriedades fundiárias ou pela venda de títulos, era algo com que seu espírito desinteressado não se preocupou. Ela sabia o suficiente para sentir-se segura quanto a um acerto honroso e pronto, e sua imaginação alçou um rápido voo sobre as esperadas felicidades. Viu-se a si mesma algumas semanas mais tarde, o olhar atento e a admiração de cada um dos novos conhecidos de Fullerton, a inveja das velhas amigas de Putney, com uma carruagem ao seu dispor, novo nome em seus cartões e a brilhante exibição de anéis nos dedos.

Quando o teor da carta foi apurado, John Thorpe, que só aguardara a chegada dela para dar início à sua viagem a Londres, preparou-se para partir.

— Muito bem, srta. Morland – disse ele, ao encontrá-la sozinha na sala de estar –, vim despedir-me de você.

Desejou-lhe Catherine boa viagem. Sem parecer ouvi-la, ele foi até a janela, um pouco agitado, cantarolou uma musiquinha e pareceu absorto em seus pensamentos.

— O senhor não vai chegar atrasado em Devizes? – perguntou Catherine.

Ele não respondeu. Depois de um silêncio de um minuto, irrompeu com o seguinte:

— Belo esquema esse do casamento, meu Deus! Muito bem imaginado por Morland e Belle. O que achou, srta. Morland? Para mim, digo que não foi nada mau.

— Também acho que foi muito bom.

— Acha mesmo? Isso é que é sinceridade, meu Deus! Mas fico feliz em saber que a senhorita não é contra o casamento. Já ouviu a velha canção *Um casamento leva a outro*? Quer dizer, espero que a senhorita vá ao casamento de Belle, não vai?

— Vou, sim. Prometi à sua irmã estar com ela, se possível.

— E então, quem sabe – contorcendo-se e forçando uma risada imbecil –, quer dizer, a senhorita sabe, podemos testar a verdade dessa velha canção.

— Podemos? Mas eu não sei cantar. Desejo-lhe uma ótima viagem. Vou jantar com a srta. Tilney hoje e agora devo ir para casa.

— Mas para que tanta pressa? Quem sabe quando poderemos estar juntos de novo? Só voltarei daqui a duas semanas, e para mim serão duas semanas danadas de longas.

— Então, por que ficar tanto tempo fora? – replicou Catherine, descobrindo que ele aguardava uma resposta.

— É muita gentileza sua, porém, gentil e de boa índole. Não vou esquecer tão cedo. Mas a senhorita tem uma índole melhor e coisa e tal do que qualquer outro ser vivo, acho eu. Uma dose monstruosa de boa índole, e não é só boa índole, não, mas tem tanto, tanto de tudo; e então a senhorita tem... pelo amor de Deus, não conheço ninguém como a senhorita.

— Ah, meu caro, há muita gente como eu, tenho certeza, só que muito melhor. Um bom dia para o senhor.

— Mas, srta. Morland, logo vou fazer uma visita de cortesia a Fullerton, se não se opuser.

— Por favor, vá, sim. Meus pais vão ficar muito contentes em conhecê-lo.

— E espero... espero, srta. Morland, que não lhe venha ser desagradável tornar a me ver.

— Ah, meu caro, de jeito nenhum. Há muito pouca gente que não gosto de ver. Ter companhia é sempre agradável.

— É exatamente o que acho. Só me deem uma companhiazinha alegre, a companhia de gente de que gosto, onde quero e com quem quero, e o resto que o diabo o carregue, é o que eu digo. E estou muito feliz em ouvi-la dizer a mesma coisa, mas, na minha opinião, a senhorita e eu pensamos a mesma coisa sobre quase todos os assuntos.

— Talvez, é possível; mas é mais do que eu sempre pensei. E quanto a quase todos os assuntos, para falar a verdade, não há muitos sobre os quais eu mesma conheça a minha opinião.

— Nem eu, por Jove! Não sou de muito empenho com o que não me diz respeito. Minha ideia das coisas é bem simples. Sempre digo: só me deixem ter a mulher que quero com um teto confortável sobre a cabeça, e que mais me importa? Dinheiro não é nada. Tenho certeza de uma boa renda para mim mesmo; e se ela não tiver um tostão, ora, tanto melhor.

— É verdade. Penso como o senhor sobre isso. Se houver um bom dinheiro de um dos lados, não é preciso haver muito do outro. Não importa quem tenha, desde que haja o bastante. Odeio a ideia de uma grande fortuna à espreita de outra. E casar por dinheiro me parece a pior coisa do mundo. Bom dia. Ficaremos muito felizes em vê-lo em Fullerton, quando quiser.

E foi embora. Nem toda a galanteria dele conseguiu retê-la por mais tempo. Com tais notícias para dar e com tal visita para preparar, nada do que ele dissesse podia retardar a partida de Catherine; e ela saiu correndo, deixando-o com a clara consciência de sua feliz abordagem e do explícito encorajamento dado por ela.

A agitação que sentiu logo que soube do noivado do irmão fez com que ela esperasse despertar uma emoção não insignificante no sr. e na sra. Allen, ao comunicar-lhes o maravilhoso acontecimento. Quão grande foi a sua decepção! O importante caso, que muitas palavras de preparação anunciaram, havia sido previsto por ambos desde a chegada do seu irmão; e tudo o que sentiram na ocasião foi compreendido em seus votos de felicidade aos dois jovens, com uma observação elogiosa, da parte dele, sobre a beleza de Isabella, e da parte dela, sobre a boa sorte da mesma. Para Catherine, aquilo demonstrava uma insensibilidade surpreendente. A revelação, porém, do grande segredo da ida de James a Fullerton na véspera provocou certa comoção na sra. Allen. Não conseguiu ouvir aquilo com total tranquilidade, mas repetidamente lamentou a necessidade de se ocultar aquela ida, e exprimiu seus desejos de ter sabido dos seus planos, de ter-se encontrado com ele antes de partir, pois então certamente o teria incomodado, pedindo-lhe que transmitisse os seus gentis cumprimentos a seus pais e a todos os Skinners.

Capítulo 16

Eram tão altas as expectativas de Catherine quanto ao prazer que sentiria em sua visita a Milsom Street, que a decepção era inevitável; e assim, embora fosse mui cortesmente recebida pelo general Tilney e pela sua filha, embora Henry estivesse em casa e mais ninguém, ela descobriu, ao voltar, sem gastar muitas horas no exame de seus próprios sentimentos, que fora ao encontro preparada para uma felicidade que este não lhe proporcionara. Em vez de ver fortalecida a sua amizade com a srta. Tilney, pelo relacionamento do dia, ela não pareceu tão íntima como antes; em vez de ter um contato maior do que nunca com Henry Tilney, no conforto de uma reunião de família, ele nunca falara tão pouco nem fora tão pouco simpático. E, apesar da grande delicadeza do pai para com ela, apesar de seus agradecimentos, convites e cumprimentos, foi um alívio despedir-se dele. Foi difícil para ela encontrar uma explicação para tudo aquilo. Não podia ser culpa do general Tilney. Não havia dúvida de que ele fosse simpaticíssimo e ótima pessoa, além de homem muito atraente, pois era alto e bem-apessoado, além de ser pai de Henry. Ele não podia arcar com a responsabilidade pelo desânimo dos filhos ou por ela não ter-se divertido em sua companhia. Esperava pelo menos que o primeiro fosse só acidental, e só podia atribuir o segundo à sua própria estupidez. Isabella, ao saber dos pormenores da visita, deu uma explicação diferente:

— Foi tudo orgulho, orgulho, insuportável soberba e orgulho!

Há muito suspeitava que a família fosse muito presunçosa, e agora tinha certeza disso. Comportamento tão insolente quanto o da srta. Tilney, ela nunca vira na vida! Não fazer as honras da casa com a mais comum boa educação! Comportar-se com a visita com tal altivez! Quase nem falar com ela!

— Mas não foi tão ruim assim, Isabella. Não houve altivez; ela foi muito gentil.

— Ah! Não a defenda! E o irmão, então, ele, que se mostrara tão apegado a você! Meu Deus! Os sentimentos de certas pessoas são incompreensíveis. E então, ele mal olhou para você uma única vez durante todo o dia?

— Não disse isso; mas não pareceu de bom humor.

— Que coisa baixa! Para mim, a pior coisa do mundo é a inconstância. Peço que você nunca mais pense nele de novo, minha querida Catherine. Ele não merece você.

— Não merece! Acho que ele nunca nem pensa em mim.

— É exatamente isso que digo; ele nunca pensa em você. Como é volúvel!

Ah! Que diferença do seu irmão e do meu! Creio mesmo que não há coração mais constante do que o de John.

— Mas no que se refere ao general Tilney, garanto-lhe que seria impossível alguém comportar-se comigo com maior delicadeza e atenção; parecia que sua única preocupação era entreter-me e fazer-me feliz.

— Ah! Não tenho nada contra ele; não desconfio que seja orgulhoso. Creio que seja um homem muito cavalheiro. John tem boa opinião dele, e o juízo de John...

— Vou ver como eles se comportam comigo esta noite; vamos encontrar-nos nos salões.

— E eu devo ir?

— Você não quer? Pensei que estivesse tudo combinado.

— Não, desde que você faz tanta questão, não posso recusar-lhe nada. Mas não insista para que eu seja muito simpática, pois o meu coração, como sabe, vai estar a umas quarenta milhas dali. E, no que se refere a danças, nem me fale sobre isso, por favor; está completamente fora de questão. Charles Hodges me vai importunar que é o diabo, tenho certeza, mas vou acabar logo com as esperanças dele. Aposto dez contra um que ele vai adivinhar a razão, e é justamente isto que quero evitar, então vou insistir em que ele guarde os seus palpites para si mesmo.

A opinião de Isabella sobre os Tilneys não influenciou a amiga; tinha certeza de que não houvera insolência no comportamento dos dois irmãos, e não acreditava que houvesse orgulho no coração de nenhum deles. A noite recompensou sua confiança; foi tratada por um com a mesma delicadeza e pelo outro com a mesma atenção de antes: a srta. Tilney fez questão de estar ao seu lado, e Henry a convidou para dançar.

Tendo sabido na véspera, em Milsom Street, que seu irmão mais velho, o capitão Tilney, estava para chegar a qualquer momento, ela não teve dificuldade para descobrir o nome de um jovem elegantíssimo e bem-apessoado que nunca vira antes e que agora evidentemente fazia parte do grupo. Olhou para ele com grande satisfação, e até julgou possível que algumas pessoas o achassem mais bonito do que o irmão, embora, para ela, seu jeito fosse mais presunçoso e seus traços menos agradáveis. Seu gosto e suas maneiras eram, sem dúvida, muito inferiores; pois, ao alcance da audição de Catherine, não só protestou contra qualquer ideia de participar das danças, mas até mesmo riu abertamente de Henry por achar que aquilo fosse possível. Deste segundo gesto pode-se presumir que, fosse qual fosse a opinião de nossa heroína a seu respeito, a admiração que ele sentia por ela não era de tipo muito perigoso e provavelmente não provocaria animosidade entre os irmãos, nem perseguições à jovem. Não será ele o instigador dos três patifes em trajes de cocheiro que a introduzirão à força numa carruagem de quatro cavalos e partirão com vertiginosa velocidade. Catherine, no entanto, despreocupada com pressentimentos de tal mal ou de qualquer mal que fosse, salvo ter pouco espaço para dançar, sentiu a felicidade de costume em companhia de Henry Tilney, escutando com brilho nos olhos a tudo o que ele dizia; e, achando-o irresistível, irresistível ela mesma se tornou.

Ao término da primeira dança, o capitão Tilney veio de novo até eles e, para grande desprazer de Catherine, puxou o irmão para longe dela. Eles se afastaram cochichando um com o outro; e, embora sua delicada sensibilidade não se tenha alarmado de imediato e classificado como um fato, que o capitão Tilney tivesse ouvido alguma calúnia malévola a seu respeito e agora se apressava em comunicá-la ao irmão, na esperança de afastá-los para sempre um do outro, ela não pôde ver seu par arrastado para longe sem sentir-se muito incomodada. Sua expectativa durou cinco minutos inteiros; e ela já estava achando que aqueles eram quinze minutos longos demais, quando os dois voltaram e foi dada uma explicação, com Henry querendo saber se ela achava que sua amiga, a srta. Thorpe, aceitaria um convite para dançar, pois seu irmão ficaria felicíssimo em ser apresentado a ela. Catherine, sem hesitar, respondeu que tinha certeza de que a srta. Thorpe não tinha a mínima intenção de dançar. A cruel resposta foi passada ao outro, que de imediato se afastou.

— Sei que seu irmão não vai importar-se – disse ela –, pois o ouvi dizendo antes que detestava dançar; mas mostrou ter uma índole muito boa ao pensar nisso. Acho que ele viu Isabella sentada e imaginou que ela podia querer um par; está completamente enganado, pois ela não aceitaria dançar por nada neste mundo.

Henry sorriu e disse:

— Como é simples para a senhorita entender os motivos dos atos das outras pessoas!

— Como? O que quer dizer com isso?

— A senhorita nunca pensa "como tal pessoa pode ser influenciada?", "que tipo de persuasão pode agir mais sobre os sentimentos de tal pessoa, levando-se em conta a sua idade, condição social e prováveis hábitos de vida?"... mas em "como posso ser influenciada?", "o que me persuadiria a agir assim e assado?"

— Não estou entendendo o senhor.

— Estamos, então, em situações muito diferentes, pois estou entendendo a senhorita muito bem.

— Eu? Claro, não consigo falar bem demais para me tornar ininteligível.

— Bravo! Excelente sátira da linguagem moderna.

— Mas, por favor, me diga o que quis dizer com aquilo.

— Quer mesmo? Deseja realmente saber? Mas não está ciente das consequências; isso lhe trará um crudelíssimo embaraço, e com certeza causará certo desacordo entre nós.

— Não, não. Nada disso vai acontecer; não tenho medo.

— Muito bem, então, só quis dizer que ao atribuir ao convite do meu irmão à srta. Thorpe apenas a motivação da boa índole, a senhorita me convenceu de que tem melhor índole do que todo o resto do mundo.

Catherine corou e recusou o elogio, e a previsão do cavalheiro se confirmou. Houve algo, porém, nas palavras dele que justificaram sua confusão, e aquele algo a preocupou tanto, que ela se retraiu por algum tempo, esquecendo-se de falar ou de ouvir até retirar-se, despertada pela voz de Isabella, ergueu os olhos e a viu pronta para dançar com o capitão Tilney.

Isabella deu de ombros e sorriu, a única explicação que poderia ser dada naquele momento a tão extraordinária mudança; mas como aquilo não fosse suficiente para a compreensão de Catherine, exprimiu seu espanto em termos bastante claros ao seu par.

— Não consigo entender como isso aconteceu! Isabella estava tão decidida a não dançar.

— E Isabella nunca mudou de ideia antes?

— Ah! Mas porque... E o seu irmão! Depois do que o senhor disse a ele de minha parte, como pôde ele pensar em pedi-la para dançar?

— Isso não me surpreende. A senhorita me diz que o comportamento da sua amiga deve causar espanto, e portanto estou espantado; mas quanto ao meu irmão, devo confessar que o seu comportamento no caso foi exatamente o que acreditava que seria. A beleza da sua amiga era um atrativo evidente; a firmeza dela, porém, só podia ser entendida pela senhorita.

— O senhor ri! Mas garanto-lhe que Isabella é muito firme em geral.

— Tanto quanto se pode dizer de qualquer pessoa. Ser sempre firme é ser muitas vezes teimoso. O bom juízo é o que sabe quando ceder. E, sem levar em conta que se tratava de meu irmão, acho mesmo que a escolha da srta. Thorpe não foi nem um pouco ruim para o presente momento.

As amigas não puderam reunir-se para uma conversa confidencial até que todas as danças se encerraram; mas então, enquanto andavam pelo salão de braços dados, Isabella explicou-se da seguinte forma:

— Não me surpreende a sua surpresa; e estou mesmo morta de cansaço. Que falastrão! Muito divertido, se eu não tivesse nenhuma preocupação na cabeça; mas eu daria o mundo para permanecer sentada.

— Então por que não permaneceu?

— Ah, querida! Teria parecido tão estranho; e você sabe que odeio fazer isso. Recusei-o até onde foi possível, mas ele não aceitava recusas. Você não tem ideia de como ele insistiu. Pedi-lhe que me perdoasse e escolhesse outro par... mas não, não ele. Depois de aspirar à minha mão, não havia mais ninguém no salão que ele pudesse suportar; e não era só que quisesse dançar comigo, queria também estar comigo. Ah, que absurdo! Disse-lhe que havia escolhido um modo muito improvável de me convencer; pois, de todas as coisas do mundo, a que mais detesto são belas palavras e cumprimentos. Então achei que não teria sossego se não me levantasse. Além disso, pensei que a sra. Hughes, que o apresentou, poderia levar a mal se eu o recusasse; e tenho certeza de que seu querido irmão não ficaria feliz se eu permanecesse sentada o baile inteiro. Estou tão contente por ter acabado! Sinto-me exausta depois de ouvir todos os absurdos que ele disse: e então, como é um rapaz tão atraente, vi que todos nos olhavam.

— Ele é muito bonito, mesmo.

— Bonito! É, pode ser. Tenho certeza de que muita gente o admiraria, em geral; mas não é o meu estilo de beleza. Odeio homens de pele rosada e olhos escuros. Mas nele ficam muito bem, caem muito bem. Incrivelmente presunçoso, tenho certeza. Eu o desbanquei muitas vezes, do jeito que você sabe.

Quando as duas moças tornaram a se ver, tinham um assunto muito mais interessante para discutir. Chegara a segunda carta de James Morland, e as boas intenções de seu pai receberam uma explicação completa. Seu pai passaria ao filho, tão logo este tivesse idade suficiente, uma renda de cerca de quatrocentas libras anuais, de que era titular; o que não era pequena redução nas rendas da família, nem uma concessão mesquinha a um dos dez filhos. Uma propriedade de valor pelo menos igual, ademais, foi-lhe garantida como herança.

James exprimia, então, a sua justa gratidão; e como não era inesperado, embora desagradável, o fato de ter de esperar dois ou três anos para poder casar, foi recebido por ele sem descontentamento. Catherine, cujas expectativas haviam sido tão incertas quanto suas ideias sobre as rendas do pai, e cujo julgamento estava agora completamente dominado pelo irmão, sentiu-se igualmente satisfeita, e cumprimentou efusivamente Isabella por tudo ter sido acertado de modo tão feliz.

— É tudo ótimo, mesmo – disse Isabella, com o rosto sério.

— O sr. Morland portou-se muito bem – prosseguiu a gentil sra. Thorpe, olhando ansiosa para a filha. – Só queria poder fazer o mesmo. Não se poderia esperar mais dele. Se com o tempo ele achar que pode dar mais, tenho certeza de que o fará, pois sei que é um homem de excelente coração. Quatrocentas libras são uma renda pequena para se começar, é verdade, mas os seus desejos, querida Isabella, são tão modestos, que você nem sabe quão pouco pede, minha querida.

— Não é por mim que desejaria mais; mas não suporto ser motivo de sofrimento para o meu querido Morland, obrigado a se contentar em dividir um rendimento suficiente para sustentar só uma pessoa nas coisas necessárias à vida. Por mim, isso não é nada; nunca me preocupo comigo mesma.

— Sei disso, minha querida; e sempre será recompensada pelo afeto que isso faz com que todos sintam por você. Nunca houve uma jovem mais amada pelos que a conhecem do que você; e tenho certeza de que quando o sr. Morland a vir, minha querida filha... mas não vamos aborrecer a nossa querida Catherine falando dessas coisas. O sr. Morland portou-se maravilhosamente, você sabe. Sempre ouvi falar que era um homem excelente; e é claro, minha querida, não temos dúvida de que se você tivesse uma fortuna maior, ele daria algo mais, pois estou certa de que é um homem generoso.

— Estou certa de que ninguém tem melhor opinião do sr. Morland do que eu, mas todos têm seus defeitos, naturalmente, e cada qual tem o direito de fazer o que quiser com o seu dinheiro.

Catherine magoou-se com tais insinuações.

— Tenho certeza absoluta – disse ela – de que meu pai prometeu fazer o máximo que podia.

Isabella se recompôs.

— Quanto a isso, minha doce Catherine, não há a menor dúvida, e você me conhece o bastante para saber que uma renda muito menor me deixaria satisfeita. Não é a falta de mais dinheiro o que me deixa no momento um pouco aborrecida. Odeio dinheiro; e se o nosso casamento pudesse acontecer agora com apenas cinquenta libras por ano, estaria muito contente. Ah, minha Catherine, você descobriu meus sentimentos. Este é o ponto. Os longos, longos intermináveis dois anos e meio que devem passar até que o seu irmão possa receber a renda.

— Sei, sei, minha querida Isabella – disse a sra. Thorpe –, o seu coração é transparente. Você não sabe disfarçar-se. Compreendemos perfeitamente seu atual desgosto; e todos vão amá-la ainda mais por tão nobre e honesta afeição.

O sentimento de desconforto de Catherine começou a passar. Ela tentou acreditar que a postergação do casamento fosse a única origem do pesar de Isabella; e quando a tornou a ver em seu próximo encontro tão alegre e simpática como sempre, tentou esquecer-se de que por um minuto tinha pensado diferente. James logo seguiu sua carta e foi recebido com a mais gratificante delicadeza.

Capítulo 17

Os Allens já haviam entrado na sexta semana de sua estada em Bath; e se aquela seria a última foi, durante algum tempo, uma dúvida na qual Catherine pensava com o coração a palpitar. Ver sua relação com os Tilneys terminar tão cedo era uma desgraça que nada podia compensar.

Toda a sua felicidade parecia estar em jogo, enquanto o caso permanecesse não resolvido, e tudo acabou bem quando ficou decidido que iriam alugar o apartamento por mais duas semanas. O que estes quinze dias adicionais lhe proporcionariam, além do prazer de encontrar-se às vezes com Henry Tilney, constituiu apenas parte pequena da especulação de Catherine. Uma ou duas vezes, de fato, desde que o noivado de James lhe ensinara o que se podia fazer, ela chegara a se permitir um secreto "talvez", mas em geral a felicidade de estar com ele no momento constituía o limite de suas perspectivas: o presente abrangia agora mais três semanas, e estando garantida a felicidade por mais esse período, o resto da vida estava tão longe que pouco interesse lhe despertava. Na manhã que assistiu à solução desta questão, ela visitou a srta. Tilney e extravasou seus alegres sentimentos. Aquele era um dia fadado a ser fatídico. Mal exprimira a sua satisfação pelo prolongamento da estada do sr. Allen e já a srta. Tilney lhe contava que seu pai acabara de decidir ir embora de Bath ao fim de mais uma semana. Que choque para Catherine! A tensão da manhã fora calma e tranquila em comparação à presente decepção. Catherine logo perdeu a serenidade e, com uma voz da mais sincera aflição, fez eco às últimas palavras da srta. Tilney: "Ao fim de mais uma semana!"

— Sim, é difícil convencer meu pai a dar ao tratamento de águas o que chamo de um julgamento justo. Ele ficou desapontado com a ausência de alguns amigos que esperava encontrar aqui, e como se sente muito bem, está cheio de pressa de ir para casa.

— Lamento muito tudo isso – ponderou Catherine, desolada –, se tivesse sabido antes...

— Talvez – disse a srta. Tilney, com certo embaraço –, faria a bondade de... eu ficaria muito feliz se...

A chegada de seu pai pôs um ponto-final naquela polidez toda, que Catherine começava a esperar que introduzisse um desejo de que as duas se correspondessem. Depois de saudá-la com a gentileza de sempre, ele se voltou para a filha e disse:

— Muito bem, Eleanor, posso felicitá-la pelo bom sucesso de seu pedido à sua linda amiga?

— Estava começando a fazer o pedido quando o senhor entrou.

— Vá em frente, então! Sei o quanto seu coração está empenhado nisso. A minha filha, srta. Morland – prosseguiu ele, sem dar à filha tempo para falar – tem elaborado um plano bastante ousado. Vamos deixar Bath, como talvez ela já lhe tenha contado, no outro sábado à noite. Uma carta de meu intendente diz que a minha presença se faz necessária em casa; e vendo frustrada a minha esperança de encontrar aqui o marquês de Longtown e o general Courteney, dois de meus velhos amigos, não há nada que me retenha por mais tempo em Bath. E se formos atendidos pela senhorita em nosso pedido egoísta, partiremos sem nenhum pesar. Pode a senhorita, em suma, ser convencida a abandonar este palco de público triunfo e dar à sua amiga a honra de sua companhia em Gloucestershire? Sinto-me envergonhado por fazer este pedido, cuja presunção decerto pareceria imensa a todos em Bath, exceto à senhorita. Uma modéstia como a sua... mas por nada neste mundo gostaria de aborrecê-la com um elogio aberto. Se puder ser convencida a nos honrar com a sua visita, vai fazer-nos indizivelmente felizes. É verdade que não podemos nada como as diversões deste lugar tão animado; não podemos tentá-la nem com entretenimentos, nem com esplendor, pois o nosso modo de vida, como pode ver, é simples e despretensioso; no entanto, tudo faremos para tornar a Abadia de Northanger algo não totalmente desagradável.

Abadia de Northanger! Estas eram palavras arrepiantes, que elevaram os sentimentos de Catherine até o mais alto êxtase. Seu coração grato e gratificado mal podia conter sua expressão numa linguagem de razoável calma. Receber convite tão lisonjeiro! Ter sua companhia tão calorosamente solicitada! Tudo o que havia de honroso e reconfortante, todo o prazer presente e toda a esperança futura estavam contidos nele; e sua aceitação, com a única cláusula restritiva da aprovação de papai e mamãe, foi dada com entusiasmo.

— Vou escrever imediatamente para casa – disse ela –, e se eles não fizerem nenhuma objeção, como tenho certeza de que não farão...

O general Tilney não era menos otimista, tendo já feito uma visita a seus excelentes amigos de Pulteney Street e obtido a aprovação deles para os seus planos.

— Desde que eles aceitem separar-se da senhorita – disse ele –, podemos esperar que todos se resignem.

A srta. Tilney foi entusiasta, embora delicada, em suas palavras subsequentes, e em poucos minutos tudo foi acertado tão perfeitamente quanto a necessária consulta a Fullerton o permitia.

As situações que se apresentaram durante a manhã conduziram os sentimentos de Catherine através de formas variadas de expectativa, certeza e decepção; mas estavam agora guardados em segurança pela perfeita bem-aventurança; e sentindo-se próxima do êxtase, com Henry no coração e a Abadia de Northanger nos lábios, voltou correndo para casa para escrever sua carta. O sr. e a sra. Morland, fiando-se no julgamento dos amigos, a quem já haviam confiado a filha, não tiveram dúvidas sobre a adequação de uma amizade que se formara à vista deles e, portanto, enviaram já pelo retorno do correio seu pronto consentimento à visita a Gloucestershire. Tal indulgência, embora não superasse a que Catherine esperara, completou a sua certeza de ser mais favorecida do que qualquer outro ser humano no que se refere a amizades e fortuna, circunstâncias e boa sorte. Tudo parecia trabalhar em seu favor. Pela gentileza de seus primeiros amigos, os Allens, fora introduzida em cenários em que se deparou com prazeres de toda espécie. Seus sentimentos, suas preferências, todos tiveram a felicidade de serem retribuídos. Em tudo por que sentira afeição, afeição conseguira receber em troca. O afeto de Isabella estava assegurado, agora que seriam cunhadas. Os Tilneys, aqueles pelos quais, acima de tudo, ela desejava ser apreciada, superaram todos os seus desejos, pelo modo lisonjeiro com que permitiram que a sua amizade continuasse. Seria sua convidada especial, ficaria durante semanas sob o mesmo teto com pessoas cuja companhia apreciava mais do que tudo – e, além de tudo, aquele teto era o teto de uma abadia! Sua paixão por velhos edifícios só perdia para a paixão por Henry Tilney, e castelos e abadias costumavam ser o encanto dos devaneios que a imagem dele não preenchia. Ver e explorar as muralhas e as torres de um ou os claustros de outra foram durante muitas semanas seu ardente desejo, embora ser mais do que a visitante de uma só hora parecesse um desejo quase impossível. E, no entanto, iria acontecer, tendo contra si todas as probabilidades, pois podia ser casa, mansão, casa de campo, parque ou chalé, mas aconteceu de Northanger ser uma abadia; e ela seria sua moradora. Seus corredores longos e úmidos, suas celas estreitas e sua capela em ruínas estariam todos os dias ao seu alcance, e ela não conseguia reprimir completamente a esperança de alguma lenda tradicional, algum túmulo terrífico de uma freira ferida e desditosa.

Era maravilhoso ver que seus amigos se mostrassem tão pouco ensoberbecidos pela posse de tal casa, que a consciência disso fosse vivida com tanta humildade. Só o poder de um velho hábito podia explicar aquilo. Uma distinção com que haviam nascido não provocava orgulho. A superioridade de residência não era para eles mais do que a superioridade como pessoas.

Eram muitas as perguntas que queria fazer à srta. Tilney; mas seus pensamentos estavam tão agitados, que, quando as perguntas foram respondidas, ela não ficou muito mais esclarecida do que antes do fato de a Abadia de Northanger ter sido um rico convento na época da Reforma, de ter caído nas mãos dos antepassados dos Tilneys ao se dissolver, de boa parte do antigo edifício ainda fazer parte da casa atual, embora o resto tenha-se perdido, ou de sua localização num vale, abrigado ao norte e a leste por bosques de carvalho em aclive.

Capítulo 18

Com a mente tão cheia de felicidade, Catherine mal se dera conta de que já se haviam passado dois ou três dias sem que ela visse Isabella por mais do que alguns minutos em seguida. Começou a ter consciência disso e a sentir falta de conversar com ela, ao caminhar certa manhã pelo balneário, ao lado da sra. Allen, sem ter nada para dizer ou para ouvir; e, mal se haviam passado cinco minutos desde que começara a sentir saudades da amiga, quando o objeto delas apareceu e, convidando-a para uma conferência secreta, guiou-a até um lugar onde pudessem sentar-se.

— Este é o meu lugar favorito – disse ela ao se sentarem num banco entre as portas, que permitia uma visão razoável de quem entrasse por uma delas. – É tão discreto.

Observando Catherine que os olhos de Isabella estavam sempre voltados para uma ou outra porta, como se ela aguardasse impacientemente, e lembrando-se de quantas vezes já havia sido falsamente acusada de ser maliciosa, achou que aquela era uma boa oportunidade de sê-lo de fato; e assim, comentou alegremente:

— Não fique nervosa, Isabella, logo, logo o James vai chegar.

— Psss! Minha querida – replicou ela. –, não pense que eu seja tão simplória a ponto de querer prendê-lo o tempo todo ao meu cotovelo. Seria péssimo estarmos sempre juntos; seríamos a piada do lugar. E então você vai para Northanger! Fico infinitamente feliz com isso. É uma das mais belas antiguidades da Inglaterra, pelo que sei. Vou esperar por uma descrição minuciosa do lugar.

— Você com certeza terá a melhor que eu conseguir fazer. Mas está à espera de quem? De suas irmãs?

— Não espero ninguém. A gente tem de olhar para algum lugar, e você sabe que tenho o costume idiota de fitar os meus olhos em alguma coisa quando os meus pensamentos estão a cem milhas daqui. Sou incrivelmente distraída; acho que sou a pessoa mais distraída do mundo. Tilney diz que isto sempre ocorre com certo tipo de gente.

— Mas achei, Isabella, que você tinha alguma coisa especial para me falar?

— Ah, sim, tenho mesmo! Mas esta é mais uma prova do que eu estava dizendo. Que cabecinha a minha, tinha me esquecido. Bem, acabo de receber uma carta do John; você pode adivinhar o que ele diz.

— Não, não posso.

— Meu amor, não seja tão terrivelmente vaidosa. Sobre o que mais ele poderia escrever, a não ser você? Você sabe que ele está completamente apaixonado.

— Por mim, querida Isabella?

— Não, minha doce Catherine, isso é completamente absurdo! A modéstia e coisas do gênero são muito elogiáveis, mas realmente um pouco de sinceridade às vezes também é bem-vinda. Nunca vi tamanho exagero! Isso é querer elogios. As atenções dele foram tais, que até uma criança teria notado. E meia hora antes de ele partir de Bath, você deu a ele o encorajamento mais explícito. É o que ele diz na carta, que lhe fez uma proposta e que você a recebeu com a maior gentileza; e agora ele quer que eu faça campanha por ele e lhe diga um monte de coisas lindas. Então é inútil fingir ignorância.

Catherine, com toda a convicção da verdade, exprimiu seu espanto ante tal acusação, protestando sua inocência de qualquer ideia de que o sr. Thorpe estivesse apaixonado por ela, e a consequente impossibilidade de ter alguma vez tido a intenção de encorajá-lo.

— Quanto a quaisquer atenções que tenha recebido dele, dou-lhe a minha palavra de honra que nunca percebi nada... a não ser quando ele me pediu para dançar no dia em que chegou. E quanto a ter-me feito algum pedido de casamento, ou coisa parecida, deve haver algum inexplicável engano. Eu não poderia ter interpretado mal uma coisa dessas, é claro! E como sempre quero que acreditem em mim, afirmo solenemente que jamais sequer uma sílaba dessa natureza foi trocada entre nós. A última meia hora antes de partir! Isso tudo só pode ser um completo engano... pois não o vi nenhuma vez durante toda aquela manhã.

— Mas com certeza o viu, pois passou a manhã inteira em Edgar's Buildings – foi o dia em que chegou o consentimento do seu pai –, e tenho certeza de que você e John ficaram sozinhos na sala um pouco antes de você sair da casa.

— Tem mesmo? Muito bem, se você diz, então é verdade, tenho certeza... mas juro que não consigo lembrar-me. Agora me lembro de ter estado com você e ter visto o sr. Thorpe, como os demais... mas que tenhamos ficado sozinhos por cinco minutos... enfim, não vale a pena discutir sobre isso, pois seja o que for que se passou com ele, pode ter certeza, só pelo fato de nem me lembrar, que nunca pensei, nem esperei, nem desejei nada desse tipo vindo da parte dele. Estou extremamente preocupada por ele ter algum sentimento por mim... mas foi tudo sem nenhuma intenção da minha parte; nunca tive a menor ideia disso. Por favor, esclareça-o assim que puder e diga-lhe que me perdoe... quer dizer... não sei o que eu deveria dizer... mas o faça entender as minhas intenções, da melhor maneira possível. Não quero falar de modo desrespeitoso do seu irmão, Isabella, eu lhe garanto; mas você sabe muito bem que se eu pensar mais num homem do que nos outros... ele não é a pessoa.

Isabella ficou calada.

— Minha querida amiga, não se zangue comigo. Não posso acreditar que seu irmão goste tanto de mim. E, como você sabe, nós ainda seremos cunhadas.

— Claro, claro (enrubescendo), há mais de um jeito de sermos cunhadas. Mas estou divagando... Muito bem, minha querida Catherine, a questão é que parece que você já se decidiu contra o meu pobre John... não é verdade?

— Certamente não posso corresponder ao seu afeto e certamente nunca tive a intenção de encorajá-lo.

— Assim sendo, garanto-lhe que não vou mais aborrecê-la com isto. John queria que eu falasse com você sobre o assunto, e foi o que fiz. Mas confesso que assim que li a carta que ele escreveu, achei um caso muito estúpido e imprudente, que provavelmente não seria bom para nenhum dos dois; pois de que viveriam, se se casassem? Ambos têm alguma coisa, é claro, mas não se sustenta uma família com ninharias nos dias de hoje; e apesar de tudo o que os romancistas possam dizer, nada se faz sem dinheiro. Só me surpreende que John tenha tido essa ideia; não deve ter recebido a minha última carta.

— Você me absolve, então, de tudo?... Está convencida de que nunca tive a intenção de iludir seu irmão e nunca até agora suspeitei de que ele gostasse de mim?

— Ah! Quanto a isso – respondeu Isabella, rindo – não tenho a pretensão de saber quais foram os seus pensamentos e planos no passado. Você sabe deles muito melhor do que eu. Um leve flerte sem pretensões pode acontecer e muitas vezes encorajamos mais do que esperávamos. Mas pode ter certeza de que sou a última pessoa no mundo a julgá-la com severidade. Todas essas coisas devem ser permitidas à juventude e ao entusiasmo. O que se diz um dia talvez no outro não se diga mais. Mudam-se as circunstâncias, e as opiniões com elas.

— Mas a minha opinião sobre o seu irmão nunca mudou; foi sempre a mesma. Você está descrevendo o que nunca aconteceu.

— Minha querida Catherine – prosseguiu a outra, sem sequer ouvi-la –, por nada neste mundo eu gostaria de apressá-la ao noivado antes de você saber bem o que está fazendo. Acho que nada poderia justificar-me em querer que você sacrifique toda a sua felicidade só para agradar ao meu irmão, só porque ele é meu irmão; é claro, ele talvez possa ser igualmente feliz sem você, pois raramente se sabe o que nos acontecerá, sobretudo os rapazes, tão incrivelmente mutáveis e inconstantes. O que digo é: Por que a felicidade de um irmão seria mais importante para mim do que a de uma amiga? Como sabe, tenho uma altíssima ideia da amizade. Mas acima de tudo, minha querida Catherine, não se apresse. Ouça o que lhe digo, se você apressar-se demais, vai ter a vida toda para se arrepender. Diz o

Tilney que não há nada sobre o que as pessoas mais se iludam do que sobre seus próprios sentimentos, e acho que ele tem toda a razão. Ah! Aqui está ele; não importa, ele não nos verá, com certeza.

Catherine ergueu os olhos e viu o capitão Tilney; e Isabella, olhando fixamente para ele enquanto falava, logo lhe chamou a atenção. O oficial imediatamente se aproximou e se sentou no lugar aonde os movimentos o convidavam. Suas primeiras palavras assustaram Catherine. Embora ditas em voz baixa, ele conseguiu distinguir: "Quê! Sempre sendo observados, em pessoa ou por procuração!"

— Bobagem! – foi a resposta de Isabella, no mesmo meio sussurro. — Por que você põe essas coisas na minha cabeça? Como se eu pudesse acreditar... minha cabeça, como sabe, é muito independente.

— Gostaria que o seu coração fosse independente. Isso seria o bastante para mim.

— Meu coração! O que você tem a ver com corações? Nenhum de vocês, homens, tem coração.

— Se não temos coração, temos olhos; e eles já nos atormentam o bastante.

— É mesmo? Lamento muitíssimo; lamento que achem coisas tão desagradáveis em mim. Vou olhar para o outro lado. Espero que isto seja do seu agrado – voltando as costas para ele –; espero que os seus olhos não sejam atormentados agora.

— Nunca o foram mais; pois o perfil de um rosto em flor ainda pode ser visto... ao mesmo tempo, pouco e demais.

Ouviu Catherine tudo aquilo e, muito chocada, não pôde ouvir mais. Surpresa de que Isabella tolerasse aquilo e com ciúmes pelo irmão, se ergueu e, dizendo que iria encontrar a sra. Allen, a convidou a um passeio. Mas Isabella não mostrou nenhum entusiasmo pelo convite. Estava tão imensamente cansada, e era tão detestável exibir-se pelo balneário; e se saísse dali podia perder-se das irmãs;

suas irmãs deviam chegar a qualquer momento; assim sua querida Catherine devia perdoá-la e tornar calmamente a se sentar. Catherine, porém, também sabia ser teimosa; e, quando a sra. Allen apareceu para propor que voltassem para casa, saiu com ela do balneário, deixando Isabella sentada ao lado do capitão Tilney. Separou-se deles muito angustiada. Achou que ele estava apaixonando-se por Isabella, e que ela inconscientemente o encorajava; só podia ser inconscientemente, pois o amor de Isabella por James era tão certo e tão conhecido quanto o noivado entre eles. Era impossível duvidar de sua palavra ou de suas boas intenções; e, no entanto, durante toda a conversa ela se comportara de um modo estranho. Preferia que Isabella tivesse falado como de costume, e não tanto sobre dinheiro, e que não se mostrasse tão feliz ao ver o capitão Tilney. Que estranho que ela não tivesse percebido a admiração dele! Catherine estava angustiada para alertá-la discretamente sobre aquilo e prevenir todo o sofrimento que o comportamento desenvolto demais de Isabella poderia criar, tanto para ele quanto para o irmão.

O amor lisonjeiro de John Thorpe não servia de compensação à leviandade da irmã. Catherine estava tão longe de crer como de desejar que ele fosse sincero; pois não se esquecera de que ele podia enganar-se e o que dissera sobre a proposta de casamento e o encorajamento dela a convenceram de que tais enganos podiam ser monumentais. Em termos de vaidade, portanto, ela não ganhava muito; seu maior ganho foi em espanto. Que ele achasse valer a pena perder tempo em fantasias de amor por ela era motivo de profundo espanto para Catherine. Isabella falou das atenções dele; ela nunca se dera conta de nenhuma. Mas Isabella dissera muitas coisas que esperava terem sido ditas irrefletidamente, para nunca mais serem repetidas; e preferiu encerrar com isso as suas reflexões, para seu próprio repouso e serenidade.

Capítulo 19

Passaram-se alguns dias e Catherine, embora não se permitisse suspeitar da amiga, não pôde evitar de observá-la atentamente. Os resultados dessas observações não foram agradáveis. Isabella parecia outra pessoa. Quando a via rodeada apenas dos amigos mais íntimos, em Edgar's Buildings ou em Pulteney Street, a mudança de comportamento era tão ínfima, que podia passar despercebida, se as coisas ficassem por ali. Certa lânguida indiferença ou uma proclamada distração, de que Catherine jamais ouvira falar antes, por vezes tomavam conta dela; mas, se nada de pior se revelasse, isso só teria aumentado seus encantos e inspirado um mais caloroso interesse. Mas quando Catherine a via em público, aceitando as atenções do capitão Tilney tão prontamente como elas lhe eram oferecidas e dando a ele quase tanta atenção e quase tantos sorrisos quanto a James, a mudança tornava-se evidente demais para poder ignorá-la. O que significaria aquele comportamento instável, o que queria a sua amiga era algo que estava além da sua compreensão. Isabella não podia ter consciência do sofrimento que provocava; mas havia naquilo certa proposital falta de consideração, com que Catherine não podia deixar de indignar-se. Quem sofria era James. Via-o sério e inquieto; e, por mais indiferente de seu atual bem-estar que a mulher que lhe dera seu coração pudesse estar, para ela aquilo era sempre importante. Preocupava-se muito também com o pobre capitão Tilney. Embora seu jeito não lhe agradasse, o nome era um passaporte para a sua estima, e ela pensava com sincera compaixão na decepção que o aguardava; pois, apesar do que acreditava ter ouvido no balneário, o comportamento dele era tão incompatível com o conhecimento do noivado de Isabella, que não conseguia, quando pensava, imaginar que ele estivesse a par. Ele podia ter ciúmes do irmão, como rival, mas se parecera haver mais do que isso, a culpa devia ser sua, por não ter compreendido. Queria, por uma delicada admoestação, fazê-la lembrar-se da sua condição e ter consciência dessa dupla indelicadeza; mas para tais admoestações, ou faltava a oportunidade, ou não era compreendida. Se sugeria alguma coisa, Isabella jamais entendia. Nessa aflição, a planejada partida da família Tilney se tornou seu maior consolo; a viagem a Gloucestershire devia ocorrer em poucos dias, e a partida do capitão Tilney traria, enfim, paz a todos os corações, exceto o seu. Ele, porém, no momento não tinha nenhuma intenção de partir; não participaria da viagem a Northanger, mas permaneceria em Bath. Quando Catherine soube disso, imediatamente tomou uma decisão. Falou com Henry Tilney sobre o assunto, lamentando a evidente admiração do irmão pela srta. Thorpe e convidando-o a falar com ele sobre o noivado.

— Meu irmão sabe que ela está noiva – foi a resposta de Henry.

— Sabe? Então por que vai permanecer aqui?

Ele não respondeu e começou a falar de outro assunto; ela, porém, prosseguiu com impaciência:

— Por que não o convence a ir embora? Quanto mais tempo ficar, pior será para ele ao final. Por favor, aconselhe-o a deixar Bath imediatamente, para o próprio bem e de todos. Com o tempo, a ausência lhe trará de novo a tranquilidade; aqui, porém, não há esperança para ele, e se ficar certamente acabará infeliz.

Henry sorriu e disse:

— Tenho certeza de que meu irmão não vai querer isso.

— Então o senhor vai persuadi-lo a partir?

— Persuasão não é algo que esteja sob nosso controle; mas me perdoe se não posso nem tentar persuadi-lo. Eu mesmo contei a ele que a srta. Thorpe está noiva. Ele sabe o que está fazendo e é senhor dos próprios atos.

— Não, ele não sabe o que está fazendo – exclamou Catherine –; ele não sabe como está fazendo meu irmão sofrer. Não que James me haja dito alguma coisa, mas sei que ele está muito angustiado.

— E tem certeza de que a culpa é de meu irmão?

— Claro, certeza absoluta.

— São os galanteios de meu irmão à srta. Thorpe, ou o fato de ela aceitá-los que o faz sofrer?

— Não é a mesma coisa?

— Acho que o sr. Morland reconheceria a diferença. Nenhum homem se ofende com a admiração de outro homem pela mulher que ama; só a mulher pode transformar essa admiração num tormento.

Catherine corou pela amiga e disse:

— Isabella está errada. Mas tenho certeza de que não tem intenção de atormentar meu irmão, pois o ama muito. Ela se apaixonou por ele desde a primeira vez que se viram, e enquanto o consentimento do meu pai ainda esteve incerto, ficou tão aflita que quase teve febre. O senhor sabe que ela está apaixonada por ele.

— Compreendo: está apaixonada por James e flerta com Frederick.

— Ah, não! Não são flertes. Uma mulher apaixonada por um homem não pode flertar com outro.

— É provável que nem se apaixone tanto, nem flerte tão bem como poderia se fizesse uma coisa de cada vez. Cada cavalheiro deve abrir mão de alguma coisa.

Depois de breve pausa, Catherine prosseguiu com:

— Então não crê que Isabella esteja tão apaixonada por meu irmão?

— Não posso ter opinião sobre o assunto.

— Mas quais são as intenções do seu irmão? Se ele sabe do noivado, que pode ele querer com tal comportamento?

— A senhorita faz perguntas muito indiscretas.

— É mesmo? Só pergunto o que quero que me digam.

— Mas será que só pergunta o que eu posso realmente dizer?

— Acho que sim; pois deve conhecer o coração do seu irmão.

— Sobre o coração do meu irmão, como a senhorita diz, nas atuais circunstâncias, só posso fazer conjeturas.

— E então?

— E então! Não, se for para dar palpites, cada um dê o seu. É lamentável orientar-se por conjeturas de segunda mão. As premissas estão à sua frente. Meu irmão é um rapaz vivo e talvez às vezes estouvado; ele conhece a sua amiga há cerca de uma semana e soube do noivado dela logo que a conheceu.

— Muito bem – disse Catherine, depois de refletir por alguns instantes –, o senhor pode adivinhar as intenções do seu irmão com base em tudo isso; mas garanto que eu não posso. Esta situação não incomoda o seu pai? Não quer ele que o capitão Tilney se afaste? Com certeza, se seu pai falasse com ele, ele iria embora.

— Minha querida srta. Morland – disse Henry –, será que não comete um pequeno engano nesta afetuosa solicitude pelo bem-estar do irmão? Não está indo longe demais? Será que ele lhe ficará agradecido, por si mesmo ou pela srta. Thorpe, por imaginar que o amor dela, ou pelo menos seu bom comportamento, só pode ser assegurado quando não vê o capitão Tilney? Estará ele seguro só na solidão? Ou será que o coração dela só é fiel a ele quando ninguém mais a corteja? Ele não pode pensar assim... e a senhorita pode estar certa de que ele não lhe ficaria grato por fazê-lo. Não vou dizer "Não se preocupe", pois sei que está preocupada, no momento; mas se preocupe o mínimo possível. A senhorita não tem dúvidas sobre o amor recíproco de seu irmão e sua amiga; tenha confiança, então, em que não pode haver entre eles ciúmes de verdade; tenha confiança em que nenhum desentendimento entre eles pode durar muito. O coração deles está aberto um para o outro, como nenhum dos dois pode estar para a senhorita; eles sabem exatamente o que é preciso fazer e o que pode ser tolerado; e pode ter certeza de que um não vai atiçar o outro além dos limites do agradável.

Vendo que ela continuava a se mostrar desconfiada e séria, ele acrescentou:

— Embora Frederick não deixe Bath junto conosco, ele provavelmente só vai permanecer por muito pouco tempo, talvez uns poucos dias. Sua licença logo termina e vai ter de voltar ao regimento. E o que será, então, do relacionamento entre eles? O refeitório da caserna brindará por Isabella Thorpe durante quinze dias, e ela e seu irmão vão rir da pobre paixão do capitão Tilney durante um mês.

Catherine desistiu de argumentar e se deixou consolar. Resistira aos seus assaltos durante toda a conversa, mas agora ele a fizera cativa.

Henry Tilney deve ter razão. Acusou-se por exagerar em seus temores e resolveu nunca mais pensar tão seriamente sobre o assunto.

Sua decisão foi fortalecida pelo comportamento de Isabella durante o encontro de despedida. Os Thorpes passaram o último serão da estada de Catherine em Pulteney Street, e nada se passou entre os noivos que despertasse a sua desconfiança ou que a fizesse despedir-se deles com apreensão. Estava James de excelente humor, e Isabella, calma e graciosa. Sua ternura pela amiga parecia ser o sentimento mais forte do seu coração; mas, naquele momento, aquilo era compreensível; e uma vez ela contradisse explicitamente o noivo e outra vez afastou sua mão da dele. Mas Catherine se lembrou das instruções de Henry e submeteu tudo aquilo ao judicioso amor entre eles. Não é difícil imaginar os abraços, as lágrimas e as promessas da despedida entre as duas beldades.

Capítulo 20

O sr. e a sra. Allen estavam inconsoláveis por perderem a jovem amiga, cujo bom humor e jovialidade a tornaram uma companheira valiosa; além disso, ao incentivarem a alegria dela, a deles próprios também aumentava.

A felicidade, porém, de Catherine em acompanhar a srta. Tilney impedia-os de desejar outra coisa; e como eles mesmos só permaneceriam mais uma semana em Bath, a separação não seria ressentida por muito tempo. O sr. Allen acompanhou-a a Milsom Street, onde ela tomaria o café da manhã, e a viu sentar-se à mesa com seus novos amigos, sendo calorosamente recebida; mas a agitação dela era tamanha por ver-se como membro da família e tão temerosa de não fazer exatamente o que devia e de não ser capaz de preservar a boa opinião que tinham a seu respeito, que, na tensão dos primeiros cinco minutos, quase desejou voltar com ele para Pulteney Street.

O comportamento da srta. Tilney e o sorriso de Henry logo puseram um ponto-final em alguns dos seus sentimentos desagradáveis; mesmo assim, ela estava longe de sentir-se à vontade; nem mesmo as incessantes atenções do general conseguiram tranquilizá-la completamente. Ao contrário, por mais que a ideia parecesse impertinente, ela desconfiava que, se tivesse sido menos bem tratada, se teria acanhado menos. A preocupação do general com o bem-estar dela, pelo que ela iria comer e os seus temores, manifestados repetidas vezes, de que nada ali fosse do gosto dela – embora nunca na vida ela tivesse visto metade daquela variedade de pratos numa mesa de desjejum – tornavam impossível para Catherine esquecer-se por um momento sequer de que era uma visitante. Sentiu-se totalmente indigna de tanta atenção, e não sabia como retribuí-la. Sua tranquilidade não aumentou com a impaciência do general pelo atraso do filho mais velho, nem com o desprazer que manifestou com a indolência dele quando finalmente apareceu. Catherine ficou angustiada com a severidade das admoestações do general, que pareciam desproporcionais à culpa; e muito cresceu sua preocupação quando viu que era a causa principal da repreensão e que a principal causa de indignação em seu atraso era o desrespeito demonstrado pela visitante. Isto a pôs numa situação muito desagradável, e sentiu muita pena do capitão Tilney, sem ter esperanças de que ele tivesse boa vontade para emendar-se.

Ele ouviu o pai em silêncio e não tentou defender-se, o que confirmou os temores dela de que a inquietação que ele sentia por causa de Isabella, impedindo-o de dormir, podia ter sido a verdadeira causa de ter levantado tarde. Era a primeira vez que Catherine ficava diretamente na companhia do capitão Tilney, e esperava poder agora formar uma opinião a seu respeito, porém, mal ouviu a sua voz enquanto o pai permaneceu na sala; e, mesmo depois, ele se mostrou tão perturbado, que ela só conseguiu distinguir estas palavras, cochichadas para Eleanor:

— Como vou ficar contente quando todos vocês tiverem partido.

Nada teve de agradável o alvoroço da partida. O relógio deu as dez horas enquanto os baús estavam sendo trazidos para baixo, e segundo os planos do general já deveriam ter saído de Milsom Street àquela altura. Seu sobretudo, em vez de ser levado diretamente a ele para que o vestisse, fora mandado ao cabriolé em que deveria acompanhar o filho. O assento do meio da *chaise* não fora colocado, embora fossem três as pessoas que a ocupariam, e a criada de sua filha havia levado à carruagem tal quantidade de pacotes, que a srta. Morland não tinha lugar para se sentar; e ele estava tão alterado por esse receio quando a fez entrar, que ela teve certa dificuldade em impedir que sua nova escrivaninha portátil fosse jogada na rua. Por fim, porém, a porta se fechou e as três mulheres partiram ao passo cadenciado em que os belos e bem nutridos quatro cavalos de um cavalheiro costumam fazer uma viagem de trinta milhas: tal era a distância de Bath até Northanger, dividida em duas etapas iguais. Catherine animou-se assim que se iniciou a viagem, pois com a srta. Tilney ela não sentia nenhum constrangimento; e, com os atrativos de uma estrada completamente desconhecida pela frente e um cabriolé atrás, contemplou pela última vez a cidade de Bath sem nenhum pesar, e alcançou cada marco miliário antes do que esperava. Sobreveio, então, o tédio de uma parada de duas horas em Petty France, onde não havia nada para se fazer a não ser comer sem estar com fome e andar para lá e para cá sem ter nada para ver – e a admiração que ela sentia pelo grande estilo com que viajavam, com a elegante *chaise* e quatro postilhões em finas librés, que cavalgavam com tanta maestria, e os numerosos batedores montados em magníficos cavalos, se arrefeceu um pouco ante tal inconveniente. Se a companhia tivesse sido sempre perfeitamente agradável, o atraso não teria sido nada; o general Tilney, porém, embora fosse um homem tão encantador, parecia sempre servir de freio à animação dos filhos e era quase o único a falar; ao observar isto, o descontentamento por ele demonstrado com tudo o que a estalagem oferecia e sua irritada impaciência com os garçons fizeram com que Catherine sentisse cada vez mais pavor dele e pareceram dobrar as duas horas para quatro. Por fim, no entanto, foi dada a ordem de partida; e grande foi a surpresa de Catherine ao ouvir a proposta do general, de que ela ocupasse o seu lugar no cabriolé do filho durante o resto da viagem: o dia estava magnífico e ele estava ansioso para que ela visse o máximo possível da paisagem.

A lembrança do que o sr. Allen lhe dissera acerca das carruagens abertas dos rapazes fizeram-na corar à menção de tal plano, e sua primeira reação foi declinar do convite; a segunda, porém, foi o maior respeito pelo discernimento do general Tilney; ele não poderia propor-lhe nada inadequado; e, poucos minutos depois, ela se viu com Henry no cabriolé, sentindo-se a mais feliz criatura que jamais existiu. Levou pouco tempo para se convencer de que o cabriolé era a mais bela carruagem do mundo; a chaise de quatro cavalos rodava com certa imponência, é verdade, mas era algo pesado e incômodo, e ela não conseguia esquecer-se facilmente de ter parado por duas horas em Petty France. A metade daquele tempo teria sido suficiente para o cabriolé, e os cavalos ligeiros estavam dispostos a mover-se com tal agilidade, que, se o general não tivesse exigido que a sua própria carruagem fosse na frente, eles poderiam tê-la ultrapassado com facilidade em meio minuto. Mas o mérito do cabriolé não pertencia só aos cavalos; Henry dirigia tão bem, tão tranquilamente, sem nenhum sobressalto, sem se exibir para ela ou praguejar com eles: tão diferente do único cavalheiro-cocheiro com quem podia compará-lo! E, além disso, seu chapéu lhe caía tão bem e as inúmeras capas de seu sobretudo pareciam tão elegantemente imponentes! Depois de dançar com ele, ser conduzida por ele era com certeza a maior felicidade do mundo. Além de todos os outros prazeres, sentia agora o de ouvir os elogios que lhe eram dirigidos, os agradecimentos, em nome da irmã, por ter tido a gentileza de aceitar visitá-los; e de ouvir a sua ser classificada como uma amizade de verdade, que provocava autêntica gratidão. Sua irmã, disse ele, estava numa situação difícil: não tinha companhia feminina e, na frequente ausência do pai, ficava às vezes sem companhia nenhuma.

— Mas como é possível? – disse Catherine. – O senhor não fica com ela?

— Moro em Northanger só durante a metade do tempo; tenho ocupações em minha própria casa, em Woodston, que fica a cerca de vinte milhas da casa de meu pai, e tenho de passar parte do meu tempo lá.

— Como deve lamentar isso!

— Sempre lamento deixar Eleanor.

— Claro, mas além do seu carinho por ela, o senhor deve gostar tanto da Abadia! Depois de se acostumar a ter uma casa como a Abadia, uma casa paroquial comum deve ser muito desagradável.

Ele sorriu e disse:

— A senhorita tem uma ideia muito favorável da Abadia.

— Tenho, sim. Não é um magnífico edifício antigo, como aqueles que encontramos nos livros?

— E a senhorita está preparada para enfrentar todos os horrores que um edifício como "os que encontramos nos livros" pode produzir? Tem um coração forte? Nervos prontos para paredes falsas e tapeçarias corrediças?

— Ah, claro! Não acho que vá apavorar-me com facilidade, pois haverá tanta gente na casa... e além disso, ela nunca ficou desabitada e deserta por muitos anos, para então a família voltar desinformada, sem aviso prévio, como geralmente ocorre.

— Não, com certeza. Não teremos de abrir caminho por um saguão mal iluminado pelas brasas moribundas de uma lareira, nem seremos obrigados a armar nossas camas sobre o chão de um quarto sem janelas, portas ou mobília. Mas a senhorita deve estar ciente de que, quando uma jovem é introduzida (seja como for) numa casa desse tipo, ela sempre é colocada num quarto longe do resto da família. Enquanto esta se instala confortavelmente em seu canto da casa, ela é mui formalmente conduzida por Dorothy, a velha governanta, por uma diferente escadaria e por uma série de corredores escuros, até um aposento nunca usado desde que algum primo ou parente nele faleceu, vinte anos antes. Está preparada para uma cerimônia dessas? Não vai ficar apreensiva quando se vir naquele quarto escuro e imenso, de pé-direito alto demais para a senhorita, iluminada só com os débeis raios de uma única lamparina, com as paredes cobertas de tapeçaria ornada com figuras em tamanho natural, e a cama de tecido verde-escuro ou de veludo púrpura, tudo com um aspecto muito fúnebre? Será que o seu coração não vai disparar dentro do peito?

— Ah! Mas tenho certeza de que isso não vai acontecer comigo.

— Com que medo vai examinar a mobília do seu quarto! E o que vai perceber? Nada de mesas, *toilettes*, guarda-roupas ou gavetas, mas de um lado talvez os restos de um alaúde quebrado, de outro um enorme baú que ninguém consegue abrir e sobre a lareira o retrato de algum belo guerreiro, cujas feições a impressionarão de um modo tão incompreensível, que não vai conseguir despregar dele os olhos. Dorothy, no entanto, não menos chocada com a sua aparência, observa-a agitada, muito atenta, e deixa escapar algumas alusões ininteligíveis. Para animá-la, ademais, ela lhe dá motivos para supor que a parte da Abadia em que a senhorita habita é sem dúvida mal-assombrada e lhe comunica que não terá nenhum empregado a seu serviço. Com estas revigorantes palavras de despedida, ela faz uma reverência e se retira... a senhorita ouve o som de seus passos que se afastam até que o último eco a alcance... e quando, quase a desmaiar, tenta trancar a porta, descobre, para seu grande espanto, que ela não tem trinco.

— Ah, sr. Tilney, que apavorante! É igualzinho ao livro! Mas não vai mesmo acontecer comigo. Tenho certeza de que a sua governanta não é a Dorothy. Muito bem, e depois?

— Talvez não haja mais nenhum motivo para alarme na primeira noite. Depois de controlar seu insuperável horror pela cama, vai retirar-se para repousar e dormir algumas horas de um sono muito agitado. Na segunda, porém, ou no máximo na terceira noite depois da chegada, provavelmente cairá uma violenta tempestade. Trovões tão fortes a ponto de parecerem chacoalhar o edifício desde as bases vão ribombar pelas montanhas próximas... e durante as apavorantes rajadas de vento que os acompanharão, provavelmente julgará perceber (pois a sua lâmpada ainda não se apagou) que parte da tapeçaria se agita mais violentamente do que as demais. Incapaz, é claro, de reprimir a curiosidade em momento tão favorável para isso, vai levantar-se de um salto e, vestindo o penhoar, vai examinar aquele mistério. Após brevíssima pesquisa, descobrirá uma divisão na tapeçaria, tão habilmente feita, a ponto de desafiar a mais minuciosa inspeção, e, ao abri-la, de imediato aparecerá uma porta... a qual, estando fechada só por barras maciças e um cadeado, a senhorita conseguirá abrir, com algum esforço... e, com a lamparina na mão, vai atravessá-la e entrar numa pequena sala abobadada.

— Não, mesmo; eu estaria assustada demais para fazer uma coisa dessas.

— O quê! Não depois de Dorothy ter-lhe sugerido que existe uma passagem secreta subterrânea entre o seu quarto e a capela de Santo Antônio, a pouco mais de duas milhas dali. Será que poderia recuar ante tão simples aventura? Não, não, a senhorita vai entrar nessa pequena sala abobadada e, através dela, em diversas outras, sem perceber nada de especialmente notável. Numa delas talvez haja uma adaga, noutra algumas gotas de sangue e numa terceira os restos de algum instrumento de tortura; mas não haverá nada de mais naquilo, e como a sua lamparina já está quase apagando, vai voltar para o quarto. Ao tornar a passar pela salinha abobadada, porém, seus olhos serão atraídos para uma escrivaninha grande e antiquada, de ébano e ouro, a qual, embora a senhorita tivesse examinado com atenção a mobília, lhe passara despercebida antes. Impelida por um irresistível pressentimento, avançará com impaciência até ela, destrancará sua tampa e investigará cada uma das gavetas... mas durante algum tempo sem descobrir nada importante... talvez nada, a não ser um considerável estoque de diamantes. Finalmente, porém, ao tocar uma mola secreta, vai abrir-se um compartimento oculto... aparece um rolo de papel... a senhorita o apanha... ele contém muitas páginas manuscritas... corre com o precioso tesouro até o quarto, mas não consegue decifrar quase nada: "Ah! Vós, quem quer que sejais em cujas mãos estas memórias da desgraçada Matilda venham a cair...", quando a sua lamparina subitamente se apaga e a deixa em meio à escuridão total.

— Ah! Não, não... não diga isso! E aí?

Mas Henry se divertia demais com o interesse que despertara para poder prosseguir; não conseguia mais dar solenidade, nem ao tema, nem à voz, e foi obrigado a convidá-la a usar sua própria imaginação na leitura dos terrores de Matilda. Catherine, recompondo-se, envergonhou-se de seu entusiasmo e começou com muita gravidade a garantir a ele que prestara atenção à história sem nenhum medo de que aquilo que ouvia fosse real. Tinha certeza de que a srta. Tilney jamais a colocaria num quarto desses! Não estava nem um pouco apavorada.

Ao se aproximarem do fim da jornada, sua impaciência por ver a Abadia, interrompida durante algum tempo por uma conversa sobre assuntos muito diferentes, voltou com força total, e cada curva da estrada era aguardada com solene temor reverencial, para oferecer um vislumbre das maciças muralhas de pedra cinza, erguendo-se em meio a um bosque de velhos carvalhos, com os últimos raios de sol a brincar esplendorosos em suas altas janelas góticas. Mas o edifício ficava tão baixo, que ela passou pelos grandes portões da guarita e entrou no próprio terreno de Northanger, sem ter percebido sequer uma velha chaminé.

Ela não sabia se tinha direito a se sentir surpresa, mas houve algo naquela chegada que certamente não esperara. Pareceu-lhe estranho e incoerente passar entre as guaritas de aspecto moderno, ver-se com tanta facilidade no próprio terreno da Abadia, a percorrer tão rapidamente uma trilha de pedregulhos plana e homogênea, sem obstáculos, sobressaltos ou solenidade de nenhum tipo. Não teve, porém, muito tempo para se entregar a tais considerações. Uma súbita rajada de chuva, batendo em cheio em seu rosto, impediu-a de ver mais nada e fez com que concentrasse todos os pensamentos na preservação de seu novo chapeuzinho de palha; e já estava, na verdade, sob as paredes da Abadia, já saltava, com a ajuda de Henry, da carruagem, já estava ao abrigo sob o velho pórtico e até já penetrara no saguão onde sua amiga e o general a aguardavam para lhe dar as boas-vindas, sem ter tido nenhuma terrível antevisão de futuras desgraças para si mesma, nem sequer uma sugestão de cenas de horror perpetradas no passado dentro do solene edifício. A brisa não parecera trazer-lhe o odor do suspiro das vítimas; não lhe trouxera nada pior do que um chuvisco forte; e depois de dar uma boa sacudida no vestido, já estava pronta para aparecer na sala de estar e dar-se conta de onde estava.

Uma abadia! Era muito agradável para ser mesmo uma abadia! Mas enquanto olhava a sala ao seu redor, ela duvidava de que algo ali lhe indicasse que se tratava de uma abadia. A mobília tinha toda a riqueza e a elegância do estilo moderno. A lareira, que esperava tivesse as grandes dimensões e o entalhe pesado dos tempos passados, era apenas uma Rumford, com placas de simples mas belo mármore e ornamentos da mais bela porcelana inglesa. As janelas, que observou com especial esperança, por ter ouvido falar que haviam preservado a sua forma gótica com um cuidado reverencioso, eram ainda menos como a sua imaginação as representara. Com certeza, o arco de ponta fora preservado – a forma deles era gótica –, podiam até ter batentes, mas cada vidraça era tão ampla, tão clara, tão leve! Para uma imaginação que esperara encontrar as menores divisões e a mais pesada alvenaria, os vitrais pintados, sujos e cheios de teias de aranha, a diferença era muito deprimente.

O general, percebendo os olhares dela, começou a falar das pequenas dimensões da sala e da simplicidade da mobília, onde tudo, sendo de uso cotidiano, visava só ao conforto etc., gabando-se, porém, de que havia alguns aposentos na Abadia que não seriam indignos da sua atenção – e estava começando a mencionar os caros ornamentos de um deles em especial, quando, tirando o relógio, estacou e declarou com surpresa já serem vinte para as cinco! Aquele pareceu ser o sinal combinado, e Catherine se viu com tal pressa empurrada para os seus aposentos pela srta. Tilney, que teve a certeza de que em Northanger vigorava a mais estrita pontualidade ao horário da família.

Voltando pelo amplo e alto saguão, subiram uma larga escada de carvalho reluzente, a qual, depois de muitos voos e muitas aterrissagens, as levou a um corredor longo e largo. De um lado, havia uma série de portas, e era iluminada do outro por janelas que Catherine só teve tempo de descobrir darem para um pátio quadrado, antes que a srta. Tilney a introduzisse num quarto e, depois de manifestar brevemente a esperança de que o achasse confortável, se despedisse com um ansioso pedido de que mudasse o mínimo possível em seu traje.

Capítulo 21

Um simples olhar foi suficiente para que Catherine compreendesse que o seu quarto era muito diferente daquele com cuja descrição Henry tentara assustá-la. Não era de modo algum desproporcionalmente grande e não continha nem tapeçarias, nem

veludo. As paredes estavam cobertas de papel, o assoalho estava acarpetado; as janelas não eram nem menos perfeitas, nem mais opacas do que as da sala do andar de baixo; a mobília, embora não da última moda, era bonita e confortável, e o jeito do quarto estava, enfim, longe de ser sombrio. Reconfortado imediatamente o seu coração quanto a isto, decidiu não perder tempo no exame particular de coisa nenhuma, pois temia imensamente contrariar o general com algum atraso. Suas roupas, portanto, foram tiradas com a máxima pressa, e ela estava preparando-se para desembrulhar a roupa branca, que levara consigo na *chaise* para poder dela dispor sem mais demora, quando seus olhos deram de repente com um baú alto e largo, colocado num recesso profundo de um dos lados da lareira. A vista daquilo assustou-a; e, esquecendo-se de tudo o mais, ela permaneceu observando-o em imóvel espanto, enquanto cruzavam sua cabeça estes pensamentos:

— Muito estranho, mesmo! Não esperava ver uma coisa dessas! Um enorme e pesado baú! Que será que tem dentro? Por que teria sido colocado aqui? Está num lugar recuado, como se para passar despercebido! Vou ver o que tem dentro... custe o que custar, vou ver o que tem dentro... e agora mesmo, à luz do dia. Se esperar até a noite a minha vela pode acabar.

Ela chegou perto e o examinou com atenção: era de cedro, curiosamente marchetado de madeira mais escura, e erguido cerca de um pé acima do chão por um apoio entalhado na mesma madeira. A fechadura era de prata, embora escurecida pelo tempo; a cada extremidade havia os restos imperfeitos de alças também de prata, talvez quebradas prematuramente por alguma estranha violência; e, no meio da tampa havia uma inscrição misteriosa, no mesmo metal. Catherine debruçou-se sobre ela atentamente, mas sem conseguir distinguir nada com certeza. Em qualquer direção que a tomasse, não podia crer que a última letra fosse um T; e, no entanto, seria espantoso que, naquela casa, fosse alguma outra letra. Se o baú não era originalmente deles, que estranhos acontecimentos poderiam tê-lo trazido ao seio da família Tilney?

Sua medrosa curiosidade tornava-se cada vez mais forte; e segurando com as mãos trêmulas o ferrolho da tranca, decidiu, a despeito de todos os riscos, descobrir pelo menos o seu conteúdo. Com dificuldade, pois algo parecia resistir aos seus esforços, ela ergueu a tampa algumas polegadas; mas ao mesmo tempo súbitas batidas à porta do quarto fizeram com que ela, assustada, largasse a tampa, que caiu com espantosa violência. O intruso intempestivo era a criada da srta. Tilney, enviada pela patroa para ajudá-la; e embora Catherine imediatamente a despedisse, aquilo a fez lembrar-se do que devia estar fazendo e a forçou, não obstante seu ansioso desejo de desvendar aquele mistério, a tratar de se vestir sem mais demora. Seu progresso não foi rápido, pois seus pensamentos e seus olhos ainda estavam voltados para aquele objeto tão bem calculado para interessá-la e alarmá-la; e, embora não ousasse perder mais tempo numa segunda tentativa, não conseguiu ficar muito distante do baú. Por fim, porém, tendo deslizado um braço para dentro do vestido, sua *toilette* pareceu quase terminada, e então a impaciência da sua curiosidade pôde ser satisfeita com segurança. Poderia com certeza dispor de um momento; e o uso da força seria tão desesperado da parte dela, que, a menos que travada por meios sobrenaturais, a tampa logo deveria abrir-se. Com esta resolução, deu um pulo para a frente e a sua confiança não a decepcionou. Seu esforço decidido abriu a tampa e exibiu aos seus olhos atônitos a visão de uma colcha de algodão, corretamente dobrada, que repousava num canto do baú, em soberana posse!

Ela estava a olhar para aquilo com o primeiro rubor da surpresa, quando a srta. Tilney, ansiosa para que a amiga ficasse pronta, entrou no quarto e, à crescente vergonha de ter tido por alguns minutos tão absurdas expectativas, se somou então a vergonha de ser flagrada em tão ociosa investigação.

— Muito curioso esse velho baú, não é? – comentou a srta. Tilney, enquanto Catherine rapidamente o fechava e se dirigia para o espelho. – É impossível dizer há quantas gerações ele está aqui. Não faço ideia de como veio parar aqui, mas não quis que o tirassem, pois achei que ele pode às vezes ser útil para guardar chapéus e bonés. O ruim é que o seu peso o faz difícil de se abrir. Nesse canto, porém, pelo menos não obstrui a passagem.

Catherine não teve tempo de responder, estando ao mesmo tempo corando, arrumando o vestido e tomando sábias decisões com a maior pressa. A srta. Tilney delicadamente sugeriu que temia estivessem atrasadas; e em meio minuto as duas desciam correndo as escadas, numa apreensão não de todo injustificada, pois o general Tilney estava andando de um lado para o outro da sala de visitas, de relógio na mão, e havia, no mesmo instante em que elas chegaram, tocado o sininho com violência, ordenando: "O jantar deve ser servido imediatamente!"

Catherine estremeceu com a ênfase com que ele falou, e se sentou pálida e arquejante, muito humilde, preocupada com os filhos do capitão e detestando velhos baús; e o general, recuperando a polidez quando a viu, passou o resto do tempo censurando a filha por ter sem razão apressado sua linda amiga, que estava absolutamente sem fôlego pela correria, quando não havia a menor razão para pressa; mas Catherine não conseguiu superar o duplo pesar por ter envolvido a amiga numa reprimenda e por ser ela mesma uma grande boba, até se sentarem alegremente à mesa de jantar, quando os sorrisos complacentes do general e o seu próprio bom apetite lhe trouxeram de volta a paz. A sala de jantar era um salão nobre, adequado em suas dimensões para ser uma sala de estar muito mais ampla do que a que estava em uso, e decorada num estilo de luxo e extravagância que quase passou despercebido aos olhos inexperientes de Catherine, que viu pouco mais do que a sua amplidão e o número de criados. Sobre a primeira, ela expressou em voz alta a sua admiração; e o general, com uma expressão muito afável, reconheceu que aquela não era de modo algum uma sala de pequenas dimensões e em seguida confessou que, embora tão indiferente a estas questões como a maioria das pessoas, considerava uma sala de jantar razoavelmente ampla como uma das coisas indispensáveis na vida; imaginava, porém, que ela deveria estar acostumada a cômodos de dimensão muito maior na casa do sr. Allen.

— Não, mesmo – foi a sincera resposta de Catherine –; a sala de jantar do sr. Allen não é nem a metade desta.

E acrescentou nunca ter visto uma sala tão grande na vida. O bom humor do general aumentou. Já que possuía salas como aquela, achava que seria bobagem não fazer uso delas; mas, palavra de honra, achava que seriam mais confortáveis salas de metade do tamanho. Tinha certeza de que a casa do sr. Allen devia ter exatamente o tamanho certo para sua razoável felicidade.

Passou-se o jantar sem mais sobressaltos e, na ocasional ausência do general Tilney, com muito maior alegria. Foi só na presença dele que Catherine sentiu um pouco de fadiga pela viagem; e mesmo em momentos de cansaço ou recolhimento, preponderava uma sensação geral de felicidade, e ela podia pensar nos amigos que haviam permanecido em Bath sem desejar estar com eles.

A noite foi de tempestade; o vento fora intermitentemente se intensificando durante toda a tarde; e quando os convivas se dispersaram, ventava e chovia a cântaros. Ao atravessar o saguão, Catherine ouviu a tempestade com uma sensação de pavor; e, quando ouviu sua fúria ao redor do velho edifício fazer bater com brusca violência uma porta distante, sentiu pela primeira vez que estava realmente numa abadia. Sim, aqueles eram sons característicos; eles lhe trouxeram à memória inúmeras situações apavorantes e cenas horripilantes ocorridas em edifícios como aquele, precedidas por tempestades como aquela; e de todo o coração se alegrou pelas circunstâncias mais felizes que acompanharam a sua chegada a tão solenes paredes! Não tinha nada que temer de assassinos da meia-noite nem de bêbados galantes. Henry com certeza estava brincando quando lhe contou aquelas histórias de manhã. Numa casa assim tão bem mobiliada e tão protegida, ela não podia ter nada a explorar nem a sofrer, e podia ir para a cama com a mesma segurança de seu próprio quarto, em Fullerton. Assim sabiamente fortalecendo o ânimo enquanto subia as escadas, conseguiu, sobretudo ao perceber que a srta. Tilney dormia só duas portas distante da sua, entrar no quarto com um coração razoavelmente resoluto; e seu ânimo de imediato se viu reconfortado pela deliciosa chama de uma lareira.

— Como é melhor assim – disse ela, enquanto caminhava até o guarda-fogo –, como é melhor encontrar o fogo já aceso a ter de esperar, morrendo de frio, até que toda a família esteja na cama, como tantas pobres moças são obrigadas, e então se assustar com uma velha e fiel criada que chega carregando um feixe de lenha! Como estou feliz por Northanger ser o que é! Se fosse como outros lugares, não sei se numa noite como esta eu poderia responder pela minha coragem; mas agora, com certeza, não há com que me assustar.

Ela olhou ao seu redor na sala. As cortinas da janela pareciam mover-se. Podia não ser nada, além da violência da ventania que penetrava pelos interstícios das venezianas; e seguiu em frente com o passo decidido, cantarolando despreocupadamente uma canção. Para certificar-se de que fosse mesmo isso, correu corajosamente as cortinas, não viu nada em nenhuma das janelas de baixo que a assustasse e ao colocar a mão sobre a veneziana, teve a mais viva certeza da força dos ventos. Um olhar lançado ao velho baú, quando voltava deste exame, não deixou de ter a sua utilidade; ela riu dos temores imotivados de uma imaginação ociosa e começou a se preparar para dormir na mais feliz indiferença. Não devia apressar-se; não devia preocupar-se por ser a última pessoa acordada na casa.

Mas não ia atiçar o fogo, pois isto pareceria covardia, como se quisesse a proteção da luz antes de ir para a cama. O fogo, portanto, foi morrendo, e Catherine, tendo passado quase uma hora em seus preparativos, estava começando a pensar em se deitar, quando, ao lançar um olhar de despedida ao redor do quarto, se surpreendeu com o aparecimento de uma alta e antiquada escrivaninha preta, a qual, embora estivesse numa posição bem visível, não chamara a sua atenção antes. As palavras de Henry, sua descrição da escrivaninha de ébano que primeiro lhe passaria despercebida, imediatamente acorreram à sua lembrança; e embora não pudesse ser nada de mais, havia algo esquisito naquilo, era decerto uma coincidência impressionante! Ela pegou a vela e foi inspecionar a escrivaninha. Não era feita de ébano e ouro, mas de laca, laca preta e amarela do mais belo estilo; e quando erguia a vela, o amarelo tinha a aparência do ouro. A chave estava na tampa, e ela teve a estranha fantasia de inspecioná-la; sem, porém, a menor expectativa de encontrar alguma coisa. Mas aquilo tudo era tão estranho, depois do que Henry havia dito! Em suma, não podia dormir enquanto não a tivesse examinado. Assim, colocando a vela com todo o cuidado sobre uma cadeira, ela segurou a chave com a mão muito trêmula e tentou girá-la; deparou-se, porém, com a mais enérgica resistência. Assustada, mas não desanimada, tentou girar do outro lado; houve um clique, e ela acreditou ter conseguido; mas, muito estranhamente, a tampa continuava imóvel. Estacou por algum tempo, surpresa e ofegante. O vento uivava pela chaminé, a chuva batia em cascata contra as janelas e tudo parecia exprimir o horror daquela situação. Seria inútil, porém, voltar para a cama, com aquele problema por resolver, pois não conseguiria dormir com a consciência de uma escrivaninha tão misteriosamente fechada em sua proximidade imediata. Mais uma vez, portanto, ela girou a chave, e depois de movê-la de todas as formas possíveis por alguns instantes, com a resoluta celeridade da última esperança, a tampa cedeu à sua mão: seu coração bateu exultante com a vitória, e escancarando os dois batentes, sendo o segundo seguro só por parafusos de fabricação menos primorosa do que a tranca, embora nisso seus olhos não conseguissem distinguir nada de anormal, surgiu à sua frente uma dupla fileira de gavetinhas, com algumas gavetas maiores acima e abaixo; e, no centro, uma portinhola, também fechada com uma tranca à chave, protegia muito provavelmente uma cavidade importante.

O coração de Catherine batia forte, mas a coragem não a traiu. Com as faces coradas de esperança e os olhos brilhantes de curiosidade, seus dedos agarraram a alça da gaveta e a puxaram. Estava completamente vazia. Menos assustada e mais impaciente, ela abriu a segunda, a terceira, a quarta; todas igualmente vazias. Não deixou nenhuma sem examinar e em nenhuma encontrou nada. Instruída na arte de ocultar tesouros, a possibilidade de as gavetas terem fundo falso não lhe escapou, e ela apalpou atentamente cada uma delas de todos os lados, mas em vão. Agora só restava a explorar o espaço central; e embora ela desde o começo não tivesse tido a mínima ideia de achar alguma coisa em lugar nenhum daquela escrivaninha, e não estivesse nem um pouco decepcionada com seu insucesso até então, seria estúpido não examiná-la até o fim, quando já estava com a mão na massa. Demorou algum tempo, no entanto, para abrir a porta, a mesma dificuldade que tivera no manejo da tranca externa; mas por fim ela cedeu; e não foi vã, como até então, a sua busca; seus olhos ágeis logo deram com um rolo de papel encostado no fundo da cavidade, aparentemente para ser escondido, e seus sentimentos naquele momento eram indescritíveis. Seu coração disparou, seus joelhos tremeram e seu rosto empalideceu. Pegou, com as mãos trêmulas, o precioso manuscrito, pois bastou um rápido olhar para entrever caracteres escritos à mão; e, enquanto reconhecia com uma sensação de pavor este impressionante exemplo do que Henry previra, resolveu ler imediatamente cada linha, antes de tentar descansar.

Como a luz emitida pela candeia estava cada vez mais fraca, Catherine olhou preocupada para ela; mas não havia perigo de que se apagasse de repente; ainda tinha algumas horas para queimar; e, para não ter maior dificuldade em lê-lo do que a que sua antiguidade provocava, soprou sobre o manuscrito. Infelizmente, foi soprar e apagar a vela. Não se poderia apagar uma vela com mais terrível efeito. Catherine, durante alguns momentos, ficou paralisada de horror. A extinção da vela foi completa; nem uma réstia de luz no pavio lhe dava alguma esperança de que se reacendesse. Encheu-se o quarto de uma escuridão impenetrável e imóvel. Uma violenta rajada de vento, batendo com brusca fúria, acrescentou novo horror ao momento. Catherine estremeceu dos pés à cabeça. Na pausa que se seguiu, um som como de passos que se afastavam e o fechar-se de uma porta distante atingiu seus ouvidos assustados. A natureza humana não podia suportar mais. Um suor frio cobriu-lhe a testa, o manuscrito caiu-lhe das mãos e, abrindo às apalpadelas caminho até a cama, ela pulou apressada para dentro e procurou interromper aquela agonia, enfiando-se arrepiada debaixo das cobertas. Percebeu que estava fora de questão fechar os olhos e dormir aquela noite. Com uma curiosidade tão justamente despertada e com sentimentos tão agitados sob todos os aspectos, o sono era algo completamente impossível. A tempestade lá fora, tão terrível! Não estava acostumada a se assustar com o vento, mas agora cada rajada parecia repleta de medonhas mensagens. Como explicar o manuscrito tão espantosamente encontrado, que cumpria de forma assombrosa a predição da manhã? Que poderia conter? A quem se referia? Como pôde permanecer tanto tempo oculto? E como era estranho que coubesse a ela descobri-lo! Até conhecer completamente o seu conteúdo, porém, não teria repouso nem tranquilidade; e, com os primeiros raios do sol, ela estava decidida a levar adiante a sua leitura. Mas até lá ainda havia muitas e aborrecidas horas. Arrepiava-se, estendida na cama, com inveja dos que dormiam calmamente. A tempestade ainda era violenta, e diversos eram os rumores, mais apavorantes até que o vento, que chegavam intermitentemente aos seus ouvidos assustados. As mesmas cortinas da cama ora pareciam mover-se, ora era a maçaneta da porta que parecia girar, como se alguém tentasse entrar. Sussurros abafados pareciam rastejar pelo corredor, e mais de uma vez seu sangue se enregelou com o som de gemidos distantes. Passarem-se as horas, e a exausta Catherine ouviu as três serem proclamadas por todos os relógios antes que a tempestade passasse ou que ela caísse no sono, sem o perceber.

Capítulo 22

O som da criada de quarto que abria as janelas às oito da manhã do dia seguinte foi o que despertou Catherine; e abriu os olhos, admirada de que tivessem podido fechar-se, para um cenário alegre; a lareira já estava acesa, e uma luminosa manhã se seguira à tempestade noturna.

Instantaneamente, com a consciência da existência, retornou a lembrança do manuscrito; e saltando da cama assim que a criada saiu, recolheu com impaciência cada folha do rolo que se espalhara ao cair no chão, e voou de volta à cama para gozar do prazer de lê-lo sobre o travesseiro. Viu então que não devia esperar um manuscrito de igual tamanho daqueles que geralmente a deixavam arrepiada nos livros, pois o rolo, parecendo consistir inteiramente em folhas soltas, era de tamanho medíocre, muito menor do que imaginara no começo.

Seus olhos ávidos cravaram-se rapidamente na página. Levou um susto com o que viu. Seria possível aquilo, ou os seus sentidos estavam pregando-lhe uma peça? Uma lista de roupa branca, em letra vulgar e moderna, parecia ser tudo o que tinha à frente! Se devemos crer na evidência da visão, Catherine tinha entre as mãos uma conta de lavanderia. Pegou outra folha e viu os mesmos artigos, com pequena variação; a terceira, a quarta e a quinta nada de novo apresentaram. Camisas, meias, gravatas e coletes era só o que via em cada uma delas. Duas outras, com a mesma letra, assinalavam uma conta não muito mais interessante de papel de carta, pó para cabelo, cadarços e removedores de manchas. E a folha maior, que envolvia as demais, parecia pela primeira linha confusa – "Pôr cataplasma no calo da égua" –, ser uma conta de ferrador! Eram estes os papéis (deixados ali, talvez, supunha ela, pela negligência de uma criada no lugar onde os achara) que tanto a encheram de expectativa e susto e lhe roubaram o sono durante metade da noite! Sentiu-se profundamente humilhada. A aventura do baú deveria ter-lhe servido de lição. Um ângulo dele, chamando a sua atenção enquanto permanecia deitada, parecia erguer-se para julgá-la. Nada agora podia ser mais claro do que o absurdo de suas recentes fantasias. Supor que um manuscrito velho de muitas gerações pudesse ter permanecido por descobrir num quarto como aquele, tão moderno, tão confortável! Ou que ela pudesse ser a primeira a ter a habilidade de destrancar uma escrivaninha cuja chave estava à vista de todos!

Como pôde enganar-se tanto? Deus não queira que Henry Tilney saiba de sua doidice! E tudo era em boa parte culpa dele, pois, se a escrivaninha não tivesse parecido concordar tão precisamente com a sua descrição das aventuras dela, Catherine jamais teria sentido a menor curiosidade por ela. Esta foi sua única consolação. Impaciente para se livrar daquelas detestáveis provas de sua insensatez, aqueles odiosos papéis esparramados sobre a cama, ela ergueu-se de imediato e, dobrando-os o mais possível na mesma forma de antes, devolveu-os ao mesmo lugar dentro da escrivaninha, com um veemente desejo de que nenhum acidente desagradável os trouxesse de novo à luz, para envergonhá-la até a seus próprios olhos.

Por que foi tão difícil abrir as trancas, porém, ainda era algo surpreendente, porque agora conseguia abri-las muito facilmente. Com certeza havia naquilo algo misterioso, e ela permaneceu meio minuto saboreando aquela lisonjeira hipótese, até ocorrer-lhe a possibilidade de elas estarem inicialmente abertas e de ter sido ela mesma a primeira a fechá-las, o que lhe provocou novo rubor.

Ela saiu assim que pôde de um quarto em que seu comportamento produzira tão desagradáveis reflexões, e se dirigiu a toda a velocidade à sala de desjejum, no lugar indicado pela srta. Tilney na noite anterior. Henry estava sozinho nela; e seus imediatos votos de esperança de que ela não se tivesse perturbado com a tempestade, com uma maliciosa referência ao tipo do edifício em que moravam, foram um tanto desagradáveis. Por nada neste mundo gostaria que houvesse alguma suspeita sobre a sua fraqueza, e, no entanto, incapaz de uma completa falsidade, foi obrigada a reconhecer que o vento a deixara acordada por um tempinho.

— Mas hoje temos uma linda manhã – acrescentou ela, desejando mudar de assunto –; e tempestades e falta de sono não são nada, depois que já passaram. Que belos jacintos! Acabo de aprender a apreciar os jacintos.

— Como aprendeu? Por acidente ou por argumentos?

— Sua irmã ensinou-me; não sei dizer como. A sra. Allen costumava esforçar-se, ano atrás de ano, por fazer com que eu gostasse deles;

mas nunca os apreciei, até vê-los outro dia em Milsom Street; sou por natureza indiferente às flores.

— Mas agora a senhorita adora jacintos. Tanto melhor. Agora tem uma nova fonte de prazer, e é bom abrir o maior número possível de caminhos para a felicidade. Além disso, é sempre útil para as mulheres o gosto pelas flores, para fazê-las sair um pouco de casa e praticar um pouco mais de exercícios. E, embora o amor dos jacintos seja um tanto doméstico, quem sabe, uma vez despertado o sentimento, um dia venha a amar as rosas?

— Mas não preciso disso para sair de casa. O prazer de caminhar e de respirar o ar fresco já me basta, e, quando o dia está bom, passo mais da metade do tempo fora de casa. Mamãe diz que não paro em casa.

— De qualquer modo, fico feliz em saber que aprendeu a apreciar os jacintos. O mais importante é o hábito de aprender a admirar as coisas; e a facilidade de aprender é uma grande bênção numa jovem. É agradável o modo de ensinar de minha irmã?

Catherine foi poupada do constrangimento de tentar responder pela chegada do general, cujos cumprimentos sorridentes anunciavam um ótimo humor, mas uma gentil alusão ao comum costume de levantar cedo não a fez sentir-se mais à vontade.

A elegância do serviço de café chamou a atenção de Catherine quando se sentaram à mesa; e claramente fora da escolha do general. Ele ficou encantado com a aprovação de seu gosto, admitiu que era elegante e simples, além de propício a estimular a indústria do país; e, quanto a ele, para o seu paladar pouco crítico, o chá era tão bem saboreado na cerâmica de Staffordshire, quanto na de Dresden ou de Sèvre. Mas esse era um serviço já bastante velho, adquirido dois anos atrás. Muito se aperfeiçoara desde então a fabricação; vira alguns belos espécimes na última vez que fora a Londres, e, se não lhe faltasse completamente esse tipo de vaidade, poderia sentir-se tentado a comprar um novo serviço. Tinha certeza, porém, de que não demoraria a aparecer outra oportunidade de escolher um serviço... embora não para ele mesmo. Catherine foi provavelmente a única presente que não o compreendeu.

Pouco depois do desjejum, Henry partiu para Woodston, onde os negócios o chamavam e o afastariam dali por dois ou três dias. Todos se reuniram no saguão para vê-lo montar seu cavalo, e, imediatamente ao voltar à sala de desjejum, Catherine caminhou até uma janela para vê-lo mais uma vez.

— A firmeza do seu irmão será submetida hoje a uma rude prova – observou o general para Eleanor. – Woodston vai parecer sombria hoje.

— É um bonito lugar? – perguntou Catherine.

— Que você acha, Eleanor? Diga a sua opinião, pois as mulheres exprimem melhor o gosto das mulheres quanto a lugares e homens. Acho que qualquer olhar imparcial reconheceria muitos méritos nele. A casa fica em meio a magníficos prados com frente para sudeste, com uma excelente horta com o mesmo aspecto; os muros ao seu redor foram construídos por mim mesmo cerca de dez anos atrás, pensando em meu filho. É uma renda de família, srta. Morland; e, como as propriedades do lugar me pertencem, em sua maioria, pode ter certeza de que me empenho para que não sejam más. Se o sustento de Henry dependesse somente destas rendas, não estaria em má situação. Pode parecer estranho que, tendo apenas dois filhos mais jovens, eu julgue que ele precise de uma profissão; e decerto momentos há em que todos poderíamos desejar que ele estivesse livre de qualquer vínculo de trabalho. E, embora não possa converter vocês às minhas ideias, tenho certeza de que o seu pai, srta. Morland, concordaria comigo em julgar conveniente que todo jovem tenha uma ocupação. Dinheiro não é nada, não é um objetivo; o importante é a ocupação. Até Frederick, meu filho mais velho, como a senhorita vê, que talvez venha a herdar mais terras do que qualquer outro homem do condado, tem a sua profissão.

O efeito irresistível deste último argumento esteve à altura dos seus desejos. O silêncio da moça provou que ele não admitia réplica.

Algo fora dito na noite anterior sobre mostrar-lhe a casa, e ele agora se ofereceu a ela como guia; e embora Catherine tivesse tido a esperança de explorá-la na companhia apenas da filha dele, aquela era em si mesma uma proposta agradável demais, sob qualquer circunstância, para não ser aceita com muita alegria; pois já estava havia dezoito horas na Abadia e vira apenas alguns dos seus cômodos. A caixa de costura, que havia pegado sem muita animação, foi fechada com alegre pressa, e num segundo já estava pronta para acompanhá-lo. E quando já tivessem percorrido toda a casa, ele se permitiria o prazer de acompanhá-la pela horta e pelo jardim. Ela aquiesceu com uma reverência. "Mas talvez ela achasse mais agradável ir primeiro à horta. O tempo está propício e nesta época do ano é bem provável que não continue assim por muito tempo." Qual ela preferia? Ele estava igualmente à sua disposição. Qual deles a sua filha achava corresponder melhor aos desejos de sua linda amiga? Ele, porém, julgou poder descobrir. Sim, certamente lia nos olhos da srta. Morland um judicioso desejo de aproveitar o tempo favorável. Mas quando é que ela julgava erroneamente? A Abadia sempre estaria ali, segura e seca. Ele consentiu com tudo, iria só pegar o chapéu e acompanhá-las logo em seguida. Ele saiu da sala, e Catherine, com um rosto desapontado e aflito, começou a exprimir a sua contrariedade ao fato de ele levá-las para passear fora de casa, contra a própria vontade, com a errônea ideia de agradar a ela; foi, porém, contradita pela srta. Tilney, que disse, com certa confusão:

— Creio que a melhor coisa a fazer é aproveitar a manhã enquanto faz um tempo tão bom; e não se preocupe com o meu pai; ele sempre faz a sua caminhada a esta hora do dia.

Catherine não sabia exatamente como entender aquilo. Por que estaria a srta. Tilney constrangida? Poderia haver certa má vontade da parte do general em lhe mostrar a Abadia? Ele mesmo lhe fizera o convite. E não era esquisito que ele sempre fizesse tão cedo a sua caminhada? Nem seu pai nem o sr. Allen faziam isso. Aquilo era decerto irritante. Ela estava impaciente para ver a casa, mas não sentia nenhuma curiosidade pela parte externa. Ah, se Henry estivesse com eles! Agora, porém, ela já não saberia o que seria pinturesco quando o visse. Tais eram os seus pensamentos, mas os guardou para si mesma, e pôs o chapéu com paciente descontentamento.

Ela se impressionou, porém, mais do que esperava com a grandiosidade da Abadia, quando a viu pela primeira vez de fora. O edifício todo cercava um amplo pátio; e dois lados do quadrilátero, ricos em ornamentação gótica, apresentavam-se à admiração. O resto estava encoberto por altas e velhas árvores ou por uma luxuriante vegetação, e as íngremes montanhas cobertas de árvores que se erguiam por trás e lhe davam abrigo eram magníficas mesmo no mês de março, de pouca folhagem. Catherine nunca vira nada que se comparasse àquilo; e seus sentimentos de júbilo foram tão profundos, que, sem esperar por melhor autoridade, ousadamente exprimiu sua maravilha e sua admiração. O general ouvia aquilo, mostrando assentimento e gratidão; e parecia até que sua própria avaliação de Northanger permanecera indefinida até então, à espera daquele momento.

A horta era a próxima a ser admirada, e ele a levou até lá através de uma pequena parte do parque.

O número de acres daquele jardim era tal, que Catherine não podia ouvir sem aflição, tendo mais do dobro do tamanho de todas as propriedades do sr. Allen, bem como do pai dela, inclusive a área da igreja e o pomar. As muralhas pareciam incontáveis em número, e ilimitadas em extensão; toda uma aldeia de estufas parecia erguer-se entre elas, e toda uma paróquia parecia estar ativa no espaço por elas limitado. O general sentiu-se lisonjeado pelos seus olhares de surpresa, que lhe disseram de modo quase tão claro quanto pelas palavras que logo ele a forçou a pronunciar, que nunca havia visto nenhum jardim como aquele antes; e ele, então, modestamente confessou que, sem ter ele mesmo nenhuma ambição desse tipo, sem se preocupar com aquilo, acreditava que eles não tinham rival em todo o reino. Aquele era o seu *hobby*. Adorava jardins. Embora indiferente na maior parte das questões de comida, adorava as boas frutas, ou, se não ele, seus amigos e filhos as adoravam. Um jardim como aquele, porém, causava muita dor de cabeça. O máximo cuidado nem sempre podia garantir as melhores frutas. A estufa de abacaxis só produzira cem unidades no ano passado. O sr. Allen, imaginava ele, devia enfrentar essas mesmas inconveniências.

— Não, de modo nenhum. O sr. Allen não se importava com os jardins, e nunca passeava por eles.

Com um triunfante sorriso de vaidade, o general exprimiu seu desejo de poder fazer o mesmo, pois nunca entrava nos seus jardins sem se irritar de um ou outro modo pelo fracasso de seus planos.

Perguntou como funcionavam as estufas progressivas do sr. Allen enquanto descrevia a natureza das suas, ao nelas entrarem.

Catherine respondeu que o sr. Allen só possuía uma pequena estufa, que a sra. Allen usava para as suas plantas no inverno, e nela se acendia uma fogueira de quando em quando.

— Ele é um homem feliz! – disse o general, com um ar de felicíssimo desdém.

Tendo-a acompanhado a cada divisão e introduzido a cada compartimento, até ela se mostrar profundamente cansada de ver e admirar, o general finalmente permitiu que as mocinhas se valessem de uma porta de saída, e então, exprimindo o desejo de examinar o efeito de umas reformas recentes perto da casa de chá, a propôs como um não desagradável prolongamento do passeio, se a srta. Morland não estivesse cansada.

— Mas aonde vai, Eleanor? Por que escolheu essa trilha fria e úmida? A srta. Morland vai acabar molhando-se. O melhor caminho é através do parque.

— Como este é um dos meus passeios preferidos – disse a srta. Tilney –, sempre acho que é o melhor e mais curto caminho. Mas talvez esteja molhado.

Era uma trilha estreita e serpenteante em meio a um bosque espesso de abetos escoceses; e Catherine, impressionada com seu aspecto melancólico e ansiosa para nela entrar, não conseguiu, mesmo com a desaprovação do general, deixar de seguir por ela. Ele percebeu sua vontade e, tendo mais uma vez feito em vão a sua advertência em prol da saúde, foi delicado o bastante para não mais se opor. Pediu perdão, porém, por não acompanhá-las: os raios do sol não lhe eram muito agradáveis, e as encontraria do outro lado. Voltou-se e foi embora; e Catherine ficou abalada ao ver o quanto se sentia aliviada pela separação. O choque, porém, sendo menos real que o alívio, não a perturbou; e começou a falar com despreocupada alegria da deliciosa melancolia que aquele bosque lhe inspirava.

— Tenho uma predileção especial por este lugar – disse a sua companheira, com um suspiro. – Era o passeio favorito da minha mãe.

Catherine nunca antes ouvira nenhuma menção à sra. Tilney por parte da família, e o interesse despertado por essa carinhosa recordação se manifestou de imediato na alteração de sua fisionomia e na pausa atenta com que esperou por algo mais.

— Eu costumava caminhar com ela! – acrescentou Eleanor. – Mas então não adorava tanto este lugar como agora. Naquela época, a preferência dela me surpreendia. Agora, porém, a memória dela torna esta trilha ainda mais querida para mim.

— E não devia – refletiu Catherine – torná-la mais querida também para o marido? O general, porém, não quis entrar nela.

Como a srta. Tilney continuava calada, ela se arriscou a dizer:

— A morte dela deve ter sido uma grande dor!

— Grande e cada vez maior – tornou a outra, em voz baixa. – Eu tinha apenas treze anos quando aconteceu; e, embora sentisse a perda talvez tanto quanto uma pessoa tão jovem podia senti-la, eu não sabia, nem podia saber, que grande perda seria.

Parou por um instante e então acrescentou, com grande firmeza:

— A senhorita sabe que não tenho nenhuma irmã... e, embora Henry... embora os meus irmãos sejam muito carinhosos e Henry passe bastante tempo aqui, o que eu lhe agradeço muitíssimo, é impossível para mim não me sentir sempre sozinha.

— Certamente sente muitas saudades dela.

— Uma mãe estaria sempre presente. Uma mãe teria sido uma amiga constante; sua influência seria maior do que todas as outras.

Era uma mulher encantadora? Muito bonita? Havia algum retrato dela na Abadia? E por que gostava tanto daquele bosque? Seria por tristeza? Eram agora perguntas feitas com impaciência; as três primeiras receberam uma pronta afirmativa; as outras duas ficaram sem resposta; e o interesse de Catherine pela falecida sra. Tilney aumentava a cada interrogação, respondida ou não. Estava convencida de sua infelicidade conjugal. O general certamente fora um marido pouco delicado. Não gostava do seu passeio preferido: poderia tê-la amado, então? E, além disso, embora fosse bela, havia algo na expressão dele que mostrava que não se havia comportado bem com ela.

— Imagino que o retrato dela – corando à arte consumada de sua própria pergunta – esteja pendurado no quarto do seu pai?

— Não; era para ficar na sala de estar, mas meu pai não ficou satisfeito com a pintura e durante certo tempo não foi posta em nenhum lugar. Logo depois da morte, consegui-o para mim e o pendurei em meu quarto, onde terei o maior prazer em mostrar-lho; é muito parecido.

Mais uma prova. Um retrato, e muito parecido, de uma esposa falecida, desdenhado pelo marido! Ele devia ter sido terrivelmente cruel com ela!

Catherine não mais tentou ocultar de si mesma a natureza dos sentimentos que, apesar de todas as atenções, ele lhe despertara; e o que antes fora pavor e antipatia, agora era absoluta aversão. Isto mesmo, aversão! Sua crueldade com uma mulher tão encantadora tornou-o abominável a seus olhos. Lera muita coisa sobre personagens assim, personagens que o sr. Allen costumava chamar de antinaturais e exagerados; mas aqui estava uma prova evidente do contrário.

Mal se decidira sobre este ponto e já o fim da trilha fez com que topassem com o general; e, apesar de toda a sua virtuosa indignação, viu-se mais uma vez obrigada a caminhar com ele, ouvi-lo e até a sorrir quando ele sorria. Já não podendo, porém, sentir prazer com os objetos que a rodeavam, logo começou a mostrar cansaço no andar; o general percebeu aquilo e, preocupado com sua saúde que parecia censurá-la pela opinião que tinha dele, logo se apressou em fazer com que ela e a filha voltassem para casa. Ele as seguiria em quinze minutos. Mais uma vez se despediram, mas o general tornou a chamar

Eleanor meio minuto depois, para proibi-la de levar a amiga para dar uma volta pela Abadia antes de sua volta. Este segundo exemplo da vontade que ele mostrava de adiar tudo o que ela mais queria deixou profunda impressão em Catherine.

Capítulo 23

Passou-se uma hora até que o general voltasse, hora esta gasta pela sua jovem hóspede em considerações pouco favoráveis ao caráter dele. "Esta ausência prolongada, essas perambulações solitárias não mostram uma alma tranquila, uma consciência

sem mácula." Por fim o general chegou; e, por mais sombrias que tivessem sido as suas meditações, ele ainda conseguia sorrir para elas. A srta. Tilney, compreendendo em parte a curiosidade da amiga em ver a casa, logo voltou a abordar o assunto; e não apresentando seu pai, ao contrário do que Catherine esperava, nenhuma intenção protelatória, além dos cinco minutos que levou para solicitar que servissem refrescos na sala quando voltassem, estava por fim pronto para acompanhá-las.

Partiram; e, com um ar imponente, um passo altaneiro, que chamou a atenção, mas não pôde varrer as dúvidas de Catherine, moça de muitas leituras, ele abriu caminho através do saguão, pela sala de visitas comum e uma inútil antecâmara, até uma sala, magnífica em tamanho e mobiliário – a verdadeira sala de visitas, usada só para convidados de importância. Era muito nobre, muito grandiosa, muito fascinante! foi tudo o que Catherine teve para dizer, pois seu olhar pouco discriminador mal distinguia a cor do cetim; e todos os elogios mais minuciosos, todo o louvor mais significativo ficou por conta do general: a suntuosidade ou elegância da decoração das salas não eram nada para ela; não dava atenção a nenhum móvel de data mais recente do que o século XV. Quando o general acabou de satisfazer a sua própria curiosidade, com um exame atento de cada ornamento familiar, passaram à biblioteca, um cômodo, à sua maneira, de igual magnificência, que exibia uma coleção de livros que teria enchido de orgulho mesmo o mais humilde dos homens. Catherine escutou, admirou e se maravilhou mais genuinamente do que antes – tirou o máximo proveito que pôde daquele depósito de conhecimentos, percorrendo os títulos de metade de uma prateleira, e estava pronta para mais. Mas as fileiras de salas não desapareciam segundo os desejos dela. Amplo como era o edifício, ela já visitara a maior parte dele; no entanto, ao lhe dizerem que, com a adição da cozinha, as seis ou sete salas que acabara de ver cobriam três lados do pátio, ela mal pôde acreditar ou superar a suspeita de que havia muitos quartos secretos. Foi de certo alívio, porém, o fato de que, para voltarem às salas de uso comum, passariam por algumas salas de menor importância que davam para o pátio, o qual, com algumas outras passagens não exatamente pouco sinuosas, conectava os diferentes lados; e ficou ainda mais contente em sua caminhada quando lhe disseram que ela estava pisando o que antigamente fora um claustro, lhe apontaram vestígios de celas e ao observar diversas portas que não estavam nem abertas, nem lhe foram explicadas, ao achar-se sucessivamente numa sala de bilhar e nos aposentos particulares do general, sem compreender a conexão entre eles ou ser capaz de se localizar quando saiu deles; e, por fim, ao passar por uma salinha escura, de propriedade de Henry, e repleta de livros, armas e sobretudos, em grande confusão.

A sala de jantar já havia sido vista e deveriam tornar a vê-la sempre às cinco horas, mas o general não podia abrir mão do prazer de medir a grandes passos a sua extensão, para mais exata informação da srta. Morland, que não duvidou do que ouviu nem por ele se interessou; dali eles passaram rapidamente à cozinha – a velha cozinha do convento, imponente em suas maciças paredes, com a grandiosa chaminé dos velhos tempos e as estufas e os fornos de hoje. O talento reformador do general não permaneceu ocioso aqui: foram adotadas todas as modernas invenções capazes de facilitar o trabalho dos cozinheiros naquele que era o seu espaçoso teatro; e quando o gênio de outros falhara, o seu próprio muitas vezes obtivera a perfeição desejada. Só as melhorias por ele implantadas naquele lugar já lhe garantiriam a condição de um dos maiores benfeitores do convento em todos os tempos.

Com as paredes da cozinha terminava toda a antiguidade da Abadia, pois o quarto lado do quadrilátero, por causa de seu mau estado, fora demolido pelo pai do general, e o presente fora construído em seu lugar. Tudo o que havia de venerável acabava aqui. O novo prédio era não só novo, mas ostentava tal condição; concebido apenas para abrigar as dependências de serviço da casa e tendo por trás os estábulos, não se julgou necessária nenhuma uniformidade de estilos arquitetônicos. Catherine enfureceu-se com a mão que varrera o que devia ter um valor muito superior a todo o resto, por meros objetivos de economia doméstica; e com prazer teria dispensado a mortificação de uma caminhada através de cenários tão decadentes, se o general lho tivesse permitido; mas, se alguma vaidade ele tinha, era com o arranjo daquelas dependências de serviço; e como estava convencido de que devia ser sempre gratificante, para alguém como a srta. Morland, a vista das acomodações e confortos com os quais eram facilitados os trabalhos dos subordinados, ele não se julgou na necessidade de lhe pedir perdão por levá-la até lá. Fizeram uma rápida inspeção de tudo; e Catherine ficou mais impressionada do que esperava pela multiplicidade e pela praticidade das dependências. Os serviços para os quais algumas despensas informes e copas desconfortáveis eram consideradas suficientes em Fullerton, aqui eram executados em compartimentos apropriados, cômodos e espaçosos. O número de empregados que não paravam de aparecer não a impressionou menos do que o número das dependências a eles reservadas. Onde quer que fossem, alguma moça de tamancos parava para fazer-lhes uma reverência, ou algum lacaio em mangas de camisa saía sorrateiramente. E, no entanto, aquilo era uma abadia! Quão inexprimivelmente diferente nestes arranjos domésticos daquilo que ela lera – das abadias e castelos, em que, embora decerto maiores do que Northanger, todo o trabalho sujo da casa era feito no máximo por dois pares de mãos femininas. Como elas conseguiam fazer isso era algo que sempre espantara a sra. Allen; e, quando Catherine viu tudo o que era necessário aqui, ela mesma começou a se espantar.

Voltaram ao saguão, para que pudessem subir a escadaria principal e admirar a beleza da sua madeira e dos seus ornamentos ricamente entalhados. Ao chegarem ao topo, voltaram-se na direção contrária do corredor em que ficava o quarto dela, e logo adentraram outro quarto do mesmo andar, mas superior em comprimento e largura. Foram-lhe mostrados, então, três grandes dormitórios em seguida, com seus vestíbulos completos e elegantemente decorados. Ali fora feito tudo o que o dinheiro e o bom gosto podem conseguir para proporcionar conforto e elegância aos aposentos; e como haviam sido mobiliados nos últimos cinco anos, eram perfeitos em tudo o que geralmente agradava e careciam de tudo o que podia proporcionar prazer a Catherine. Ao examinarem o último deles, o general, depois de rapidamente citar alguns dos augustos personagens que haviam honrado aqueles aposentos com sua presença, voltou-se com expressão sorridente para Catherine e exprimiu a esperança de que, no futuro, alguns de seus próximos hóspedes fossem "os nossos amigos de Fullerton". Ela apreciou o inesperado cumprimento e lamentou profundamente a impossibilidade de ter boa opinião de um homem com tão boas disposições para com ela e tão cheio de gentilezas com toda a sua família.

O corredor terminava numa porta de dois batentes, que a srta. Tilney, avançando, escancarara e ultrapassara, e parecia prestes a fazer o mesmo com a primeira porta à esquerda, em outra longa ala do corredor, quando o general se adiantou e, ao parecer de Catherine, chamou-a de lado, um tanto zangado, perguntando-lhe: "O que está fazendo? O que há mais para ver? A senhorita já não viu tudo o que era digno de sua atenção? E será que não acha que sua amiga talvez venha a apreciar um refresco depois de tanto exercício?" A srta. Tilney voltou imediatamente atrás, e as pesadas portas se fecharam diante da inconsolável Catherine, que, tendo entrevisto à sua frente um corredor mais estreito, com numerosas passagens e sintomas de uma escadaria em caracol, acreditava ter enfim chegado a algo digno de atenção; e sentiu, ao tornar a percorrer o corredor em sentido contrário, que preferiria poder examinar aquele canto da casa a ver todos os seus outros refinamentos. O evidente desejo do general de impedir tal exame era um estímulo adicional. Certamente havia algo que esconder; sua imaginação, embora se tivesse enganado uma ou duas vezes recentemente, não podia errar neste caso; e o que fosse esse algo, uma breve frase da srta. Tilney, enquanto desciam as escadas a certa distância atrás do general, pareceu indicar:

— Eu estava entrando no antigo quarto de minha mãe... o quarto onde ela morreu... – foram as poucas palavras que pronunciou; mas por poucas que fossem, transmitiram a Catherine páginas inteiras de informações. Não era de admirar que o general recuasse ante a vista dos objetos que aquele quarto devia conter; um quarto em que provavelmente ele nunca mais entrara desde a terrível cena que libertara sua dolorosa esposa e o entregara às torturas da consciência.

Quando tornou a ficar a sós com Eleanor, ela se arriscou a exprimir seu desejo de receber permissão para vê-lo, assim como todo o resto daquele canto da casa; e Eleanor prometeu levá-la até lá, assim que tivessem uma hora conveniente. Catherine compreendeu-a: era preciso ter certeza de que o general não estava em casa para poderem entrar no quarto.

— Ele permanece como era, não é? – disse ela, em tom comovido.

— Tal e qual.

— E quanto tempo faz que a sua mãe morreu?

— Já faz nove anos – e Catherine sabia que nove anos não eram nada, comparados ao tempo que geralmente se passava depois da morte de uma esposa ferida até que o quarto fosse posto em ordem.

— Esteve com ela até o fim, não é?

— Não - disse a srta. Tilney, num suspiro. – Infelizmente estava longe de casa. Sua doença foi abrupta e breve; e antes que eu chegasse já estava tudo acabado.

O sangue de Catherine enregelou-se nas veias com as medonhas sugestões naturalmente provocadas por tais palavras. Seria possível? Será que o pai de Henry...? E, no entanto, como eram numerosos os exemplos que justificavam até mesmo as mais negras suspeitas!

E quando o viu à noite, enquanto bordava com a amiga, caminhando lentamente de um lado para o outro da sala de estar durante uma hora, em silenciosa meditação, de olhos fitos no chão e ombros arqueados, ela se sentiu segura de que não se iludia com relação a ele. Era todo o jeito de um Montoni[1]! O que poderia demonstrar mais claramente o tenebroso suplício de uma alma completamente alheia a todo sentido de humanidade, ao rever apavorada as passadas cenas de culpa? Coitado! E a ansiedade dela fazia com que voltasse os olhos para ele com tanta insistência, que aquilo chamou a atenção da srta. Tilney.

— Meu pai – sussurrou ela – sempre caminha pela sala assim; não há nada de extraordinário nisso.

"Tanto pior!", pensou Catherine; tal exercício fora de hora se casava perfeitamente com a estranha intempestividade das caminhadas matinais e nada de bom augurava.

Depois de um sarau monótono e aparentemente interminável, que a fez tornar-se particularmente sensível à importância de Henry entre eles, Catherine ficou felicíssima em se despedir deles; embora tivesse sido um olhar do general não destinado à observação dela que fez com que a filha tocasse a campainha. Quando, porém, o mordomo quis acender a candeia do patrão, foi proibido de fazê-lo. Este último não ia retirar-se.

— Tenho muitos papéis para terminar – disse ele a Catherine – antes de poder pregar os olhos, e talvez tenha de matutar sobre os negócios do reino durante horas depois que a senhorita já estiver dormindo. Podemos os dois ser mais bem utilizados? Meus olhos cegando-se pelo bem dos outros, e os seus preparando-se com o repouso para futuras maldades.

---

[1] Personagem de *Mysteries of Udolpho*.

Mas nem o alegado trabalho, nem o magnífico elogio conseguiram evitar que Catherine pensasse que um assunto muito diferente devia estar por trás de tão considerável protelação do próprio repouso. Não era muito verossímil manter-se acordado durante horas depois que a família já estava na cama por causa de estúpidos papéis. Tinha de haver alguma causa mais profunda: algo devia ser feito que só podia ser perpetrado enquanto o resto da casa dormia; e a probabilidade de que a sra. Tilney ainda estivesse viva, silenciada por motivos desconhecidos e recebendo das impiedosas mãos do marido um suprimento noturno de ração foi a conclusão que necessariamente se seguiu. Por mais revoltante que fosse a ideia, era pelo menos melhor do que uma morte iniquamente apressada, pois, no curso natural das coisas, ela não devia demorar para ser libertada. O caráter abrupto da suposta doença, a ausência da filha e provavelmente dos demais filhos no momento em que ocorreu, tudo favorecia a hipótese de seu encarceramento. O motivo – talvez ciúmes ou descarada crueldade – ainda estava por determinar.

Ao revolver estas ideias, enquanto se despia, de repente lhe ocorreu que não era improvável que aquela manhã ela tivesse passado perto do lugar mesmo do confinamento daquela pobre mulher – talvez a poucos passos da célula em que a outra definhava, dia após dia; pois que parte da Abadia seria mais adequada a essa finalidade do que aquela que ainda conservava os vestígios dos compartimentos monásticos? No corredor de altos arcos, pavimentado de pedras, que ela já havia trilhado com especial pavor, bem se lembrava das portas sobre as quais o general não dera nenhuma explicação. Para o que será que davam aquelas portas? Em apoio à plausibilidade desta conjetura, também lhe ocorreu que o corredor proibido, nos quais ficavam os aposentos da infeliz sra. Tilney, devia situar-se, pelo que se lembrava, exatamente acima da fileira suspeita de células, e a escadaria ao lado daqueles aposentos, que entrevira rapidamente, comunicando-se secretamente com aquelas células, poderia muito bem ter facilitado os bárbaros atos do marido. Talvez ela tivesse sido arrastada escada abaixo em forçado estado de inconsciência!

Catherine às vezes se assustava com a audácia de suas próprias suposições, e às vezes esperava ou temia que tivesse ido longe demais; mas eram elas sustentadas por tantas aparências que a sua rejeição se tornava impossível.

Como o lado do quadrilátero em que ela supunha estar acontecendo a cena atroz era exatamente oposto ao dela, ocorreu-lhe que, se atentamente observado, alguns raios de luz da lanterna do general poderiam brilhar através das janelas de baixo, quando ele entrasse no cárcere da esposa; e, duas vezes antes de entrar na cama, foi pé ante pé do quarto até a janela correspondente no corredor, para ver se ele aparecia; mas tudo lá fora estava escuro, e ainda devia ser cedo demais. Os vários ruídos que subiam até ela convenceram-na de que os criados ainda deviam estar acordados. Até meia-noite, imaginou que seria inútil observar; mas então, quando o relógio desse as doze badaladas e tudo estivesse em silêncio, iria, se não estivesse completamente aterrorizada pela escuridão, sair de fininho e olhar mais uma vez. O relógio deu meia-noite... e Catherine já caíra no sono uma hora e meia antes.

Capítulo 24

O dia seguinte não apresentou nenhuma oportunidade para o desejado exame dos misteriosos aposentos. Era domingo, e todo o tempo entre os serviços religiosos da manhã e da tarde foi tomado pelo general com exercícios ao ar livre ou com a refeição de carne fria em casa; e, por maior que fosse a curiosidade de Catherine, sua coragem não estava à altura do desejo de explorá-los depois do jantar, quer sob a esmaecente luz do céu entre as seis e as sete ou sob a luz ainda mais parcial, embora mais intensa, de uma traiçoeira lanterna. O dia não foi marcado, portanto, por nada que interessasse à imaginação dela, a não ser a vista de um elegantíssimo monumento à memória da sra. Tilney, bem em frente ao banco da igreja reservado à família. Aquilo logo lhe chamou a atenção e a reteve por muito tempo; e a leitura do rebuscadíssimo epitáfio, em que todas as virtudes eram atribuídas a ela pelo inconsolável marido, que deve ter sido de algum modo seu carrasco, comoveu-a até as lágrimas.

Que o general, depois de erigir tal monumento, pudesse encará-lo, talvez não fosse muito estranho, e, no entanto, não só o fato de sentar-se tão audaciosamente à vista dele, com um ar tão altivo, olhando com tanto destemor ao seu redor, mas também o mero fato de entrar na igreja pareciam espantosos a Catherine. Não, porém, que não fossem conhecidos muitos outros casos de gente igualmente impertérrita na culpa. Ela podia citar dúzias de casos de pessoas que perseveraram em todos os vícios possíveis, indo de crime em crime, assassinando quem quisessem, sem nenhum sentimento de compaixão ou de remorso, até que a morte violenta ou a conversão religiosa pusesse um ponto final em sua negra carreira. O fato em si de o monumento ter sido erguido não alterava minimamente as suas dúvidas sobre a morte da sra. Tilney. Mesmo que descesse até a cova da família em que suas cinzas supostamente repousavam, mesmo que visse o caixão em que diziam estar encerrada, de que tudo isso serviria num caso como este? Catherine lera demais para não ter plena consciência da facilidade de se introduzir um boneco de cera e de se organizar um falso funeral.

A manhã seguinte prometia algo melhor. A caminhada matutina do general, fora de hora como parecia sob qualquer outro ângulo, foi neste caso favorável; e quando Catherine soube que ele não estava em casa, propôs de imediato à srta. Tilney o cumprimento da promessa. Eleanor estava pronta para atendê-la; e como Catherine lhe recordasse outra promessa ainda, a primeira visita, então, foi ao retrato em seu quarto. Representava uma mulher encantadora, com uma expressão doce e pensativa, à altura, até então, das expectativas de sua nova observadora; mas estas não foram totalmente satisfeitas, porque Catherine acreditava que se depararia com feições, cabelos, cor de pele que fossem a autêntica contrapartida, a autêntica imagem, se não de Henry, pelo menos de Eleanor – já que os únicos retratos a que estava acostumada a ver sempre mostravam uma semelhança entre mãe e filho. Uma vez formado, um rosto dura gerações. Mas neste caso ela foi obrigada a observar, refletir e estudar em busca de tal semelhança. Ela o contemplou, porém, apesar de tudo, com muita emoção e, se não fosse por um interesse ainda maior, se teria despedido dele a contragosto.

Sua agitação ao entrarem no grande corredor era forte demais para qualquer tentativa de falar; só conseguia olhar para a companheira. A expressão de Eleanor era abatida, mas tranquila, e sua serenidade demonstrava que estava acostumada com todos os sombrios objetos rumo aos quais avançavam. Mais uma vez ela atravessou as portas de dois batentes, novamente sua mão segurou a crucial maçaneta, e Catherine, que mal conseguia respirar, estava girando para fechar a primeira com todo o cuidado, quando a figura, a temida figura do general em pessoa, apareceu à sua frente no fim do corredor! No mesmo momento, o nome de "Eleanor", com seu mais alto tom de voz, ressoou através da casa, intimando pela primeira vez a filha a comparecer, e provocando em Catherine terror e mais terror. Tentar esconder-se foi a sua primeira reação instintiva ao vê-lo, mas não tinha nenhuma esperança de ter escapado à vista dele; e quando sua amiga, lançando-lhe um rápido olhar de desculpas, correu até ele e desapareceu, ela correu para se esconder em seu próprio quarto e, trancando-se dentro dele, pensou que jamais teria coragem de descer outra vez. Permaneceu ali pelo menos uma hora, na maior agitação, sentindo imensa pena da pobre amiga e esperando ela mesma ser intimada pelo furioso general para ir ter com ele em seus aposentos.

Não lhe chegou nenhuma intimação, porém; por fim, ao ver uma carruagem que se aproximava da Abadia, ganhou coragem para descer e encontrar-se com ele sob a proteção dos visitantes. A sala de desjejum estava alegre, cheia de gente; e ela foi apresentada a eles pelo general como a amiga de sua filha, num tom elogioso, que ocultava tão bem sua furiosa ira, que a fez sentir-se segura, por enquanto pelo menos, quanto à própria vida. E quando Eleanor, com um domínio de si que honrava a sua preocupação pela imagem do pai, logo aproveitou uma oportunidade para lhe dizer "Meu pai só queria que eu respondesse a um bilhete", ela começou a ter esperanças ou de ter passado despercebida do general ou de, por motivos de cortesia, ser-lhe permitido isso supor. Mais confiante, ousou permanecer na presença dele, depois que as visitas se foram, e nada aconteceu que pudesse perturbá-la.

Durante as suas reflexões da manhã, decidiu fazer sozinha a nova tentativa de chegar ao quarto proibido. Seria muito melhor, sob todos os aspectos, que Eleanor nada soubesse sobre o assunto. Envolvê-la nos riscos de ser apanhada uma segunda vez, acompanhá-la até um quarto que devia partir o seu coração, não eram coisas de amiga. A fúria do general não podia despejar-se sobre ela como o faria com a filha; e, além disso, julgou que o exame em si seria mais satisfatório se efetuado sem nenhuma companhia. Seria impossível explicar a Eleanor as suas suspeitas, as quais, felizmente, com toda a probabilidade ainda não lhe haviam ocorrido; nem poderia, portanto, na presença dela, procurar aquelas provas da crueldade do general, que, embora tivessem até então escapado à descoberta, ela tinha confiança em achar em algum lugar, sob a forma de algum fragmento de diário cuja redação prosseguisse até a última respiração. Já conhecia perfeitamente o caminho até os aposentos; e como queria resolver o caso até a chegada de Henry, que era aguardado para o dia seguinte, não havia tempo a perder. O dia estava luminoso, sua coragem em alta; às quatro horas, o sol já estava duas horas acima do horizonte, e era como se subisse apenas meia hora antes do habitual para se vestir.

E assim foi; Catherine se viu sozinha no corredor antes que os relógios parassem de bater. Não havia tempo para refletir; ela correu, deslizou com o menor ruído possível através dos batentes da porta e, sem parar para olhar ou respirar, disparou para o quarto em questão. A tranca cedeu à sua mão e por sorte sem nenhum ruído sombrio que pudesse alarmar um ser humano. Ela entrou na ponta dos pés; o quarto estava à sua frente; mas demorou alguns minutos até que pudesse dar outro passo. O que viu a havia paralisado e perturbado até o miolo dos ossos. Viu um aposento grande e bem proporcionado, uma bela cama coberta de tecido de algodão, arrumada como as criadas o fazem quando têm tempo de sobra, uma reluzente estufa de Bath, guarda-roupas de mogno e cadeiras pintadas com esmero, sobre as quais se derramavam os quentes raios de um sol poente através de duas janelas de guilhotina! Catherine esperara fortes emoções, e aí estavam elas. Primeiro o espanto e a dúvida tomaram conta dela; logo em seguida um raio de senso comum somou a eles amargas sensações de vergonha. Ela podia não ter-se enganado sobre o quarto; mas quão grosseiramente se enganara sobre tudo o mais!, sobre o que a srta. Tilney quisera dizer, e até nos seus próprios cálculos! Este quarto, ao qual ela atribuíra uma data tão recuada, uma posição tão medonha, acabou revelando-se uma extremidade do que o pai do general construíra. Havia outras duas portas no quarto, que provavelmente levavam a vestíbulos; mas ela não sentia vontade de abrir nenhuma delas. Será que o último pijama vestido pela sra. Tilney ou o livro em que fez a sua última leitura teriam permanecido para contar o que nada mais podia sussurrar? Não: fossem quais fossem os crimes do general, ele por certo era esperto demais para deixar provas à vista. Ela estava cansada de explorar e só queria estar na segurança de seu próprio quarto, com a certeza de que só o seu coração conhecia a própria insensatez; e estava prestes a retirar-se tão sorrateiramente quanto entrara, quando o som de passos, vindos de não sabia onde, a fez estacar e tremer. Ser encontrada ali por uma criada seria desagradável; mas, pelo general (e ele parecia estar sempre por perto quando menos era desejado), seria muito pior! Ela se pôs à espreita... o som cessara; e resolvida a não perder mais tempo, ela saiu e fechou a porta. Naquele momento uma porta se abriu apressadamente no andar de baixo; alguém parecia subir a passos rápidos a escada, pela qual ainda teria de passar antes de chegar ao corredor. Ela não conseguia mover-se. Com um sentimento de terror não muito definível, fitou os olhos na escada, que em poucos momentos trouxe Henry à sua visão.

— Sr. Tilney! – exclamou com uma voz com algo mais do que um espanto comum. Ele também parecia espantado. – Meu Deus! – prosseguiu ela, não aguardando as palavras dele. – Como chegou aqui? Como subiu aquelas escadas?

— Como eu subi as escadas! – tornou ele, muito surpreso. – Porque é o caminho mais curto do estábulo para o meu próprio quarto; e por que não subiria por ela?

Catherine recompôs-se, corou profundamente e não conseguiu dizer mais nada. Ele parecia estar procurando na fisionomia dela aquela explicação que os seus lábios não ofereciam. Ela se moveu na direção do corredor.

— E será que eu posso, por minha vez – disse ele, enquanto fechava as portas – perguntar como a senhorita chegou aqui? Este corredor é pelo menos um caminho tão extraordinário da sala de desjejum até os seus aposentos quanto a escada pode ser dos estábulos até os meus.

— Vim – disse Catherine, baixando os olhos – para ver o quarto da sua mãe.

— O quarto de minha mãe! Haverá algo de extraordinário para se ver lá?

— Não, nada. Achei que o senhor só voltasse amanhã.

— Não esperava poder voltar mais cedo quando parti, mas três horas atrás tive o prazer de ver que nada mais me prendia lá. A senhorita está pálida. Temo tê-la assustado ao subir tão rápido as escadas. Talvez a senhorita não soubesse... não tivesse conhecimento de que elas se comunicavam com as dependências de serviço.

— Não, não sabia. O senhor teve um belo dia para uma cavalgada.

— É verdade; e Eleanor deixou que a senhorita descobrisse sozinha o caminho para todos os quartos?

— Ah, não! Ela me mostrou a maior parte no sábado... e estávamos vindo para estes quartos... mas só que – baixando a voz – o seu pai estava conosco.

— E isso reteve a senhorita – encarando-a com seriedade. – Olhou dentro de todos os quartos do corredor?

— Não, eu só queria ver... não é muito tarde? Tenho de me vestir.

— São só quatro e quinze – mostrando o relógio –, e agora a senhorita não está em Bath. Sem teatro, sem salões para se preparar. Em Northanger, meia hora é mais do que suficiente.

Não podia contradizê-lo, e portanto se deixou ficar, embora o medo de mais perguntas fizesse com que, pela primeira vez desde que se conheceram, ela desejasse deixá-lo. Caminharam devagar pelo corredor.

— Recebeu alguma carta de Bath desde a última vez que nos vimos?

— Não, e estou muito surpresa. Isabella prometeu tão fielmente escrever logo!

— Prometeu tão fielmente! Uma promessa fiel! Isso me intriga. Já ouvi falar em comportamento fiel. Mas de promessa fiel, a fidelidade de prometer! Essa é uma capacidade que não vale muito a pena conhecer, pois pode decepcionar e magoar a senhorita. O quarto de minha mãe é muito aconchegante, não é? Grande e alegre, e com vestíbulos tão bem colocados! Sempre me parecem ser os aposentos mais confortáveis da casa, e me admira que Eleanor não os tenha escolhido para si. Ela pediu que viesse vê-los, não é?

— Não.

— Foi tudo ideia sua?

Catherine não disse nada. Depois de um breve silêncio, durante o qual Tilney a observara atentamente, acrescentou ele:

— Como não há nada no quarto que desperte a curiosidade, seu impulso deve ter-se originado num sentimento de respeito pelo caráter da minha mãe, como descrito por Eleanor, que realmente cultua a memória dela. Creio que nunca houve no mundo mulher melhor do que ela. Mas não é comum a virtude despertar um interesse como o seu. Os méritos domésticos e despretensiosos de uma pessoa nunca vista não costumam criar essa espécie de ternura fervorosa e reverencial, capaz de encorajar uma visita como a sua. Imagino que Eleanor tenha falado muito sobre ela...

— Falou, sim. Quer dizer... não, não muito, mas o que ela disse era muito interessante. O fato de morrer tão de repente – (isto foi dito devagar e com certa hesitação) – e o senhor... nenhum de vocês estar em casa... e o seu pai, eu achei... talvez não gostasse muito dela.

— E de tudo isso – replicou ele (com seu olhar arguto fito nos dela) – a senhorita talvez deduza a probabilidade de alguma negligência... alguma... – (involuntariamente ela sacudiu a cabeça) – ou talvez algo ainda menos perdoável.

Ela ergueu os olhos para ele e o encarou mais intensamente do que nunca.

— A doença da minha mãe – prosseguiu ele – a crise que a levou à morte, foi súbita. A enfermidade em si, de que sofrera repetidas vezes, uma febre biliosa, tinha portanto uma causa constitucional. Em suma, no terceiro dia, assim que ela se deixou convencer, um médico veio vê-la, homem muito respeitável e alguém em quem ela sempre tivera a maior confiança. Após emitir a opinião de que ela corria risco, foram chamados dois outros médicos no dia seguinte, que permaneceram quase ininterruptamente junto a ela, vinte e quatro horas por dia. No quinto dia ela faleceu. Durante a evolução da doença, Frederick e eu (estávamos ambos em casa) a vimos muitas vezes; e por observação própria posso testemunhar que ela recebeu toda a atenção possível que pudesse ser proporcionada pelo amor dos que a cercavam ou que a sua condição social pudesse oferecer. A pobre Eleanor estava ausente, e longe o bastante para poder retornar só para ver a mãe já no caixão.

— Mas o seu pai – disse Catherine - sofreu muito?

— Durante certo tempo, muitíssimo. A senhorita se enganou ao supor que ele não a amasse. Ele a amava, sim, tenho certeza disto, tanto quanto lhe era possível... pois nem todos temos, como sabe, a mesma natureza carinhosa... e não quero dizer que enquanto viveu ela não tivesse tido muitas vezes de suportar muita coisa, mas embora o temperamento dele a magoasse, seu julgamento nunca o fez. Gostava sinceramente dela; e, se não permanentemente, ele sofreu muito pela morte dela.

— Fico muito feliz em saber – disse Catherine –; teria sido muito revoltante!

— Se entendi bem, a senhorita concebeu uma hipótese tão medonha que mal tenho palavras para... Querida srta. Morland, veja bem a natureza horrível da suspeita que teve. E com base em que a senhorita andou julgando? Não se esqueça do país e da época em que vivemos. Lembre-se de que somos ingleses, somos cristãos. Consulte seu próprio entendimento, seu próprio senso do provável, suas próprias observações do que se passa ao seu redor. Será que a nossa educação nos prepara para tais atrocidades? Será que nossas leis fazem vista grossa sobre elas? Poderiam elas ser perpetradas sem serem conhecidas, num país como este, onde o intercâmbio social e literário alcançou tão alto nível, onde cada homem é cercado por uma vizinhança de espiões voluntários e onde estradas e jornais escancaram tudo? Minha muito querida srta. Morland, que ideias são essas?

Eles haviam chegado ao fim do corredor, e com lágrimas de vergonha ela correu para o quarto.

Capítulo 25

Era o fim das visões romanescas. Catherine estava completamente desperta. As palavras de Henry, embora breves, abriram-lhe mais efetivamente os olhos para a extravagância de suas recentes fantasias do que todas as várias decepções. E se sentia dolorosamente

humilhada. Chorou amargamente. Caíra, não só a seus próprios olhos, mas também aos de Henry. Sua insensatez, que agora lhe parecia até criminosa, foi totalmente exposta a ele, e agora este devia desprezá-la para sempre. Podia ser um dia perdoada a liberdade que sua imaginação ousara tomar com o caráter do seu pai? O absurdo de sua curiosidade e o de seus temores poderiam ser um dia esquecidos? Ela se odiava mais do que conseguia exprimir. Ele havia... ela julgou que ele havia, uma ou duas vezes antes desta manhã fatídica, demonstrado algo como amor por ela. Mas agora... Em suma, ela se fez o mais desgraçada possível durante cerca de meia hora, desceu quando o relógio deu as cinco, de coração partido, e mal conseguiu dar uma resposta inteligível à pergunta de Eleanor se estava bem. O temível Henry logo entrou também ele na sala, e a única diferença no seu comportamento para com ela é que foi ainda mais atencioso do que de costume. Catherine nunca carecera tanto de consolo, e ele parecia ter consciência disto.

Passou-se a noite sem que esmorecesse esta atenção reconfortante, e seu ânimo aos poucos alcançou uma modesta tranquilidade. Não aprendeu a se esquecer do passado ou a dele se desculpar; mas aprendeu a ter esperança de que ele nunca mais voltasse a transpirar e de que não lhe custasse toda a estima de Henry. Como os seus pensamentos ainda se concentravam principalmente no que, com terror imotivado, sentira e fizera, logo se tornou muito claro para ela que tudo não passara de uma ilusão voluntária, criada por ela mesma, com sua imaginação decidida a se assustar dando importância a cada circunstância trivial, e que tudo fora forçado a se dobrar num só sentido por uma mente que, antes de chegar à Abadia, estava predisposta a se apavorar. Lembrou-se dos sentimentos com que se preparara para conhecer Northanger. Percebeu que a insensatez já estava criada e o dano já feito muito antes de sair de Bath, e era como se tudo pudesse ser atribuído à influência daquele tipo de leitura a que então se entregara.

Por mais fascinantes que fossem todas as obras da sra. Radcliffe e mesmo as obras de todos os seus imitadores, não era neles, talvez, que se devia estudar a natureza humana, pelo menos não nos condados da Inglaterra central. Dos Alpes e dos Pirineus, com suas florestas de pinheiros e seus vícios, traçavam, possivelmente, um perfil fiel; e a Itália, a Suíça e o sul da França talvez fossem tão ricos em horrores como eram nelas representados. Catherine não ousava estender suas dúvidas para além de seu próprio país, e até mesmo dele, se bastante pressionada, teria cedido as extremidades setentrional e ocidental. Mas a parte central da Inglaterra proporcionava, com certeza, certa segurança até mesmo à existência de uma esposa mal-amada, pelas leis do país e pelos costumes do século. Não era tolerado o assassínio, não eram escravos os servos e não havia venenos ou poções soníferas que pudessem ser conseguidos, como o ruibarbo, com qualquer farmacêutico. Nos Alpes e nos Pirineus, talvez, não houvesse caracteres mistos. Lá, quem não era imaculado como um anjo devia ter as disposições de um demônio. Mas na Inglaterra não era assim; entre os ingleses, acreditava ela, em seu coração e em seus hábitos, havia uma mistura geral, embora desigual, de bem e de mal. Convicta disto, ela não se surpreenderia se até mesmo em Henry e Eleanor Tilney pudesse um dia revelar-se alguma leve imperfeição; e, convicta disto, ela não precisava temer reconhecer máculas reais no caráter do pai deles, o qual, embora inocentado das suspeitas grosseiramente injuriosas de que ela devia até corar por ter entretido, ela julgou, depois de séria reflexão, não ser muito simpático.

Tendo-se decidido sobre estas diversas questões e tomado as correspondentes resoluções de no futuro sempre julgar e agir com o maior bom-senso, nada mais tinha para fazer do que perdoar-se e ser mais feliz do que nunca; e a mão leniente do tempo muito fez por ela, com imperceptíveis gradações, ao longo de mais um dia. A espantosa generosidade e nobreza de conduta de Henry, sem jamais se referir ao que se passara, foi de grande auxílio para ela; e, mais cedo do que julgara possível no início de suas angústias, sentiu-se absolutamente à vontade e capaz, dali em diante, de progredir continuamente, ouvindo o que ele dizia. Havia ainda certos assuntos, é verdade, com que provavelmente sempre estremeceria ao deles tratar – a menção de um baú ou de uma escrivaninha, por exemplo – e não suportava mais nenhum tipo de laca; mas até ela admitia que um ocasional lembrete da passada loucura, embora doloroso, podia ter sua utilidade.

Os problemas do cotidiano logo ocuparam o lugar dos espantos romanescos. Seu desejo de ter notícias de Isabella tornava-se maior a cada dia. Estava muito impaciente para saber como ia o mundo de Bath e como andava a frequência aos salões; sobretudo, estava ansiosa por saber se Isabella havia encontrado certo belo tecido de algodão que lhe encomendara e se ela continuava nos melhores termos com James. Sua única fonte de informações de qualquer tipo era Isabella. James recusara-se a lhe escrever até voltar a Oxford, e a sra. Allen não lhe havia dado nenhuma esperança de uma carta até voltar a Fullerton. Mas Isabella havia feito promessas e mais promessas; e quando prometia alguma coisa, era tão escrupulosa em cumpri-la... Isto só tornava a situação ainda mais esquisita!

Por nove manhãs em seguida, Catherine espantou-se com a repetição do mesmo desapontamento, que a cada manhã mais se agravava: na décima, porém, ao entrar na sala de desjejum, a primeira coisa que viu foi uma carta que a mão gentil de Henry lhe estendia. Agradeceu-o tão efusivamente como se ele mesmo a houvesse escrito. "Mas é só do James", pensou ela ao ver o remetente. Abriu-a; era de Oxford; era o seguinte o seu conteúdo:

Querida Catherine,

Só Deus sabe a pouca inclinação que sinto para escrever, mas julgo que seja meu dever dizer-lhe que tudo chegou ao fim entre mim e a srta. Thorpe. Despedi-me dela e de Bath ontem, para nunca mais a ver. Não vou entrar em pormenores: eles só lhe causariam ainda mais dor. Você logo vai saber mais por outra fonte, e entenderá de quem é a culpa; e, espero, absolverá seu irmão de tudo, exceto da loucura de com demasiada facilidade julgar correspondido o seu amor. Graças a Deus! Caí em mim a tempo! Mas foi um duro golpe! Depois que o consentimento do papai foi tão gentilmente concedido... mas não quero mais falar sobre isto. Ela me fez infeliz para sempre! Quero que você me dê notícias suas em breve, querida Catherine. Você é a minha única amiga; confio no seu amor. Gostaria que a sua visita a Northanger já tivesse chegado ao fim antes que o capitão Tilney torne público o seu noivado, ou você se verá numa situação constrangedora. O Thorpe, coitado, está em Londres: tenho medo de encontrá-lo; seu honesto coração sofreria tanto... Escrevi a ele e ao papai. O que mais me magoa é a duplicidade dela; até o último momento, quando eu falava com ela, se declarava mais apaixonada por mim do que nunca, e ria dos meus receios. Sinto vergonha ao ver por quanto tempo acreditei nisso; mas, se algum homem teve jamais razão para se crer amado, este homem era eu. Não consigo entender, nem mesmo agora, o que ela planejava, pois não havia necessidade de me enganar para conquistar Tilney. Separamo-nos, enfim, de comum acordo – oxalá não nos tivéssemos nunca encontrado! Espero nunca mais encontrar mulher assim! Querida Catherine, veja bem a quem você vai dar o seu coração.

Creia-me, etc.

Catherine mal leu três linhas e já bruscamente mudou de expressão; breves exclamações de dolorosa surpresa demonstraram que havia recebido más notícias. Henry, observando-a gravemente durante toda a leitura da carta, viu claramente que ela não tivera um fim melhor do que o começo. Com a entrada do pai, porém, nem pode manifestar a sua surpresa. O desjejum começou imediatamente;

Catherine, porém, mal conseguiu comer alguma coisa. Seus olhos encheram-se de lágrimas, que até desceram por suas faces enquanto esteve ali sentada. A carta permaneceu por alguns instantes em sua mão, então foi para o colo e depois para o bolso; e ela parecia não saber o que fazia. O general, entre o chocolate e o jornal, por sorte não teve oportunidade de notá-la; mas para os outros dois sua angústia era igualmente visível. Tão logo ousou deixar a mesa, correu para o quarto, mas as criadas estavam arrumando as coisas e ela foi obrigada a descer de novo. Dirigiu-se à sala de estar para ter um pouco de privacidade, porém Henry e Eleanor também se haviam dirigido para lá e estavam no momento em grave conversação sobre ela. Catherine recuou, tentando desculpar-se, mas foi, com delicada violência, forçada a voltar; e os outros se retiraram, depois de Eleanor afetuosamente lhe exprimir o desejo de poder ser-lhe útil ou de poder consolá-la.

Depois de entregar-se por meia hora à dor e à reflexão, Catherine se sentiu em condições de encontrar os amigos; mas se devia comunicar a eles o seu sofrimento era outro problema. Talvez, se insistentemente questionada, pudesse apenas dar-lhes uma ideia – só uma distante alusão –, mas não mais do que isto. Expor uma amiga, uma amiga tão íntima como Isabella o fora para ela... e depois seu irmão, tão intimamente envolvido no caso! Acreditava dever evitar completamente o assunto. Henry e Eleanor estavam sozinhos na sala de desjejum; ambos, quando ela entrou, olharam preocupados para ela. Catherine tomou seu lugar à mesa, e, depois de um breve silêncio, Eleanor disse:

— Não recebeu más notícias de Fullerton, espero. Tomara que nem o sr. nem a sra. Morland, nem seus irmãos e irmãs estejam doentes.

— Não, obrigada – (suspirando enquanto falava) –; estão todos muito bem. A carta era do meu irmão que está em Oxford.

Nada mais foi dito durante alguns minutos; então, falando através das lágrimas, ela acrescentou:

— Acho que nunca mais vou querer receber uma carta!

— Sinto muito – disse Henry, fechando o livro que acabara de abrir –; se eu soubesse que a carta continha algo não bem-vindo, eu a teria entregado com sentimentos muito diferentes.

— Continha algo muito pior do que alguém poderia supor! O pobre James está tão infeliz! Logo saberão por quê.

— Ter uma irmã tão carinhosa, de tão bom coração – tornou Henry com ênfase –, deve ser um consolo em qualquer aflição.

— Quero pedir-lhes um favor – disse Catherine, logo em seguida, com ar agitado. – Se o seu irmão estiver vindo para cá, peço que me avisem para que eu vá embora.

— Nosso irmão! Frederick!

— Ele mesmo. Garanto-lhe que lamentarei muito despedir-me de vocês tão cedo, mas aconteceu uma coisa que fez com que seja terrível para mim estar sob o mesmo teto que o capitão Tilney.

Eleanor parou de bordar enquanto olhava para Catherine com espanto cada vez maior; Henry, porém, começou a desconfiar da verdade, e algo em que estava incluído o nome da srta. Thorpe passou por seus lábios.

— Como o senhor é esperto! – exclamou Catherine. – Adivinhou! E, no entanto, quando falamos sobre isto em Bath, o senhor não achava que fosse terminar assim. Isabella – não é de espantar que não tenha mandado notícias –, Isabella largou o meu irmão e vai casar com o seu! É possível acreditar que haja tamanha inconstância, volubilidade e tudo o que há de pior no mundo?

— Espero que, no que diz respeito ao meu irmão, a senhorita tenha sido mal informada. Espero que ele não tenha tido nenhuma culpa na decepção do sr. Morland. Não é provável o casamento dele com a srta. Thorpe. Creio que a senhorita esteja enganada. Sinto muito pelo sr. Morland, pelo fato de alguém que a senhorita ame sentir-se infeliz; mas a minha surpresa seria maior com o casamento de Frederick com ela do que com qualquer outra parte da história.

— Mas é tudo verdade; o senhor mesmo poderá ler a carta de James. Espere... há uma parte... – corando, então, ao lembrar-se da última linha.

— A senhorita poderia fazer a gentileza de ler para nós os trechos que dizem respeito ao meu irmão?

— Não, leia o senhor mesmo – exclamou Catherine, mudando de ideia. – Não sei o que me passou pela cabeça (corando de novo por ter corado antes); – James só deseja dar-me bons conselhos.

Ele tomou prontamente a carta e, tendo-a lido até o fim com muita atenção, devolveu-a dizendo:

— Muito bem, se assim é, só posso dizer que lamento muito. Frederick não vai ser o primeiro homem a escolher uma mulher menos sensata do que a família esperava. Não invejo a situação dele, nem como amante, nem como filho.

A srta. Tilney, a convite de Catherine, também leu a carta e, tendo também exprimido preocupação e surpresa, começou a fazer perguntas sobre a família e a condição social da srta. Thorpe.

— A mãe dela é uma mulher muito boa – foi a resposta de Catherine.

— O pai dela era o quê?

— Acho que era advogado. Vivem em Putney.

— É família rica?

— Não, não mesmo. Não creio que Isabella tenha alguma fortuna: mas isto não será importante para a sua família. O pai de vocês é tão generoso! Ele me disse outro dia que só apreciava o dinheiro por permitir-lhe promover a felicidade dos filhos.

Irmão e irmã entreolharam-se.

— Mas – continuou Eleanor, depois de breve pausa – seria promover a felicidade dele permitir-lhe casar com uma moça dessas? Ela não deve ter princípios, ou não teria usado o seu irmão desse jeito. E que estranha fascinação essa do Frederick! Uma moça que à sua frente viola um noivado voluntariamente assumido com outro homem! Não é inconcebível, Henry? Logo Frederick, sempre tão orgulhosamente cioso do seu coração! Que não encontrava nenhuma mulher boa o bastante para ser amada!

— Essa é a circunstância mais desfavorável, a mais forte suspeita contra ele. Quando penso em suas declarações passadas, perco as esperanças nele. Além disso, tenho uma opinião boa demais da prudência da srta. Thorpe para imaginar que ela dispensaria um homem antes de ter certeza do outro. Está tudo acabado mesmo para Frederick! Ele é um homem morto... um defunto quanto à inteligência. Prepare-se para a sua cunhada, Eleanor, e uma cunhada com que você vai deliciar-se! Sincera, franca, sem truques, ingênua, com sentimentos fortes mas simples, despretensiosa e sem disfarces.

— Com uma cunhada dessas, Henry, eu me deliciaria – disse Eleanor com um sorriso.

— Mas talvez – observou Catherine – ela se tenha portado mal com a nossa família, mas possa portar-se melhor com a sua. Agora que ela conseguiu o homem de que realmente gosta, talvez seja fiel.

— É esse o meu medo – replicou Henry –; receio que ela seja muito fiel, a menos que um baronete cruze o seu caminho; para Frederick, esta é a única oportunidade. Vou comprar o jornal de Bath e examinar as chegadas.

— Acha, então, que é tudo por ambição? É verdade que há algumas coisas que parecem mesmo ser isso. Não consigo esquecer-me de que, quando soube o que meu pai lhes daria, ela pareceu muito decepcionada por não ser mais. Nunca me decepcionei tanto com o caráter de alguém na minha vida.

— Em meio à grande variedade de pessoas que a senhorita conheceu e estudou.

— Decepcionei-me e magoei-me muito com ela; mas, quanto ao James, coitado, imagino que dificilmente se recuperará.

— Seu irmão por certo é muito digno de nossa compaixão agora; mas não devemos, em nossa preocupação com o sofrimento dele, subestimar o seu, Catherine. Imagino que sinta que, ao perder Isabella, perde metade de si mesma: sente um vazio no coração que mais nada pode preencher. Tornam-se maçantes as companhias; e quanto às diversões que costumava compartilhar com ela em Bath, a mera ideia delas sem Isabella é repulsiva. Por exemplo, por nada neste mundo a senhorita iria a um baile. Sente que não tem mais nenhuma amiga com quem possa falar sem reservas, com quem possa contar ou em cujo conselho possa confiar. Está sentindo tudo isto?

— Não – disse Catherine, depois de refletir por alguns instantes –, não sinto. Deveria sentir? Para falar a verdade, embora esteja magoada e abatida, por não mais poder gostar dela, por nunca mais ouvir falar dela, por talvez nunca mais a ver, não me sinto tão deprimida como se poderia esperar.

— A senhorita sente, como sempre, os melhores sentimentos da natureza humana. Tais sentimentos deveriam ser analisados, para que eles mesmos pudessem conhecer-se.

Catherine, por um ou outro motivo, sentiu-se tão aliviada, com a conversa, da dor que a oprimira, que não pôde lamentar ter sido levada, de modo tão inexplicável, a mencionar as circunstâncias que a haviam causado.

Capítulo 26

A partir de então, o assunto foi com frequência tratado pelos três jovens; e Catherine descobriu, com certa surpresa, que seus dois jovens amigos estavam de pleno acordo em considerar que a baixa condição social e a falta de dinheiro de Isabella provavelmente seriam grandes obstáculos para o casamento com seu irmão. A convicção deles de que o general, só por esta razão, independentemente da objeção que se pudesse fazer contra o seu caráter, se oporia à união, fez com que ela passasse a se preocupar com sua própria situação. Era tão insignificante, e talvez tão pobre quanto Isabella; e se o herdeiro das propriedades de Tilney não tinha grandeza e riqueza suficientes em si mesmo, até onde iriam as exigências de seu irmão mais jovem? As dolorísssimas reflexões a que este pensamento a conduziu só podiam ser dissipadas pela confiança no efeito deste particular afeto que, como lhe foi dado compreender pelas palavras e ações dele, ela tivera a boa sorte de provocar no general, e pela recordação de alguns sentimentos muito generosos e desinteressados sobre o dinheiro que ela mais de uma vez o ouvira exprimir e que a levavam a pensar que a posição dele quanto a estas questões tivesse sido mal interpretada pelos filhos.

Eles estavam, porém, tão plenamente convencidos de que seu irmão não teria coragem de pedir pessoalmente o consentimento paterno, e assim lhe garantiram repetidas vezes que nunca na vida fora mais improvável a sua vinda a Northanger do que agora, que ela se permitiu tranquilizar-se quanto à necessidade de uma súbita partida. Mas, como não era de supor que o capitão Tilney, ao fazer o seu pedido, apresentasse ao pai uma ideia exata do comportamento de Isabella, pareceu-lhe muito vantajoso que Henry expusesse a ele todo o caso como realmente se deu, permitindo, assim, ao general formar uma opinião serena e imparcial e preparar as suas objeções com base em argumentos mais justos do que a desigualdade de posses. Ela lhe expôs a ideia, mas Henry não se entusiasmou tanto quanto Catherine esperara.

— Não – disse ele –, não devemos forçar a mão do meu pai, e a confissão de loucura de Frederick não deve ser antecipada. Ele deve contar a sua própria história.

— Mas ele vai contar só metade dela.

— Um quarto seria o bastante.

Um ou dois dias se passaram sem trazer nenhuma notícia do capitão Tilney. Seus irmãos não sabiam o que pensar. Ora achavam que o silêncio fosse o resultado natural do suspeitado noivado, ora que fosse completamente incompatível com ele. O general, no entanto, embora ofendido a cada manhã pelo desleixo de Frederick em escrever, não sentia nenhuma real apreensão por ele e não tinha nenhuma preocupação mais premente do que a de fazer com que a srta. Morland passasse seu tempo em Northanger de maneira agradável. Com frequência exprimia sua inquietação a este respeito, temendo que a monotonia da companhia e das atividades de todos os dias a fizessem desgostar-se do lugar. Queria que lady Frasers estivesse na região, falava a toda hora em ter muitos convidados para jantar e uma ou duas vezes começou até a calcular o número de jovens dançarinos nas redondezas. Aquela, porém, era uma época morta do ano, sem caça de aves ou animais selvagens, e lady Frasers não estava por perto. Tudo se concluiu, por fim, ao dizer a Henry certa manhã que, quando este fosse a Woodston, fariam todos uma surpresa, aparecendo para jantar. Henry sentiu-se muito honrado e feliz, e Catherine adorou o plano.

— E quando o senhor acha que posso esperar este prazer? Devo estar em Woodston na segunda, para a reunião paroquial e provavelmente vou ser obrigado a ficar por dois ou três dias.

— Muito bem, vamos correr o risco um destes dias. Não há necessidade de marcar nada. Não deve preocupar-se com nada. O que tiver em casa estará muito bem. Acho que posso responder pela condescendência das jovens moçoilas com a mesa de um rapaz solteiro. Vejamos; segunda-feira será um dia cheio para você, e terça-feira será um dia cheio para mim. Aguardo pela manhã o meu inspetor com o relatório sobre Brockham; depois, não posso honestamente deixar de ir ao clube. De fato, não poderei encarar os meus conhecidos se não aparecer por lá, pois, como sabem que estou aqui, levariam muito a mal a minha ausência; para mim é uma norma, srta. Morland, nunca ofender nenhum dos meus vizinhos, se um pequeno sacrifício de tempo e de atenção puder impedi-lo. São homens muito dignos. Duas vezes por ano eu lhes mando de Northanger meio veado, e janto com eles sempre que posso. Terça-feira, portanto, podemos dizer que está fora de questão. Mas na quarta-feira, Henry, acho que você pode esperar por nós; e vamos chegar cedo, para podermos apreciar a paisagem. Imagino que duas horas e quarenta e cinco minutos nos levarão até Woodston. Estaremos na carruagem às dez; então, mais ou menos aos quinze minutos para a uma da quarta-feira, você pode esperar por nós.

Para Catherine, até mesmo um baile não seria mais bem-vindo do que esta pequena excursão, tão forte era o desejo de conhecer Woodston; e o seu coração ainda estava pulando de alegria quando Henry, cerca de uma hora depois, entrou de botas e capote na sala onde ela e Eleanor estavam e disse:

— Venho, jovens mocinhas, num esforço moralizador, observar que os nossos prazeres neste mundo sempre têm seu preço, e muitas vezes os compramos em condições muito desvantajosas, pagando à vista com a felicidade real por um esboço do futuro, que talvez nunca chegue. Sirva eu mesmo de testemunha, neste momento. Pela esperança de ter a satisfação de vê-las em Woodston na quarta-feira, o que o mau tempo ou vinte outras causas podem impedir, tenho de partir agora, dois dias antes de quando pretendia.

— Partir! – disse Catherine, demonstrando extrema aflição. – E por quê?

— Por quê! Como pode fazer essa pergunta? Porque não posso perder tempo em apavorar a minha velha governanta até a loucura, porque tenho de ir e preparar um jantar para vocês, é claro.

— Ah! Fale sério!

— Ah, falo sério e falo triste também... pois preferiria ficar.

— Mas como pode pensar numa coisa dessas, depois do que disse o general? Quando ele exprimiu bem claramente que não queria dar-lhe nenhum trabalho, uma vez que qualquer coisa estaria bem.

Henry limitou-se a sorrir.

— Tenho certeza de que isso é completamente desnecessário, no que se refere à sua irmã e a mim. O senhor deve saber disto; e o general fez tanta questão de que não oferecesse nada de extraordinário! Além disso, se não tivesse dito nem metade do que disse, ele tem sempre um jantar tão magnífico em casa, que participar de uma refeição não tão suculenta de vez em quando não seria nada de mais.

— Gostaria de raciocinar como a senhorita, para o bem dele e o meu mesmo. Adeus. Como amanhã é domingo, Eleanor, não vou voltar.

Ele se foi; e, como para Catherine era uma operação muito mais simples duvidar de seu próprio discernimento do que do de Henry, ela logo foi obrigada a dar-lhe crédito quanto a estar certo, por mais desagradável que lhe fosse a partida dele. Mas a inexplicabilidade do comportamento do general não lhe saía da cabeça. Que ele fosse muito difícil ao comer, era algo que ela, por sua própria observação, já descobrira; mas que dissesse algo com tanta ênfase, querendo ao mesmo tempo dizer outra, era completamente absurdo! Como poderiam as pessoas entender-se umas com as outras? Quem, a não ser Henry, poderia perceber as intenções do pai?

De sábado a quarta-feira, porém, ficariam agora sem Henry. Este era o triste *finale* de todas as reflexões: a carta do capitão Tilney por certo chegaria na ausência dele, e ela tinha certeza de que na quarta-feira choveria. O passado, o presente e o futuro eram igualmente tenebrosos. Seu irmão tão infeliz e tão grande a perda de Isabella; e o humor de Eleanor sempre afetado pela ausência de Henry! O que havia ali que lhe interessasse ou a divertisse? Estava cansada de bosques grandes e pequenos, sempre tão monótonos e áridos; mesmo a Abadia não significava para ela mais do que qualquer outra casa. A dolorosa recordação da loucura que ajudara a alimentar e aperfeiçoar era a única emoção que podia nascer de uma reflexão sobre o edifício. Que revolução em suas ideias! Ela, que tanto desejara estar numa abadia! Agora, não havia nada mais atraente para a sua imaginação do que o despretensioso conforto de uma casa paroquial bem familiar, algo como Fullerton, mas melhor; Fullerton tinha lá os seus defeitos, mas Woodston provavelmente não. Queria que quarta-feira chegasse logo!

Ela chegou, e exatamente quando era razoável esperar que chegasse. Chegou, era um dia lindo, e Catherine estava nas nuvens. Às dez horas, a *chaise* de quatro cavalos levou as duas da Abadia; depois de uma agradável jornada de quase vinte milhas, chegaram a Woodston, um lugarejo amplo e populoso, de localização não desagradável. Catherine teve vergonha de dizer como o achou gracioso, pois o general parecia julgar necessário desculpar-se pela insipidez da região e pelo tamanho do lugarejo. Mas no fundo do coração ela o preferia a qualquer outro lugar em que já estivera, e olhava com muita admiração para cada casa que estivesse acima da condição de chalé e para cada lojinha por que passavam. No extremo oposto do lugarejo, e razoavelmente separado do resto dele, ficava a casa paroquial, um imponente edifício de pedras, recém-construído, com seu terreno semicircular e portões verdes; enquanto se dirigiam de carruagem até a porta, Henry, com os companheiros de solidão, um grande cão de raça Newfoundland e dois ou três *terriers*, estava pronto para dar-lhes as melhores boas-vindas.

A cabeça de Catherine estava cheia demais, ao entrar na casa, para observar ou dizer alguma coisa, e até ser convidada pelo general a dar a sua opinião, fazia muito pouca ideia da sala onde estava. Ao olhar ao seu redor, logo percebeu que era a sala mais confortável do mundo; mas foi cautelosa demais para dizer isto, e a frieza do seu elogio decepcionou-o.

— Não estamos dizendo que seja uma bela casa – disse ele. – Não a estamos comparando a Fullerton e Northanger... vemo-la como uma simples casa paroquial, pequena e limitada, é verdade, mas decente, talvez, e habitável; e de modo algum inferior à maioria delas. Em outras palavras, creio haver poucas casas paroquiais no interior da Inglaterra que tenham metade das suas qualidades. Podem ser feitas melhorias, porém. Longe de mim dizer o contrário; e alguma coisa razoável... uma ala a mais, talvez, embora, cá entre nós, se há uma coisa que me cause aversão, é acrescentar construções novas ao edifício principal.

Catherine não ouviu o bastante daquelas palavras para compreendê-las ou aborrecer-se com elas; e, como outros assuntos foram deliberadamente trazidos à baila, com o apoio de Henry, ao mesmo tempo que uma bandeja cheia de refrescos era introduzida pela criada, o general logo recuperou sua complacência, e Catherine a sua habitual serenidade.

A sala em questão era de tamanho confortável, de boas proporções e elegantemente decorada como sala de jantar e sala de estar; e, ao deixarem-na para uma caminhada pelos jardins, mostraram-lhe, primeiro um cômodo menor, pertencente propriamente ao dono da casa e insolitamente bem-arrumado para a ocasião, e depois o que viria a ser uma sala de estar, com cuja aparência, embora ainda não mobiliada, Catherine ficou suficientemente entusiasmada até para satisfazer ao general. Era uma sala de belo formato, com as janelas chegando até o chão, e a vista delas agradável, embora dessem apenas para verdes bosques. Ela exprimiu a sua admiração de imediato, com toda a sincera simplicidade com que a sentia.

— Ah! Por que não decorou esta sala, sr. Tilney? Que pena não estar mobiliada! Esta é a mais linda sala que já vi; é a sala mais linda do mundo!

— Tenho certeza – disse o general, com um amplo sorriso de satisfação – que logo, logo ela será mobiliada: está à espera só do bom gosto de uma dama!

— Se fosse a minha casa, eu jamais ficaria em nenhum outro lugar. Ah! Que amor de chalé há ali, entre as árvores... macieiras, também! É o mais lindo dos chalés!

— A senhorita gostou, a senhorita o aprovou, é o bastante. Henry, lembre-se de que deve falar com Robinson sobre isso. O chalé continua lá.

Um cumprimento como este fez com que Catherine caísse em si e imediatamente se calasse; e, embora convidada pelo general a opinar sobre a cor do papel de parede e das tapeçarias, ele não conseguiu arrancar dela uma palavra sequer sobre o assunto. A influência das coisas novas e do ar fresco, porém, foi fundamental para dissipar essas associações constrangedoras; e, quando chegaram à parte ornamental da propriedade, que consistia numa aleia que dava a volta em dois lados de um prado, no qual a engenhosidade de Henry começara a trabalhar cerca de seis meses atrás, ela estava suficientemente recuperada para julgá-la mais bonita do que qualquer jardim onde tivesse estado, embora não houvesse ali nenhum arbusto mais alto do que a sebe do canto.

Um passeio por outros prados e por parte do lugarejo, com uma visita aos estábulos para examinar algumas melhorias e uma divertida pausa para brincar com uma ninhada de cachorrinhos, que só conseguiam rolar, fez com que chegassem as quatro horas, embora Catherine julgasse que não fossem nem três. Às quatro eles deviam jantar, e às seis começar o caminho de volta. Nunca um dia passou tão rápido!

Ela não pôde deixar de notar que a abundância do jantar não pareceu causar o mínimo espanto no general; não só isso, mas também que ele até examinava o bufê em busca de carne fria que lá não estava. As observações do seu filho e de sua filha eram de natureza diferente. Nunca o haviam visto comer com tanto apetite a não ser em sua própria casa, e nunca antes o viram tão pouco irritado pelo fato de a manteiga estar mole demais.

Às seis, tendo o general tomado o seu café, a carruagem os recebeu de volta; e tão gratificante fora a sua conduta durante toda a visita, tão segura se sentia em relação às expectativas dele, que, se pudesse sentir-se igualmente confiante quanto aos desejos do filho, Catherine teria partido de Woodston pouco preocupada quanto ao como e ao quando voltaria para lá.

Capítulo 27

Na manhã seguinte chegou uma inesperada carta de Isabella:

Bath, abril.

Minha querida Catherine, recebi suas duas cartas tão gentis com a maior satisfação, e tenho mil desculpas a lhe pedir por não tê-las respondido antes.

Estou mesmo muito envergonhada da minha negligência; mas neste lugar medonho não se tem tempo para nada. Tomei da pena para lhe escrever uma carta quase todos os dias desde que você foi embora de Bath, mas sempre fui impedida por uma ou outra bagatela. Escreva-me logo, por favor, para a minha própria casa. Graças a Deus, vamos embora deste lugar horroroso amanhã. Desde que você partiu, não sinto mais nenhum prazer aqui: há poeira por toda parte, e todas as pessoas de que gosto já se foram. Creio que se pudesse vê-la não me preocuparia com o resto, pois gosto mais de você do que se possa imaginar. Estou muito preocupada com seu irmão, visto que não tenho notícias dele desde que foi para Oxford; temo tenha havido algum mal-entendido entre nós. Seus bons serviços, querida Catherine, vão consertar tudo: ele é o único homem que amei e podia amar, e tenho certeza de que vai convencê-lo disto. Já apareceu parte da moda de primavera, e os chapéus são os mais horrendos que você possa imaginar. Espero que esteja divertindo-se, mas temo que nunca pense em mim. Não vou dizer tudo o que posso da família com que você está, pois não gosto de ser mesquinha ou de pô-la contra as pessoas que estima; mas é muito difícil saber em quem confiar, e os rapazes nunca pensam do mesmo jeito por dois dias seguidos. Fico feliz em poder dizer que o rapaz que, dentre todos, eu mais odeio, foi embora de Bath. Pela descrição, você há de compreender que me refiro ao capitão Tilney, que, como deve lembrar, tinha uma espantosa disposição para me seguir e me atormentar, antes de você partir. Depois, ele piorou ainda mais, e se tornou como a minha sombra. Muitas moças se teriam deixado enganar, pois nunca houve tamanhas atenções; mas conheço bem demais o sexo forte. Ele partiu para juntar-se ao seu regimento há dois dias, e tenho certeza de que nunca mais serei importunada por ele. É o homem mais vaidoso que já vi, além de incrivelmente antipático. Nos últimos dois dias esteve sempre acompanhado de Charlotte Davis: tive pena do gosto dele, mas não lhe dei importância. A última vez que nos vimos foi em Bath Street, e entrei imediatamente numa loja para que ele não pudesse falar comigo; não queria nem olhar para ele. Mais tarde ele foi ao balneário, mas eu não o teria seguido até lá por nada neste mundo. Que contraste entre ele e o irmão! Dê-me, por favor, notícias do segundo; estou preocupadíssima com ele; parecia não estar sentindo-se bem quando partiu, com um resfriado ou algo parecido a lhe afetar o humor. Gostaria de escrever eu mesma para ele, mas perdi o endereço, e, como insinuei mais acima, tenho medo de que ele tenha interpretado mal o meu comportamento. Peço-lhe que explique tudo a ele; se ele ainda tiver alguma dúvida, um bilhete para mim ou uma visita a Putney a próxima vez que for a Londres pode esclarecer tudo. Não estive mais nos salões há séculos, nem no teatro, menos a noite passada com os Hodges, para uma comédia, pagando meia entrada: eles insistiram tanto que acabei cedendo; e eu estava decidida a não lhes dar ocasião de dizer que me fechei em casa porque o Tilney foi embora. Calhou de nos sentarmos perto das Mitchells, e elas fingiram estar muito surpresas por me verem ali. Conheço a maldade delas: uma hora eram impolidas comigo, agora são só amizade; mas não sou tão idiota a ponto de me deixar enganar por elas. Você sabe que tenho uma boa cabeça. Anne Mitchell tentou usar um turbante igual ao meu, como o usei na semana passada no concerto, mas não se deu muito bem; em mim acho que ele caía agradavelmente, pelo menos foi o que me disse o Tilney na ocasião e que todos não tiravam os olhos de mim. Mas ele é o último homem em quem eu acreditaria. Agora só visto roxo. Sei que me cai pessimamente, mas não importa: é a cor predileta do seu querido irmão. Não perca tempo, minha querida e doce Catherine, em escrever para ele e para mim, sempre sua, etc.

Mentiras tão forçadas e superficiais não podiam impor-se nem a Catherine. As inconsistências, contradições e falsidades impressionaram-na desde o começo. Sentia vergonha de Isabella e de alguma vez tê-la adorado. Suas juras de afeto eram agora tão repelentes quanto vazias as suas desculpas e descarados os seus pedidos. "Escrever a James em favor dela!" Não! James jamais ouviria o nome de Isabella pronunciado por ela outra vez.

Quando Henry chegou de Woodston, contou a ele e a Eleanor que seu irmão estava em segurança, felicitando-os sinceramente por isso e lendo em voz alta os trechos mais importantes da carta, com profunda indignação. Ao terminar, exclamou:

— Chega de Isabella e de qualquer amizade com ela! Ela deve achar-me uma idiota ou não teria escrito isso; mas talvez isto tenha servido para me fazer conhecer melhor o caráter dela do que ela conhece o meu. Entendo o que ela queria. É uma namoradeira, mas seus truques não vingaram. Não creio que tenha tido alguma vez algum afeto por James ou por mim, e gostaria de nunca tê-la conhecido.

— Logo vai ser assim – disse Henry.

— Só há uma coisa que não consigo compreender. Vejo que ela tinha planos com o capitão Tilney, que não deram certo; mas não compreendo o que ele procurava durante todo aquele tempo. Por que lhe dar tantas atenções a ponto de fazê-la brigar com o meu irmão, e depois sumir?

— Tenho pouco que dizer sobre os motivos de Frederick, tais como creio terem sido. Ele tem lá as suas vaidades, como a srta. Thorpe, e a principal diferença é que, por ter uma cabeça mais forte, elas ainda não o feriram. Se o efeito do comportamento dele não o justifica ante a senhorita, é melhor não procurarmos saber a causa.

— Então acha que ele jamais gostou dela?

— Estou convencido disso.

— E deu a entender que gostava só pelo prazer de agir mal?

Henry baixou a cabeça em assentimento.

— Muito bem, então devo dizer que não gosto nem um pouco dele. Embora tudo tenha acabado tão bem para nós, não gosto nem um pouco dele. Neste caso, não houve grandes estragos, pois não acho que Isabella tenha algum coração para se ferir. Mas, suponhamos que ele tivesse despertado uma grande paixão nela...

— Mas primeiro precisamos supor que Isabella tivesse um coração que pudesse partir-se e, por conseguinte, que fosse uma pessoa muito diferente; e, neste caso, ela teria recebido um tratamento muito diferente.

— É muito justo que defenda o seu irmão.

— E se a senhora defendesse o seu, não se aborreceria muito com a decepção provocada pela srta. Thorpe. A sua mente, porém, está imbuída de um princípio de universal integridade e, portanto, não está ao alcance dos frios raciocínios da parcialidade familiar ou do desejo de vingança.

Tal cumprimento acabou com qualquer amargura em Catherine. Frederick não podia ser imperdoavelmente culpado, quando Henry se mostrava tão encantador. Ela decidiu não responder à carta de Isabella e tentou não pensar mais no assunto.

Capítulo 28

Pouco depois, o general viu-se obrigado a ir a Londres por uma semana; e partiu de Northanger lamentando profundamente que tal emergência lhe furtasse uma só hora que fosse da companhia da Srta Morland. Ansiosamente, recomendou aos filhos

que cuidassem do conforto e diversão dela durante a sua ausência. A partida do general deu a Catherine a primeira convicção experimental de que uma perda pode às vezes ser um ganho. A felicidade com que agora passavam o tempo, a liberdade de fazerem o que quisessem, as risadas a que se entregavam, a tranquilidade e o bom humor nas refeições, as caminhadas feitas onde e quando desejavam, os horários, os prazeres e os trabalhos comandados por eles mesmos fizeram-na ver com clareza como a presença do general era inibidora, e sentir com grande alívio a presente alforria em relação a ele. Tanta liberdade e tanta alegria a fizeram amar cada dia mais o lugar e as pessoas; e se não fosse pelo medo de ter logo de abandonar o primeiro e a apreensão de não ser igualmente amada pelas segundas, teria a cada momento de cada dia sido totalmente feliz. Já estava, porém, na quarta semana da visita; antes que o general voltasse, a quarta semana já teria passado e talvez parecesse uma intrusa se permanecesse por mais muito tempo. Esta era uma ideia dolorosa toda vez que lhe ocorria; impaciente por se livrar deste peso, logo resolveu falar com Eleanor a este respeito, propor ir embora e ser orientada em sua conduta pelo jeito como fosse recebida a sua sugestão.

Consciente de que se demorasse muito talvez achasse difícil trazer à baila assunto tão desagradável, aproveitou a primeira oportunidade de estar a sós com Eleanor que estava no meio de uma frase sobre um assunto completamente diferente, para levantar a questão da sua obrigação de partir muito em breve. Eleanor pareceu e se declarou muito preocupada. Ela tivera "a esperança de ter o prazer de sua companhia por muito mais tempo; iludira-se (talvez por seus próprios desejos) ao supor que fora acertada uma visita muito mais longa; e não podia deixar de achar que, se o sr. e a sra. Morland soubessem que prazer ela sentia em tê-la ali consigo, sua generosidade lhes impediria de apressar a sua volta". Catherine explicou: "Ah! Quanto a isso, o papai e a mamãe não tinham nenhuma pressa. Se ela estivesse feliz, sempre estariam contentes". Perguntaram-lhe, então, por que tinha tanta pressa para ir embora, e ela respondeu: "Ah, porque já estou aqui há tanto tempo!"

— Muito bem, se usou essa palavra, não vou mais insistir. Se acha que foi tanto tempo...

— Ah, não! Não mesmo! Por mim, ficaria aqui outro período igual.

E logo ficou resolvido que enquanto as coisas estivessem neste pé, deixá-los estava fora de cogitação. Ao ver esta causa de desconforto dissipada tão agradavelmente, a força da outra igualmente se enfraqueceu. A bondade, a sinceridade do jeito de Eleanor insistir com ela para que ficasse e a expressão satisfeita de Henry ao ouvir que fora decidida a permanência dela eram provas tão delicadas da sua importância para eles, que lhe deixaram só aquele pouco de preocupação sem a qual a mente humana não sabe passar. Ela acreditava quase sempre que Henry a amava, e acreditava sempre que o pai e a irmã dele a amavam e até desejavam que ela entrasse na família; e uma vez que acreditava nisso, suas dúvidas e ansiedades eram meras irritações passageiras.

Henry não conseguiu obedecer às ordens do pai de permanecer o tempo todo em Northanger em companhia das moças durante a sua estada em Londres, já que os compromissos de seu curato o obrigaram a separar-se delas por algumas noites. A ausência dele não foi o que havia sido quando o general estava em casa; diminuiu a alegria, mas não destruiu a tranquilidade. E, como as duas mocinhas estavam de acordo sobre o que fazer e cada vez mais íntimas, descobriram que bastavam tanto uma à outra, que já haviam passado as onze horas, hora um tanto tardia na abadia, quando deixaram a sala de ceia no dia em que Henry partiu. Tinham acabado de chegar ao topo das escadas quando pareceu, até onde a espessura das paredes lhes permitia julgar, que uma carruagem se dirigia à casa, e o momento seguinte confirmou a ideia com o ruidoso toque de uma campainha. Depois que a primeira surpresa passou, com um "Deus do céu! Que será isso?", Eleanor rapidamente decidiu que devia ser o seu irmão mais velho, cuja chegada muitas vezes era assim súbita, se não completamente intempestiva, e assim desceu correndo para dar-lhe as boas-vindas.

Catherine caminhou até o quarto, procurando habituar-se à ideia de tornar a se encontrar com o capitão Tilney, e consolando-se, apesar da desagradável impressão que o comportamento dele lhe passara e da convicção de que ele era um cavalheiro fino demais para aprová-la, com o fato de pelo menos não se encontrarem numa situação que tornasse o encontro substancialmente doloroso. Acreditava que ele não falaria da srta. Thorpe. De fato, já que àquela altura devia estar envergonhado do papel que desempenhara, não haveria perigo de que isso acontecesse, e, contanto que fosse evitada toda menção às cenas de Bath, julgou que poderia portar-se com ele do modo mais gentil. O tempo passou em meio a tais reflexões, e decerto contava pontos a favor dele o fato de Eleanor estar tão contente em vê-lo e de ter tanto a lhe dizer, pois já se havia passado meia hora desde a sua chegada e Eleanor ainda não subira.

Neste momento, Catherine julgou ouvir os passos dela no corredor e se pôs à espreita, para ouvir se continuavam; mas tudo era silêncio. Mal se convencera, porém, de ter-se enganado, quando lhe deu um enorme susto o ruído de algo que se movia perto da porta – parecia que alguém estivesse até tocando a porta. Em outro momento, um ligeiro movimento no trinco provou que a mão de alguém devia estar sobre ela. Estremeceu um pouco à ideia de alguém que se aproximasse com tamanha cautela; mas, decidida a não se deixar vencer mais uma vez pela trivial aparência de algo alarmante ou enganar por uma imaginação irrequieta, caminhou calmamente até a porta e a abriu. Eleanor, e só Eleanor, estava ali. A tranquilidade de Catherine, porém, durou só um instante, pois as faces de Eleanor estavam lívidas e demonstravam muita agitação. Embora obviamente quisesse entrar, pareceu que tal entrada lhe exigisse um grande esforço e outro ainda maior depois para falar, uma vez dentro dele. Catherine, supondo algum problema causado pelo capitão Tilney, só pôde exprimir sua preocupação com uma atenção silenciosa, obrigou-a a se sentar, esfregou suas têmporas com água de lavanda e se debruçou sobre ela com carinhosa solicitude.

— Minha querida Catherine, você não deve... você não deve mesmo... – foram as primeiras palavras articuladas por Eleanor. – Eu estou muito bem. Esta sua gentileza me distrai... não posso mais... estou aqui para lhe dar um terrível recado!

— Recado! Para mim!

— Como vou contar a você? Ah! Como vou contar a você?

Uma nova ideia caiu como um raio na mente de Catherine e, empalidecendo como a amiga, ela exclamou:

— É um mensageiro de Woodston!

— Você está enganada – tornou Eleanor, olhando para ela com extrema compaixão –; não é de Woodston. É meu próprio pai.

Sua voz sumiu e seus olhos voltaram-se para o chão ao mencionar o nome dele. Sua volta inesperada foi por si só o bastante para que Catherine sentisse uma dor no coração, e por alguns momentos mal conseguiu imaginar que houvesse algo pior a ser dito. Não disse nada; e Eleanor, tentando recompor-se e falar com firmeza, mas com os olhos ainda pregados ao chão, logo prosseguiu.

— Você é boa demais, eu sei, para pensar mal de mim pelo papel que sou obrigada a desempenhar. Estou aqui como mensageira muito a contragosto. Depois do que se passou recentemente e do que recentemente ficou acertado entre nós – com que alegria, com que gratidão da minha parte! – quanto à sua permanência aqui, como eu esperava, por mais muitas e muitas semanas, como posso dizer-lhe que a sua gentileza não será aceita, e a felicidade que a sua companhia nos tem dado vai ser paga com... Mas não posso esconder-me atrás de palavras. Minha querida Catherine, vamos nos separar. Meu pai assumiu um compromisso que fará com que toda a família se despeça daqui na segunda-feira. Vamos à casa de Lorde Longtown, perto de Hereford, e lá permaneceremos por duas semanas. Explicações e desculpas são igualmente impossíveis. Não posso nem tentar nenhuma das duas coisas.

— Minha querida Eleanor – exclamou Catherine, sufocando seus próprios sentimentos o quanto podia –, não se aflija assim. Um segundo compromisso deve ceder o lugar a um primeiro. Sinto muito, muito mesmo por termos de nos separar... tão cedo e tão de repente também; mas não estou ofendida, mesmo. Posso encerrar a minha visita, é claro, a qualquer momento; ou posso esperar que você me venha ver. Será que vai poder, ao voltar da casa desse lorde, vir a Fullerton?

— Isso está além do meu alcance, Catherine.

— Venha quando puder, então.

Eleanor não respondeu; e como os pensamentos de Catherine se concentravam em algo de interesse mais imediato, acrescentou, pensando em voz alta:

— Segunda-feira... daqui a tão pouco tempo, e todos vocês estarão de partida. Muito bem, tenho certeza de que... vou poder despedir-me, porém. Posso ir um pouco antes de partirem, é claro. Não se aflija, Eleanor, posso muito bem partir na segunda-feira. O fato de meus pais não saberem de nada não tem importância. O general enviará um criado comigo, tenho certeza, até metade do caminho... e então logo estarei em Salisbury, a só nove milhas de casa.

— Ah, Catherine! Se as coisas estiverem nesse pé, seria algo menos intolerável, embora com tais atenções corriqueiras você só recebesse metade do que merece. Mas... como posso dizer?... está marcado que vai deixar-nos amanhã de manhã, e nem mesmo a hora foi deixada à sua escolha; a carruagem já foi chamada e estará aqui às sete horas, e nenhum criado a acompanhará.

Catherine sentou-se, arquejante e sem fala.

— Mal acreditei nos meus sentidos, quando ouvi isso; e nenhum descontentamento, nenhuma indignação que você possa sentir neste momento, por mais justo e por maior que seja, não pode ser maior do que o que eu mesma... mas não devo falar do que senti. Ah! Se eu pudesse sugerir alguma coisa como compensação! Meu Deus! Que dirão seu pai e sua mãe! Depois de convencê-la a deixar a proteção de amigos autênticos para vir para cá, a uma distância quase duas vezes maior de sua casa, escorraçá-la de casa, sem sequer as considerações ordinárias da decência e da boa educação! Querida, querida Catherine, ao trazer-lhe tal mensagem, pareço eu mesma culpada de tudo o que ela tem de insultuoso; mesmo assim, tenho certeza de que há de me absolver, pois já esteve tempo suficiente nesta casa para ver que só de nome sou dona dela e que meu real poder é nulo.

— Será que ofendi o general? – questionou-se Catherine, quase sem voz.

— Ai de mim! Por meus sentimentos de filha, tudo o que sei, tudo o que posso garantir é que você não lhe deu nenhum motivo para se ofender. Ele decerto está muito, muitíssimo perturbado; raramente o vi assim. Ele tem mau gênio, e agora aconteceu alguma coisa que o irritou imensamente; alguma decepção, alguma vexação, que neste momento parece importante, mas mal consigo imaginar que você tenha algo a ver com isso, pois como seria possível?

Catherine mal conseguia falar; e só em consideração a Eleanor ela tentou dizer alguma coisa:

— Posso dizer – ponderou ela – que sinto muitíssimo se o ofendi. Era a última coisa que gostaria de fazer. Mas não se aborreça, Eleanor. Os compromissos devem ser mantidos. Só lamento que ele não tenha sido lembrado antes, para que eu pudesse escrever para casa. Mas isso não tem nenhuma importância.

— Espero sinceramente que para a sua segurança isso não tenha mesmo importância nenhuma; mas para todos os outros efeitos, tem enorme importância: quanto ao conforto, às aparências, às conveniências, à sua família, ao mundo. Se os seus amigos, os Allens, ainda estivessem em Bath, você poderia ir ter com eles com relativa tranquilidade; umas poucas horas a levariam até lá. Uma jornada de setenta milhas, porém, a ser feita pela posta, na sua idade, sozinha, desacompanhada!

— Mas a viagem não é nada. Não se preocupe com isso. E se temos mesmo de nos separar, umas horas a mais ou a menos não fazem diferença, como sabe. Vou estar pronta às sete horas. Podem chamar-me na hora marcada.

Eleanor viu que ela queria ficar sozinha; e crendo ser melhor para ambas evitar prosseguir a conversa, despediu-se dizendo:

— Vemo-nos de manhã.

O coração ferido de Catherine precisava de alívio. Na presença de Eleanor, a amizade e o orgulho retiveram ambos as suas lágrimas, mas assim que a amiga se foi, elas jorraram aos borbotões. Expulsa da casa, e de que jeito! Sem nenhuma razão para justificar, nenhumas desculpas para compensar a brusquidão, a grosseria e até a insolência de tudo aquilo. Henry tão distante... impossibilitado até de lhe dizer adeus. Toda esperança, toda expectativa em relação a ele suspensa, pelo menos, e quem poderia dizer por quanto tempo? Quem podia dizer quando voltariam a se ver? E tudo isso por causa de um homem como o general Tilney, tão delicado, tão bem-educado e até então seu admirador entusiasta! Aquilo era tão incompreensível como torturante e penoso. Qual o motivo de tudo aquilo e onde iria acabar eram problemas de igual perplexidade e espanto. A maneira tão grosseiramente indelicada como tudo foi feito, escorraçando-a sem nenhuma preocupação com sua própria conveniência, sem permitir-lhe sequer a aparência da escolha quanto ao momento e ao modo de viajar; de dois dias, foi marcado o mais próximo, o mais cedo possível, como se o general estivesse resolvido a vê-la pelas costas antes de começar a agitação da manhã, para não ser obrigado sequer a encará-la. Que podia tudo isso significar, a não ser uma afronta proposital? De um modo ou de outro, ela deve ter tido a infelicidade de ofendê-lo. Eleanor quisera poupá-la de uma ideia tão dolorosa, mas Catherine não podia acreditar que fosse possível que alguma ofensa ou azar pudesse provocar tanta malevolência contra uma pessoa não relacionada, ou, pelo menos, supostamente não relacionada com o caso.

A noite foi interminável. Sono ou repouso digno do nome de sono estavam fora de questão. Aquele quarto em que sua perturbada imaginação a atormentara logo ao chegar era agora o cenário de pensamentos agitados e de cochilos inquietos. Quão diferente, no entanto, a origem da presente inquietude do que fora antes, quão dolorosamente superior em realidade e substância! Sua angústia tinha fundamento em fatos, seus temores em probabilidades. Com uma mente tão ocupada com a contemplação do mal real e natural, a solidão de sua situação, a escuridão do quarto, a antiguidade da casa eram sentidas e meditadas sem a menor comoção. E embora o vento soprasse forte e produzisse com frequência estranhos e súbitos ruídos pela casa, ela ouviu tudo aquilo enquanto estava deitada e desperta, hora após hora, sem nenhuma curiosidade ou terror.

Logo após as seis horas, Eleanor entrou no quarto, ansiosa para demonstrar atenção ou dar assistência quando possível; mas muito pouco ficara por fazer. Catherine não perdera tempo: já estava quase vestida e a bagagem quase pronta. Ocorreu-lhe a possibilidade de uma mensagem conciliatória da parte do general quando sua filha apareceu. Que mais natural, já que aquela cólera devia passar e dar lugar ao arrependimento? E só queria saber até onde, depois do que se passara, convinha aceitar um pedido de desculpas. Mas tal conhecimento teria sido inútil aqui; não foi requisitado; nem a clemência nem a dignidade foram postas à prova: Eleanor não trouxe nenhuma mensagem. Pouco se passou entre elas quando se encontraram. Cada qual achou mais seguro permanecer em silêncio, e foram poucas e triviais as sentenças que trocaram enquanto permaneceram no andar superior, Catherine ocupada e agitada acabando de se vestir e Eleanor, com mais boa vontade do que experiência, tentando arrumar o baú. Quando tudo ficou pronto, elas saíram do quarto, Catherine apenas meio minuto depois da amiga, por ter querido lançar um último olhar a cada objeto familiar e querido, e desceram para a sala de desjejum, onde o café estava pronto. Ela tentou comer, tanto para evitar ser instada a se apressar como para consolar Eleanor; mas estava sem fome e não conseguiu comer quase nada. O contraste entre este e o seu último desjejum naquela sala renovou a sua angústia e intensificou a sua repulsa por tudo o que estava à sua frente. Menos de vinte e quatro horas se haviam passado desde que se reuniram ali para a mesma refeição, mas em circunstâncias tão diferentes! Com que alegre tranquilidade, com que feliz, embora falsa, segurança ela olhara então ao seu redor, apreciando todo o presente e pouco temendo o futuro, além do fato de Henry ir a Woodston por um dia! Feliz, feliz desjejum! Pois Henry estivera ali; Henry se sentara ao seu lado e a ajudara. Ela se demorou nestas reflexões por muito tempo, sem ser perturbada por nenhuma palavra da sua companheira, que permaneceu tão absorta em seus pensamentos como Catherine; e a chegada da carruagem foi a primeira coisa que as assustou e as trouxe de volta ao presente momento. Catherine enrubesceu ao vê-la, e a indignidade com que era tratada chocou-a naquele instante com especial intensidade e a tornou por um breve momento sensível apenas à indignação. Eleanor pareceu então impelida a falar, com decisão.

— Você tem de me escrever, Catherine – exclamou –; precisa dar notícias o mais rápido possível. Até saber que chegou bem à sua casa, não terei um momento de sossego. Eu lhe peço, a todo custo, uma carta. Dê-me a satisfação de saber que chegou sã e salva a Fullerton e encontrou a sua família bem, e então, até eu poder pedir a sua correspondência como devo fazer, não vou esperar mais nada. Envie a carta à residência de lorde Longtown e, tenho de lhe pedir isto, dentro de um envelope endereçado a Alice.

— Não, Eleanor, se você não tem permissão para receber minhas cartas, tenho certeza de que é melhor nem escrever. Não há nenhuma dúvida de que chegarei bem à minha casa.

Eleanor limitou-se a responder:

— Não são de admirar esses seus sentimentos. Não vou importuná-la. Confio na bondade do seu coração quando eu estiver longe de você.

Mas isto, com o olhar doloroso que o acompanhava, foi o bastante para derreter instantaneamente o orgulho de Catherine, e ela de imediato disse:

— Ah, Eleanor, é claro que vou escrever-lhe.

Havia mais um ponto que a srta. Tilney estava ansiosa por acertar, embora se sentisse constrangida em falar sobre ele. Ocorrera-lhe que, após uma tão longa ausência de casa, Catherine talvez não tivesse dinheiro bastante para as despesas da viagem e, ao fazer alusão ao problema da maneira mais afetuosa, oferecendo-se para achar uma solução, ficou claro que era exatamente este o caso. Catherine nunca pensara no assunto até aquele momento, mas, ao examinar sua bolsa, estava convencida de que, se não fosse pela bondade da amiga, seria expulsa dali sem sequer ter meios de ir para casa; e como o pensamento de ambas se concentrou na situação aflitiva em que teria estado com aquilo, mal trocaram uma palavra durante o tempo em que permaneceram juntas. Foi breve, porém, esse tempo. Logo anunciaram que a carruagem estava pronta, e Catherine, erguendo-se de um salto, um longo e carinhoso abraço fez as vezes das palavras ao se dizerem adeus. Ao entrarem no saguão, incapaz de deixar a casa sem mencionar alguém cujo nome não fora pronunciado por nenhuma das duas, ela parou um instante e com voz trêmula, apenas tornou inteligível que deixava "as melhores lembranças ao amigo ausente". Mas o fato de quase ter pronunciado o nome dele acabou com qualquer possibilidade de refrear seus sentimentos. Escondendo o rosto o melhor que pôde com o lenço, atravessou correndo o saguão, pulou para dentro da *chaise* e num instante já se afastava da casa.

Capítulo 29

Catherine sentia-se infeliz demais para sentir medo. A viagem em si não a apavorava; e, no início, não se assustou com a sua extensão, nem sentiu a sua solidão. Recostada num dos cantos da carruagem, num violento acesso de choro, já tinha transposto algumas milhas além dos muros da Abadia quando ergueu a cabeça; e o mais alto ponto do terreno do parque já estava quase fora do seu campo visual quando foi capaz de dirigir os olhos para ele. Infelizmente, a estrada que agora trilhava era a mesma pela qual dez dias antes ela passara tão alegremente ao ir e voltar de Woodston; e, por catorze milhas, os seus amargos sentimentos foram agravados ao rever os objetos que antes vira sob tão diferentes impressões. A cada milha que a levava para mais perto de Woodston o seu sofrimento aumentava, e quando, a uma distância de cinco milhas, passou pela curva que levava até lá e pensou em Henry, tão próximo, mas tão inconsciente do que estava ocorrendo, sua aflição e agitação eram enormes.

O dia que ela passara naquele lugar fora um dos mais felizes da vida. Foi lá, foi naquele dia, que o general se valera de expressões tais para se referir a Henry e a ela, dirigira-lhe palavras e olhares tais, que lhe deram a clara convicção de que realmente desejava o casamento deles. Sim, apenas dez dias antes ele a entusiasmara com sua acentuada consideração; até mesmo a deixara confusa com a delicadeza excessiva de suas atenções! E agora... que havia feito ela, ou o que deixara de fazer, para merecer tal transformação?

A única ofensa contra o general de que podia acusar-se dificilmente chegara ao conhecimento dele. Henry e o seu próprio coração eram os únicos cientes das revoltantes suspeitas que tão levianamente levantara; e julgava o segredo igualmente seguro com os dois. Propositalmente, pelo menos, Henry não podia tê-la traído. Se, de fato, por algum estranho azar o seu pai tivesse vindo a saber do que ela ousara pensar e investigar, das caprichosas fantasias e das injuriosas observações, não era de admirar a indignação dele. Se tivesse consciência de que fora considerado um assassino, não podia espantar-se por tê-la corrido de casa. Uma justificativa, porém, tão torturante para ela não estava ao alcance do general, tinha certeza.

Por mais angustiantes que fossem as suas conjeturas a este respeito, não era isto, porém, que mais a atormentava. Havia uma ideia ainda mais próxima, uma preocupação mais dominante, mais impetuosa. O que iria Henry pensar e sentir, qual seria a sua expressão quando voltasse amanhã a Northanger e soubesse que ela partira, era uma pergunta de intensidade e interesse maior do que todas as outras, incessante, ora irritante, ora consoladora; ora sugeria o pavor de seu calmo consentimento, ora era respondida pela mais doce confissão de pesar e indignação. Ao general, é claro, ele não ousaria falar; mas a Eleanor, o que não diria ele a Eleanor a seu respeito?

Nesta incessante recorrência de dúvidas e incertezas, sobre cada uma das quais a sua mente não era capaz de mais do que um momentâneo repouso, passaram-se as horas e a viagem transcorreu muito mais rápido do que esperava. As insistentes aflições de pensamento, que a impediam de notar qualquer coisa à sua frente, uma vez ultrapassadas as cercanias de Woodston, pouparam-na ao mesmo tempo de acompanhar o seu progresso; e embora nenhum objeto presente na estada pudesse chamar a sua momentânea atenção, não achou aborrecida nenhuma etapa da viagem. Foi preservada disto também por outra causa: aguardar com impaciência o fim da jornada. Retornar a Fullerton assim era quase destruir o prazer de encontrar as pessoas que mais amava, mesmo depois de uma ausência como a sua, uma ausência de onze semanas. O que diria ela que não lhe trouxesse humilhação e sofrimento à família, que não aumentasse seu próprio sofrimento pela confissão dele, agravasse uma indignação inútil e talvez misturasse o inocente com o culpado na mesma animosidade? Jamais conseguiria fazer justiça ao mérito de Henry e de Eleanor. Sentia-o com demasiada intensidade para poder exprimi-lo; e se passassem a ser vistos com antipatia, se pensassem mal deles por causa do pai, isto lhe partiria o coração.

Com tais sentimentos, mais temia do que desejava a primeira vista da bem conhecida torre que anunciaria estar já a vinte milhas de casa. Sabia que Salisbury seria sua destinação ao sair de Northanger, mas, após a primeira etapa, teve de recorrer aos funcionários da posta para saber o nome dos lugares que encontrava no caminho, tamanha era a sua ignorância do itinerário. Não se deparou com nada, porém, que a aborrecesse ou amedrontasse. Sua juventude, suas maneiras educadas e os generosos pagamentos proporcionaram-lhe toda a atenção de que uma viajante como ela poderia precisar; e, parando só para trocar os cavalos, viajou por cerca de onze horas sem nenhum acidente ou sobressalto, e entre seis e sete horas da noite já chegava a Fullerton.

O retorno de uma heroína, ao final de sua carreira, à aldeia natal, em todo o triunfo da reputação recuperada e com toda a dignidade de uma condessa, com um longo séquito de nobres parentes em suas muitas carruagens e três damas de companhia que a seguem numa *chaise* puxada por quatro cavalos é um evento que a pena do escritor pode divertir-se em narrar; isto dá crédito a todo final, e o autor deve compartilhar a glória que tão generosamente distribui. Meu caso, porém, é muito diferente. Trago de volta para casa a minha heroína na solidão e na desgraça; e nenhuma doce exaltação espiritual pode fazer-me estender em pormenores. Uma heroína numa carruagem de posta de aluguel é um tal golpe desferido contra os sentimentos, que nenhuma tentativa de transmitir grandeza ou *pathos* pode suportar. Velozmente, portanto, o cocheiro a guiará pela aldeia, entre os olhares dos grupos dominicais, e rápida será a sua descida da carruagem.

Mas, fosse qual fosse a aflição de Catherine ao se dirigir à casa paroquial e a humilhação da biógrafa em relatá-la, ela estava preparando uma alegria de natureza não corriqueira para aqueles rumo aos quais se movia; primeiro, ao surgir a carruagem, e segundo, por si mesma. Sendo raro ver uma *chaise* de viagem em Fullerton, toda a família imediatamente correu para a janela; e vê-la parar em frente ao portão foi um prazer que fez todos os olhos brilharem e ocupou todas as imaginações – um prazer totalmente inesperado por todos, salvo os dois filhos mais moços, um menino e uma menina de seis e quatro anos, que esperavam um irmão ou uma irmã a cada carruagem. Feliz o primeiro olhar a distinguir Catherine! Feliz a voz que proclamou a descoberta! Mas se tal felicidade fosse legítima propriedade de George ou de Harriet é um ponto que não ficou completamente esclarecido.

Seu pai, sua mãe, Sarah, George e Harriet, todos reunidos à porta para dar-lhe as boas-vindas com carinhoso entusiasmo, foi uma visão que despertou os melhores sentimentos no coração de Catherine; e, ao abraçar cada um deles depois de descer da carruagem, sentiu uma calma que ia muito além do que julgava possível. Assim rodeada, assim acarinhada, sentia-se até feliz! Na alegria do amor familiar, por um breve momento tudo foi apaziguado, e o prazer de vê-la deixava a eles, a princípio, pouca oportunidade para a calma curiosidade. Estavam, assim, todos sentados ao redor da mesa de chá, que a sra. Morland pusera às pressas para conforto da pobre viajante, cujo aspecto pálido e cansado logo lhes chamou a atenção, antes que qualquer pergunta que exigisse uma resposta positiva a este respeito lhe fosse dirigida.

Com relutância e muita hesitação, ela começou então o que talvez pudesse, ao cabo de meia hora, ser chamado, por gentileza dos ouvintes, uma explicação; mas, durante todo aquele tempo, não conseguiram de modo algum descobrir a causa ou entender os detalhes de seu súbito retorno. Estavam longe de ser uma raça irritadiça; longe de se ofenderem ou se irritarem facilmente com as afrontas. Mas, neste caso, quando tudo se revelou, tudo aquilo era um insulto sobre o qual não se podia fazer vista grossa nem, na primeira meia hora, ser facilmente perdoado. Sem sofrerem nenhum sobressalto romântico em relação à longa e solitária viagem da filha, o sr. e a sra. Morland não puderam deixar de sentir que aquilo devia ter sido muito desagradável para ela, algo que eles jamais poderiam tolerar; e que, ao impor-lhe tal situação, o general Tilney não agira nem com honra, nem com sensibilidade; nem como cavalheiro, nem como pai. Por que fizera aquilo, o que poderia tê-lo provocado a tal desrespeito às normas da hospitalidade e transformado tão bruscamente a carinhosa estima pela sua filha em autêntica má vontade era um problema que eles estavam pelo menos tão longe de resolver quanto Catherine. Isso, porém, não os perturbou de modo algum por muito tempo; e depois da devida sessão de inúteis conjeturas, que "era um caso estranho e que ele devia ser um homem muito esquisito" foi o bastante para toda a sua indignação e espanto, embora Sarah insistisse nas delícias da incompreensibilidade, exclamando e levantando hipóteses com juvenil entusiasmo.

— Minha querida, é inútil essa sua preocupação – concluiu a mãe –; confie em mim, isso é algo que não vale a pena entender.

— Posso entender que ele desejasse que Catherine fosse embora, quando se lembrou do compromisso anterior – disse Sarah –, mas por que não fazer isso com educação?

— Sinto muito pelos jovens – tornou a sra. Morland –, devem ter passado tristes momentos por causa disso; mas, quanto aos outros, pouco importa agora. Catherine está sã e salva em casa, e o nosso bem-estar não depende do general Tilney.

Catherine suspirou.

— Muito bem – prosseguiu sua filosófica mãe –, estou feliz por não ter sabido da sua viagem antes; mas agora tudo já passou, queira Deus que sem nenhum grande prejuízo. É sempre bom que os jovens se vejam forçados a enfrentar seus próprios problemas; e como sabe, minha querida Catherine, você sempre foi uma menina bem desmiolada. Agora, porém, deve ter sido forçada a ter presença de espírito, com tantas trocas de carruagem e tudo o mais; e espero que não tenha esquecido nada em algum lugar.

Catherine tinha a mesma esperança e tentou interessar-se pelo próprio progresso, mas se sentia bastante deprimida; e como ficar em silêncio e sozinha logo se tornaram seu único desejo, ela prontamente concordou com o conselho da mãe de ir cedo para a cama. Seus pais, nada vendo em sua má aparência e agitação senão a consequência natural de sentimentos de humilhação e do inabitual esforço e cansaço de uma viagem como aquela, dela se despediram sem nenhuma dúvida de logo pegar no sono; e embora, quando todos de novo se encontraram na manhã seguinte, a recuperação da filha não correspondesse às esperanças dos pais, ainda não tinham nenhuma suspeita da existência de algum mal mais profundo. Nem sequer uma vez pensaram no coração dela, o que, da parte dos pais de uma mocinha de dezessete anos que acaba de voltar de sua primeira excursão longe de casa, era bastante estranho!

Assim que acabou o desjejum, ela se sentou para cumprir a promessa feita à srta. Tilney, cuja confiança no efeito do tempo e da distância sobre a disposição da amiga já estava justificada, pois Catherine já se arrependia de ter se despedido friamente de Eleanor, de nunca ter estimado o bastante os méritos e a gentileza dela e de não ter tido pena pelo que tivera de suportar na véspera. A intensidade de tais sentimentos, porém, estava longe de estimulá-la a escrever; e nunca lhe fora tão difícil escrever do que ao se dirigir a Eleanor Tilney. Redigir uma carta que pudesse ao mesmo tempo ser justa com os seus sentimentos e a sua situação, transmitir gratidão sem pesar servil, ser reservada sem frieza e sincera sem indignação, uma carta cuja leitura não magoasse Eleanor e, acima de tudo, não a fizesse corar, se Henry por acaso a lesse, era uma proeza capaz de pôr para correr todos os seus poderes de criação; e, depois de muito pensar e de muita perplexidade, ser muito breve foi tudo o que ela foi capaz de decidir com alguma confiança e segurança. O dinheiro, portanto, que Eleanor lhe adiantara foi anexado com pouco mais de um muito obrigado e mil votos de felicidade de um coração muito afetuoso.

— Esse foi um relacionamento estranho – observou a sra. Morland, quando a carta foi concluída –; começou cedo e cedo acabou. Lamento que tenha sido assim, pois a sra. Allen os julgava excelentes jovens; e você também não teve sorte com a sua Isabella. Ah! Pobre James! Vivendo e aprendendo; espero que as próximas amizades que você fizer sejam mais dignas de ser conservadas.

Catherine corou ao responder emocionada:

— Não há amizade mais digna de ser conservada do que a de Eleanor.

— Se assim é, querida, tenho certeza de que vocês vão tornar a se ver mais cedo ou mais tarde; não se preocupe. Aposto dez contra um que vocês vão se cruzar de novo dentro de poucos anos; e, então, que alegria vai ser!

A sra. Morland não foi feliz em sua tentativa de consolá-la. A esperança de encontrá-la de novo dentro de poucos anos só podia fazer Catherine matutar sobre o que poderia acontecer durante esse tempo todo para tornar temível tal encontro. Ela jamais poderia esquecer Henry Tilney ou pensar nele com menos ternura do que naquele momento; mas ele poderia esquecê-la; e, neste caso, encontrar-se... encheram-se os seus olhos de lágrimas ao imaginar seu relacionamento assim reatado; e sua mãe, ao perceber que suas sugestões consoladoras não surtiram bons efeitos, propôs, como outra tentativa de animá-la, ir visitar a sra. Allen.

As duas casas ficavam a apenas um quarto de milha uma da outra; e, enquanto caminhavam, a sra. Morland rapidamente pôs para fora tudo o que sentia a respeito da decepção de James.

— Sentimos muito por ele – disse ela –; mas por outro lado não foi ruim que o casamento não tenha se realizado. Não seria bom vê-lo noivo de uma moça de quem ele não tinha o menor conhecimento e com tão poucos bens; e agora, depois de tal comportamento, não podemos mesmo ter boa opinião dela. Está sendo duro para o pobre James; porém isto não vai durar para sempre. Tenho certeza de que ele será um homem mais discreto a vida toda, pela insensatez da primeira escolha.

Esta foi apenas uma visão sumária do caso, que foi até onde Catherine podia escutar; outra sentença teria posto em perigo a sua complacência e tornado menos racional a sua resposta, pois logo toda a sua capacidade foi absorvida pela reflexão de sua própria mudança de sentimentos e de disposição desde que caminhara pela última vez por aquela estrada tão familiar. Não se haviam passado nem três meses desde que, cheia de jubilosas expectativas, havia ido e voltado dez vezes por dia correndo, de coração leve, alegre e independente, em busca de prazeres desconhecidos e puros e sem nenhuma apreensão e nenhum conhecimento do mal. Três meses atrás a haviam visto assim; agora, que outra pessoa ela voltava!

Foi recebida pelos Allens com toda a delicadeza que sua chegada inesperada naturalmente provocaria sobre um longo e constante afeto; e grande foi a surpresa e vivo o desgosto deles ao saberem como ela fora tratada, embora o relato da sra. Morland não fosse uma representação exagerada nem um apelo deliberado às suas paixões.

— Catherine nos pegou de surpresa ontem à noite – disse ela. – Viajou sozinha pela posta o percurso inteiro, e ela mesma nada sabia sobre a sua própria volta até sábado à noite; pois o general Tilney, por alguma estranha fantasia, de repente se cansou de tê-la ali consigo e quase a expulsou de casa. Muito antipático, por certo; e deve ser um homem muito esquisito. Mas estamos tão felizes de tê-la de volta conosco! E é um grande consolo descobrir que ela não é uma pobre criaturinha indefesa, mas pode muito bem enfrentar sozinha os seus próprios problemas.

O sr. Allen exprimiu-se na ocasião com a razoável indignação de um amigo sensato; e a sra. Allen julgou tão boas as palavras dele, que de imediato fez também uso delas. O espanto, as conjeturas e as explicações dele tornavam-se em seguida suas, com a adição de uma única observação: "Não tenho mesmo paciência com o general" a preencher as pausas acidentais. E "não tenho mesmo paciência com o general" foi pronunciado duas vezes depois que o sr. Allen deixou a sala, com a mesma ira e sem nenhuma digressão relevante quanto aos argumentos. Um grau mais considerável de espanto acompanhou a terceira repetição; e, após concluir a quarta, logo acrescentou:

— Veja só, minha querida, remendaram tão bem um enorme buraco que havia em minha melhor Mechlin[1] quando eu estava em Bath, que mal consigo ver onde era. Preciso mostrar-lhe um dia desses. Bath é um belo lugar afinal, Catherine. Garanto-lhe que não gostei nem um pouco de vir embora. A presença da sra. Thorpe era um grande prazer para nós, não é? Você e eu estávamos completamente desamparadas no começo.

— Mas isso não durou muito tempo – disse Catherine, de olhos brilhantes pela lembrança do que começara a dar vida à sua existência em Bath.

— É verdade: logo encontramos a sra. Thorpe e depois disso nada nos faltou. Querida, não acha que estas luvas de seda caem muito bem? Usei-as pela primeira vez quando fomos aos Salões Inferiores e desde então as tenho usado sempre. Lembra-se daquela noite?

— Ah, claro! Perfeitamente.

— Foi muito agradável, não é? O sr. Tilney tomou chá conosco, e eu sempre o considerei ótima companhia, ele é muito simpático. Tenho a impressão de que você dançou com ele, mas não tenho certeza. Lembro-me de estar usando o meu vestido favorito.

---

[1] Tipo de renda produzida em Malines, Bélgica.

Catherine não conseguiu responder; e, após tentarem brevemente alguns outros assuntos, a sra. Allen voltou ao "não tenho mesmo paciência com o general! Parecia ser um homem agradável, de valor! Acho, sra. Morland, que a senhora nunca viu um homem tão bem-educado como ele. Seu apartamento foi alugado no dia seguinte à sua partida, Catherine. Não é de admirar; era em Milsom Street".

Enquanto caminhavam de volta para casa, a sra. Morland tentou convencer a filha da felicidade de ter pessoas que sempre nos querem bem, como o sr. e a sra. Allen, e da minúscula importância que deviam ter para ela a negligência ou a grosseria de relacionamentos superficiais como os Tilneys, enquanto podia preservar a consideração e a estima dos amigos mais antigos. Havia boa dose de bom-senso nisso tudo; mas há situações da alma humana sobre as quais o bom-senso tem muito pouco poder; e os sentimentos de Catherine estavam em contradição com quase tudo o que sua mãe dissera. Era do comportamento desse superficialíssimo relacionamento que dependia toda a sua presente felicidade; e enquanto a sra. Morland confirmava com sucesso as suas próprias opiniões pela justeza de suas próprias ideias, Catherine refletia em silêncio que agora Henry devia ter chegado a Northanger; agora ele devia ter sabido de sua partida; e agora, talvez, estivessem todos de partida para Hereford.

Capítulo 30

O temperamento de Catherine não era naturalmente sedentário, nem seus hábitos jamais haviam sido muito industriosos; mas fossem quais fossem até então seus defeitos desta espécie, sua mãe não podia deixar de perceber que eles se haviam agravado muito.

Não conseguia permanecer sentada nem ocupar-se por dez minutos em seguida, caminhando sem parar pelo jardim e pelo pomar, como se só tivesse vontade de se mexer; e parecia até preferir caminhar pela casa a permanecer parada na sala de estar. Seu abatimento era uma alteração ainda maior. Pela agitação e pela preguiça, ela era só uma caricatura de si mesma; mas, pelo silêncio e pela tristeza, era o exato oposto de tudo o que fora antes.

Durante dois dias a sra. Morland permitiu tudo aquilo sem fazer sequer uma alusão; mas depois que o repouso de uma terceira noite não trouxe de volta à filha nem a alegria, nem aumentou a sua atividade útil, ou sequer lhe devolveu uma maior inclinação pelo bordado, ela não pôde deixar de lhe fazer esta gentil admoestação:

— Minha querida Catherine, receio que esteja transformando-se numa grande dama. Não sei quando as gravatas do pobre Richard ficariam prontas, se dependesse só de você. Bath não sai de sua cabeça; mas há hora para tudo: hora para bailes e teatro e hora para o trabalho. Você teve um longo período para se divertir e agora deve tentar ser útil.

Catherine imediatamente retomou o trabalho, dizendo com voz abatida que não era verdade que Bath não saía da sua cabeça... muito.

— Então você se está atormentando por causa do general Tilney, e isso é bobagem da sua parte; aposto dez contra um que você nem vai vê-lo de novo. Nunca se preocupe com ninharias.

Depois de um breve silêncio:

— Espero, minha Catherine, que não esteja irritada com a casa por não ser tão grandiosa quanto Northanger. Isso transformaria a sua visita num mal, realmente. Você deve estar contente em qualquer lugar em que esteja, mas sobretudo em casa, porque é lá que passa a maior parte do tempo. Não gosto de ouvi-la, durante o café, falar tanto do pão francês de Northanger.

— Garanto que não me importo com o pão. Tudo o que eu como para mim é a mesma coisa.

— Há um ensaio muito sagaz num dos livros que estão no andar de cima sobre este mesmo assunto, moças que se desgostam de casa por causa de amigos ricos... *The Mirror*, acho eu. Vou procurá-lo para você um dia destes, pois tenho certeza de que lhe fará bem.

Catherine não disse mais nada e, esforçando-se por agir direito, se entregou ao trabalho; poucos minutos depois, porém, caiu de novo, sem ter consciência disso, no langor e na apatia, movendo-se na cadeira, pela irritação do tédio, muito mais do que movia a agulha. A sra. Morland observava o progresso da recaída; e ao ver no aspecto ausente e insatisfeito da filha a prova cabal daquele espírito lamuriento a que começara agora a atribuir sua falta de alegria, saiu apressada da sala e foi buscar o livro em questão, ansiosa por não perder tempo no combate a tão temível doença. Demorou algum tempo para encontrar o que procurava; e como se apresentavam outros problemas familiares para detê-la, quinze minutos se passaram até que descesse as escadas com o livro que tantas esperanças despertava. Como as suas atividades no andar de cima a haviam impedido de ouvir qualquer barulho, exceto o que ela mesma produzia, não sabia da chegada de um visitante nos últimos minutos, até que, ao entrar na sala, a primeira coisa que viu foi um rapaz que nunca havia visto antes. Com um olhar muito respeitoso, ele imediatamente se levantou e, sendo apresentado a ela pela conscienciosa filha como o "sr. Henry Tilney", com o embaraço da autêntica sensibilidade ele começou a se desculpar pela sua presença ali, reconhecendo que, depois do que se passara, não tinha direito de esperar ser bem-vindo a Fullerton, e alegando a impaciência em certificar-se de que a srta. Morland chegara sã e salva em casa como causa da intrusão. Ele não se dirigiu a um juiz parcial ou a um coração cheio de ressentimento. Longe de incluí-los – ele e sua irmã – no mau comportamento do pai, a sra. Morland sempre estivera bem-disposta em relação a eles e de imediato ficara feliz com a chegada do rapaz; recebeu-o com simples manifestações de sincera benevolência, agradecendo-lhe por tal atenção com a sua filha, garantindo-lhe que os amigos dos filhos eram sempre bem-vindos ali e pedindo-lhe que não dissesse mais nenhuma palavra sobre o que se passara.

Ele ficou feliz em acatar o pedido, pois, embora o seu coração sentisse grande alívio pela inesperada boa acolhida, não estava em seu poder naquele momento dizer nada àquele respeito. Retornando em silêncio ao seu lugar, portanto, ele permaneceu por alguns minutos respondendo muito delicadamente a todas as observações comuns da sra. Morland acerca do tempo e das estradas. Catherine, no entanto – a ansiosa, agitada, feliz, febril Catherine – não disse nenhuma palavra; mas seu rosto resplandecente e seus olhos brilhantes fizeram com que sua mãe acreditasse que aquela afável visita iria pelo menos serenar o coração dela por certo tempo, e com muita satisfação deixou de lado o primeiro volume de *The Mirror* para uma futura ocasião.

Desejosa do auxílio do sr. Morland, tanto para encorajar como para ter assunto nas conversas com seu hóspede, de cujo embaraço por causa do pai ela sinceramente sentia pena, a sra. Morland logo mandou que um dos filhos o chamasse; ele, porém, não estava em casa, e vendo-se assim, sem nenhum apoio, ao fim de quinze minutos ela não tinha mais nada a dizer. Depois de um silêncio de alguns minutos, Henry, voltando-se pela primeira vez para Catherine desde a chegada da mãe, perguntou-lhe, com súbito bom humor, se o sr. e a sra. Allen estavam agora em Fullerton. E ao distinguir, em meio a toda a confusão de palavras que compunham a resposta, o significado que uma única sílaba teria bastado para transmitir, exprimiu de imediato a intenção de fazer-lhes uma visita e, corando, perguntou a ela se lhe faria a gentileza de lhe mostrar o caminho.

— O senhor pode ver a casa desta janela – foi a informação vinda de Sarah, que provocou só uma reverência de reconhecimento da parte do cavalheiro e um silencioso assentimento com a cabeça da parte da mãe; pois a sra. Morland, julgando possível, como uma segunda hipótese sobre o desejo por ele manifestado de visitar seus ricos vizinhos, que ele pudesse ter alguma explicação para o comportamento do pai que preferisse comunicar só a Catherine, de modo algum a impediria de acompanhá-lo. Eles começaram a caminhada, e a sra. Morland não estava completamente enganada acerca do objetivo dele ao propô-la. Tinha de dar alguma explicação acerca do pai; mas seu primeiro propósito era se explicar – e antes de chegarem à propriedade do sr. Allen –, e sua explicação foi tão boa, que Catherine achou que ela não poderia repetir-se com frequência. Ele lhe garantiu o seu amor; e solicitava em troca aquele coração que, talvez, os dois igualmente sabiam já ser totalmente dele; pois embora Henry estivesse agora sinceramente apaixonado por ela, ainda que percebesse e se deliciasse com todas as excelências do caráter dela e realmente amasse a sua companhia, devo confessar que o seu amor se originou em nada mais do que gratidão, ou melhor, que a certeza da paixão de Catherine por ele fora a única causa que o decidira a levar a sério o caso. Reconheço que esta é uma situação nova num romance, e terrivelmente desairosa para a dignidade de uma heroína; mas se for igualmente nova na vida de todos os dias, pelo menos serão meus todos os créditos por uma viva imaginação.

Uma brevíssima visita à sra. Allen, em que Henry falou a esmo, sem sentido ou articulação, e Catherine, enlevada na contemplação de sua própria indizível felicidade, mal abriu a boca, reservando-a para os êxtases de outra conversa a sós com ele; e antes que ele infelizmente terminasse, ela podia julgar até que ponto tinha a aprovação da autoridade paterna para o seu pedido. Em seu retorno de Woodston, dois dias antes, seu impaciente pai fora encontrá-lo nas proximidades da abadia, afobadamente lhe informou em termos coléricos a partida da srta. Morland, e lhe ordenou que não mais pensasse nela.

Tal foi a permissão com base na qual ele agora lhe oferecia a sua mão. A assustada Catherine, em meio a todos os terrores da expectativa, enquanto ouvia esta narrativa, não pôde deixar de se alegrar com a gentil cautela com que Henry a poupara da necessidade de uma conscienciosa rejeição, fazendo-a dar sua palavra antes de tocar no assunto; e enquanto ele dava os pormenores e explicava os motivos do comportamento do pai, os sentimentos dela logo se consolidaram num triunfante júbilo. O general nada tivera de que acusá-la, nada a alegar contra ela, a não ser o fato de ter sido o objeto involuntário e inconsciente de um engano que o seu orgulho não podia perdoar e que um melhor orgulho teria tido vergonha de admitir. Ela era culpada apenas de ser menos rica do que ele imaginara que fosse. Sob a errônea suposição de seus bens presentes e futuros, tudo fizera para a conhecer em Bath, solicitara a sua companhia em Northanger e a escolhera para nora. Ao descobrir o erro, expulsá-la de casa pareceu a melhor, embora inadequada em relação aos seus sentimentos, prova da sua indignação para com ela e de seu desdém pela sua família.

John Thorpe fora o primeiro a induzi-lo ao erro. Ao perceber que o filho, uma noite no teatro, dava considerável atenção à srta. Morland, o general acidentalmente perguntou a Thorpe se sabia mais alguma coisa a respeito dela, além do nome. Thorpe, felicíssimo por conversar com um homem da importância do general Tilney, foi alegre e orgulhosamente comunicativo; e como àquela altura estava na expectativa não só do noivado entre Morland e Isabella, mas igualmente decidido a casar-se com Catherine, sua vaidade levou-o a representar a família como ainda mais rica do que sua avareza fizera-o crer que fosse. Com quem quer que se relacionasse ou pretendesse relacionar-se, sua própria importância exigia que a deles fosse grande, e à medida que crescia a intimidade, também crescia a fortuna deles. As expectativas relacionadas a seu amigo Morland, portanto, desde o começo superestimadas, vinham, desde que fora apresentado a Isabella, crescendo aos poucos; e pela simples adição do dobro pela grandiosidade do momento, dobrando o que escolhera pensar fosse o montante dos bens futuros do sr. Morland, triplicando seus bens pessoais, atribuindo-lhe uma tia rica e eliminando metade dos filhos, pôde representar ao general a família inteira sob o mais respeitável ângulo. Para Catherine, porém, o específico objeto da curiosidade do general e de suas próprias especulações, tinha reservado algo ainda mais especial, e as dez ou quinze mil libras que o pai dela podia dar-lhe seriam um belíssimo adendo aos bens do sr. Allen. A sua amizade com eles fizera-o acreditar a sério que receberiam um belo legado no futuro; e, portanto, falar dela como a semioficial futura herdeira de Fullerton era uma consequência natural de tudo isso. Baseara-se o general nestas informações, pois nunca lhe ocorrera duvidar de sua autoridade. O interesse de Thorpe na família, demonstrado pela futura união de sua irmã com um dos seus membros e por suas próprias pretensões sobre outro (circunstâncias de que se gabou com franqueza quase igual, pareceu-lhe garantia suficiente de sua veracidade; a isto se somavam os fatos positivos de os Allens serem ricos e não terem filhos, de a srta. Morland estar sob os cuidados deles e – tão logo seu relacionamento lhe permitiu emitir um juízo – de a tratarem com um carinho de pais. Sua decisão foi prontamente tomada. Já notara uma queda pela srta. Morland na expressão do filho; e graças às informações do sr. Thorpe, quase imediatamente determinou não medir esforços em debilitar seu ostentado interesse e em arruinar suas mais caras esperanças. A própria Catherine ignorava completamente tudo isso na época, assim como seus próprios filhos. Henry e Eleanor, ao não perceberem nada na situação social dela que justificasse o tratamento especial a ela dispensado pelo pai, assistiram com espanto à precipitação, à continuidade e à extensão de suas atenções; e embora tardiamente, com base em algumas alusões que acompanharam uma quase explícita ordem passada ao filho de fazer tudo o que pudesse para conquistá-la, Henry se convencesse de que o pai acreditava fosse aquele um casamento vantajoso, só mesmo nas últimas explicações dadas em Northanger tiveram eles uma ideia dos falsos cálculos que o haviam motivado. Que fossem falsos, o general ficou sabendo da mesma pessoa que os sugerira, do mesmo Thorpe, que tivera a oportunidade de encontrar novamente em Londres e que, sob a influência de sentimentos exatamente opostos, irritado com a recusa de Catherine e ainda mais pelo fracasso de uma recentíssima tentativa de reconciliação entre Morland e Isabella, convicto de que estariam separados para sempre e rejeitando com desdém uma amizade que já não podia ser proveitosa, se apressara em contradizer tudo o que dissera antes em favor dos Morlands, confessou ter estado completamente enganado em suas opiniões acerca da situação e do caráter deles, induzido em erro pelas bazófias do amigo ao acreditar que seu pai fosse homem de posses e crédito, quando as transações das duas ou três últimas semanas provavam que não era nenhuma das duas coisas; pois após receber com entusiasmo os primeiros contatos que visavam à união entre as famílias, com as mais generosas propostas, tivera, ao ser forçado a pôr as cartas na mesa pela argúcia do interlocutor, de reconhecer-se incapaz de dar aos jovens nem sequer um sustento decente. Eram eles, na verdade, uma família pobre e, além disso, extraordinariamente numerosa; que não gozava de nenhum respeito em sua própria vizinhança, como tivera recentemente oportunidade de descobrir; que aspirava a um estilo de vida que seus recursos não podiam proporcionar; que buscava subir de condição por meio de relacionamentos com gente rica; uma raça insolente, fanfarrona, intrigante.

O terrificado general pronunciou o nome de Allen com um olhar inquisidor; e também aqui Thorpe admitiu ter errado. Os Allens, segundo acreditava, viveram próximos a eles durante muito tempo, e ele conhecia o jovem que devia herdar as propriedades de Fullerton. Já era o bastante para o general. Furibundo com quase todas as pessoas do mundo, exceto ele mesmo, partiu no dia seguinte para a Abadia, onde o seu desempenho já conhecemos.

Deixo à sagacidade do leitor determinar o quanto disto tudo pôde Henry comunicar naquele momento a Catherine, quanto ele pudera saber de seu próprio pai, em que pontos suas próprias conjeturas podem tê-lo ajudado e que parte ainda permanecia por ser contada numa carta de James. Uni, para comodidade do leitor, o que devem dividir para a minha. Catherine, de qualquer forma, ouviu o bastante para perceber que, ao suspeitar o general Tilney de ter ou assassinado ou encarcerado a esposa, pouco pecara contra o seu caráter ou exagerara quanto à sua crueldade.

Sendo obrigado a contar tais coisas sobre o pai, Henry se mostrava tão digno de pena como quando as confessara a si mesmo. Corou pelos projetos mesquinhos que era forçado a expor. A conversa entre eles em Northanger fora extremamente ríspida. A indignação de Henry ao saber como Catherine fora tratada, ao compreender os planos do pai e receber ordens de aceitá-los, fora franca e corajosa. O general, acostumado a ditar a lei em todas as situações ordinárias da família, estava preparado apenas para uma relutância de sentimentos, não para um desejo contrário que ousasse exprimir-se em palavras, e tolerara mal a oposição do filho, firme como estava pela sanção da razão e pelo imperativo da consciência. Mas, num caso como aquele, sua ira, embora chocasse, não podia intimidar Henry, que estava amparado em seu propósito pela convicção da justiça. Sentiu-se ligado pela honra e pelo afeto à srta. Morland e, crendo que era seu aquele coração que fora induzido a conquistar, nenhuma retratação indigna por um tácito consentimento, nenhum decreto contrário ditado por uma ira injustificável podia abalar a sua fidelidade ou influenciar as decisões por ela ordenadas.

Recusou-se firmemente a acompanhar o pai a Herefordshire – um compromisso forjado quase na hora para promover a despedida de Catherine –, e com igual firmeza declarou sua intenção de oferecer a ela a sua mão. O general ficou furioso em sua cólera, e se separaram em terrível desacordo. Numa agitação da alma que só muitas horas solitárias puderam amenizar, Henry retornara quase imediatamente a Woodston e, na tarde do dia seguinte, iniciara a jornada para Fullerton.

Capítulo 31

A surpresa do sr. e da sra. Morland ao serem procurados pelo sr. Tilney para dar seu consentimento ao seu casamento com a filha foi, por alguns minutos, considerável, pois não lhes tinha passado pela cabeça desconfiar de amor em nenhuma das partes; mas

como nada, afinal, podia ser mais natural do que Catherine ser amada, logo passaram a ver naquilo apenas a feliz agitação do orgulho gratificado e, no que lhes dizia respeito, não tinham nenhuma objeção a fazer. Suas maneiras agradáveis e seu bom-senso eram qualidades óbvias; e nunca tendo ouvido falar mal dele, não era de sua natureza supor que algum mal pudesse ser dito. Com a boa vontade fazendo as vezes da experiência, seu caráter não precisava de atestado. "Catherine com certeza vai ser uma jovem dona de casa muito avoada", foi a observação premonitória da mãe; mas logo lhe ocorreu a consolação de que não há nada como a prática.

Só há um obstáculo, em suma, a mencionar; mas até que ele fosse removido, seria impossível aprovar o noivado. Tinham temperamentos dóceis, mas princípios firmes, e enquanto o pai dele proibisse expressamente a união, não podiam permitir-se encorajá-la. Que o general devesse apresentar-se para solicitar a aliança ou mesmo que devesse aprová-la sinceramente, eles não eram rebuscados o suficiente para transformá-lo em condição necessária; mas uma aparência decente de consentimento devia ser manifestada, e, uma vez conseguido isto – e o coração deles fazia acreditar que não tardaria muito –, sua sincera aprovação seguir-se-ia imediatamente. Tudo o que desejavam era o consentimento. Não tinham mais inclinação do que direito de pedir o dinheiro. Seu filho, por acordos de matrimônio, tinha garantida uma fortuna muito considerável; seus rendimentos presentes garantiam-lhe independência e conforto, e sob todos os aspectos pecuniários era um casamento além das expectativas da filha.

Os jovens não se surpreenderam com tal decisão. Sofreram com ela e a deploraram, mas não podiam ressentir-se dela; e se despediram, tentando esperar que tal mudança nas disposições do general, que todos julgavam quase impossível, pudesse ocorrer em breve, para uni-los de novo na plenitude do amor privilegiado. Henry retornou para o que era agora seu único lar, para supervisionar suas novas plantações e ampliar as melhorias em homenagem a Catherine, com quem esperava ansiosamente dividi-las; ela permaneceu em Fullerton, chorando. Não vamos investigar se as torturas da ausência eram amenizadas ou não por uma correspondência clandestina. O sr. e a sra. Morland jamais fizeram tal investigação – eram bons demais para exigir alguma promessa; e toda vez que Catherine recebia uma carta, o que na época ocorria com muita frequência, sempre faziam vista grossa.

Temo que a ansiedade que nesta fase do relacionamento devia ser o quinhão de Henry e Catherine, e de todos os que os amavam, quanto ao seu desenlace, dificilmente pode estender-se aos meus leitores, que verão na concentração das páginas restantes que estamos apressando tudo na direção da perfeita felicidade. A única dúvida só pode ser como o casamento se realizou tão cedo: que circunstâncias verossímeis podiam agir sobre um temperamento como o do general? A circunstância que mais influiu foi o casamento da filha com um homem rico e importante, que ocorreu no verão – uma ascensão social que lhe valeu um acesso de bom humor, do qual só se recuperou depois que Eleanor conseguiu o perdão para Henry e a permissão para ele agir "como um idiota, se é o que quer!"

O casamento de Eleanor Tilney, sua mudança de uma casa como Northanger, com todos os males trazidos pelo exílio de Henry, para a casa de sua escolha e com o homem de sua escolha são acontecimentos que, espero, provoquem a satisfação geral de todos os que a conhecem. Minha própria alegria pelos eventos é muito sincera. Não conheço ninguém mais merecedor de receber e de gozar a felicidade, por suas virtudes despretensiosas, ou mais preparada para ela, pelo sofrimento habitual. Seu amor pelo rapaz não era de ontem; e só a inferioridade social o impedira de pedi-la antes em casamento. A inesperada elevação dele à nobreza e à fortuna removeram todas aquelas dificuldades; e nunca o general havia amado tanto a filha em todas as suas horas de paciente companhia e aplicação como quando pela primeira vez a saudou como "Vossa Senhoria!" Seu marido era muito digno dela; independentemente de sua fidalguia, de sua riqueza e de seu amor, era precisamente o mais fascinante jovem do mundo. Torna-se desnecessária qualquer outra definição dos seus méritos; o mais fascinante rapaz do mundo entra imediatamente na imaginação de todas nós. A respeito do rapaz em questão, portanto, devo só acrescentar – ciente de que as regras de composição proíbem a introdução de um personagem não ligado à minha fábula – que este era o mesmíssimo cavalheiro cujo criado negligente deixara para trás aquela coleção de notas de lavanderia, resultado de uma longa visita a Northanger, pelas quais a nossa heroína se envolveu numa de suas mais horripilantes aventuras.

A influência do visconde e da viscondessa em favor do irmão foi auxiliada por aquele correto entendimento da situação do sr. Morland, que, assim que o general se permitisse ser informado, eles poderiam oferecer. Ele lhe ensinou que não fora mais iludido pela primeira bazófia de Thorpe acerca dos bens da família do que por sua posterior demolição maliciosa dela; que em nenhum sentido da palavra eram eles carentes ou pobres, e que Catherine teria três mil libras. Esta era uma correção tão substancial de suas últimas expectativas, que muito contribuiu para amenizar o rebaixamento do seu orgulho; e de modo algum inefetiva foi a informação particular, que teve alguma dificuldade para obter, de que as terras de Fullerton, estando completamente à disposição do seu atual proprietário, estavam, portanto, abertas a todas as ávidas especulações.

Baseado na força de tais argumentos, o general, logo após o casamento de Eleanor, permitiu que seu filho retornasse a Northanger e dali fez dele o portador do seu consentimento, muito cortesmente redigido numa página repleta de declarações ocas ao sr. Morland. O acontecimento por ele autorizado deu-se logo em seguida: Henry e Catherine se casaram, os sinos dobraram e todos sorriram; e, como o evento ocorreu um ano depois do dia de seu primeiro encontro, não parece, depois de todo o terrível atraso provocado pela crueldade do general, que tenham sido muito profundamente feridos por ele. É muito bom iniciar a perfeita felicidade com as idades respectivas de vinte e seis e dezoito anos; e declarando-me, além disso, convicta de que a injusta interferência do general, longe de ser prejudicial à felicidade do casal, foi talvez bastante propícia a ela, ao aprofundar o conhecimento recíproco e fortalecer o amor entre os dois, deixo a quem quer que a tanto se habilite resolver se a tendência principal desta obra seja recomendar a tirania paternal ou recompensar a desobediência filial.